海軍戦闘機列伝——目次

写真提供／各関係者・遺家族・「丸」編集部・米国立公文書館

# 海軍戦闘機列伝

## 搭乗員と技術者が綴る開発と戦闘の全貌

# 海軍戦闘機隊の用兵思想と空戦法の変遷

## 無用論に反して戦争の命運を決したのは戦闘機による編隊空戦だった

元二〇一空司令・海軍大佐　**中野忠二郎**

昭和十二年、盧溝橋から勃発した支那事変がしだいに拡大して、八月十三日、ついに上海陸戦隊が戦闘をまじえるにいたり、海軍航空部隊は有名な渡洋爆撃を敢行するとともに、第二航空戦隊の空母加賀も作戦にくわわって、上海ふきんの飛行場攻撃を開始した。

八月十五日、悪天候をついて、岩井少佐を指揮官とする艦上攻撃機十二機は、戦闘機の掩護（えんご）をともなわないで出発したが、帰艦時刻をすぎても、わずか数機しか帰ってこなかった。ほかは全部、敵戦闘機の餌食（えじき）になってしまった。

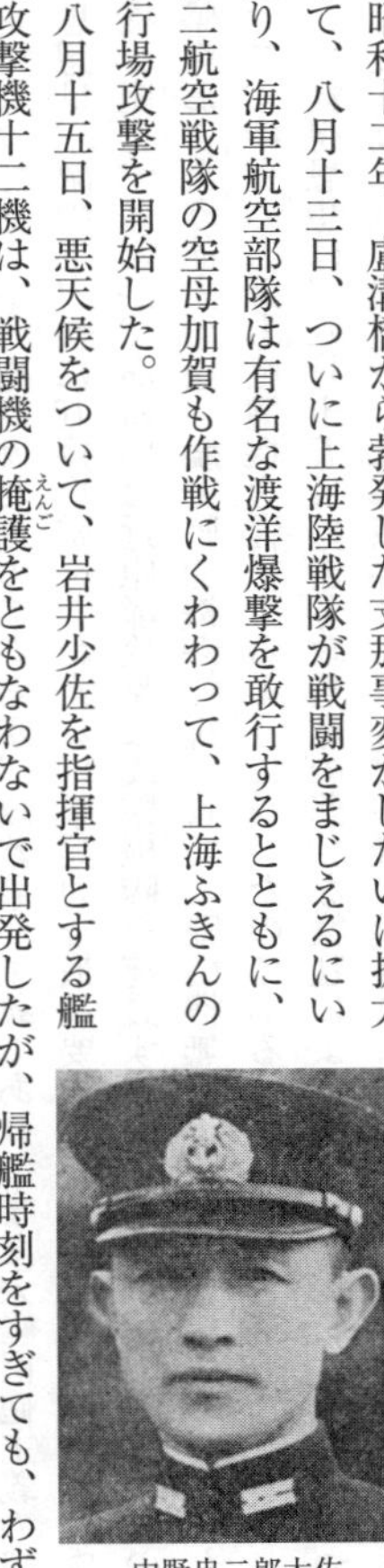

中野忠二郎大佐

当時、渡洋爆撃のかがやかしい戦果にかくされて、この悲壮な攻撃結果は、あまり世間の注目を集めなかったが、海軍航空関係者には非常なショックをあたえたのである。

昭和十年ころ、航空関係の一部有力者のあいだには戦闘機無用論がさけばれ、艦上戦闘機の価値がきわめて過小評価されたことがあった。

しかし、ロンドン条約後の海軍は、艦上戦闘機の猛訓練をおこない、戦技と称される成績査定によってその術力を評価したのであるが、攻撃第一主義であり、また大艦巨砲主義の戦術思想は、敵の主力艦に直接攻撃をくわえる攻撃兵力を最重要視して、艦隊の上空で敵の攻撃機を阻止するとか、あるいは近距離攻撃に攻撃機隊を掩護するだけで、直接、敵主力艦の攻撃をおこなう能力のない艦上戦闘機が軽視されて、戦闘機無用論がでてきた。そのためもあって、中央の方針も戦闘機を軽視するようになったのである。

この軽視思想は、八月十五日の岩井攻撃隊の悲壮な犠牲により大きく動揺し、その後つづいた渡洋爆撃機の犠牲や、上海戦線における攻撃機の犠牲によって自然にかげをひそめ、あらためて戦闘機による制空権の確保の重要性が認識されてきた。

## 戦闘機無用論の後遺症

昭和二、三年ごろ、海軍では戦闘機にたいして専門的に研究する者がきわめて少なく、他の機種にくらべると、その認識も進歩も非常に遅れていた。

そのころ、イギリスに留学していた亀井凱夫(よしお)大尉(十九年テニアンで戦死、のち少将)が帰国し、はじめて空中戦闘の教範草案がつくられ、陸軍が戦闘機を重視する気運や、米国のミッチェル少将の空軍万能論の刺激もあって、一部に制空権下の戦闘がさけばれ、しだいに戦闘機が重要視されてきた。そして戦闘機操縦士官の配置も専門的となり、その研究や訓練も、そうとうに進んできたのである。

しかし、使用機は一〇式から三式、九〇式、九五式戦闘機と変わったが、その性能は世界列国の第一線機にくらべると、五年以上もおくれているような状態で、戦闘機関係者はとくに優秀な戦闘機の実現を熱望していたのである。

使用戦闘機の性能が悪いことは、演習においてもその成績があがらぬこととなり、とくに昭和十年、九六陸攻（中攻）があらわれたときは、当時の第一線機の九〇式戦はもちろんのこと、九五戦も陸攻の速力におとり、ぜんぜん勝負にならず、戦闘機無用論に拍車をかけたのである。

このような無用論の思想は、戦闘機操縦員の養成にもあらわれて、昭和十一年に教育を終わった戦闘機操縦員は、前年までは艦上機全体の約半数であったのが、一挙に七分の一ぐらいに減らされてしまった。

また戦闘機の優秀な下士官操縦員が多数、艦爆操縦員として転科させられた。当時われわれは、これを非常に遺憾（いかん）に思ったが、その結果は、支那事変後期から太平洋戦争にかけてあらわれたのである（大戦中、戦闘機操縦員の不足を補なうため、水上機から多数、戦闘機へと転科した）。

単座戦闘機の戦闘はいうまでもなく、その機首を敵に向けて固定銃を射つのであるから、いったん敵機と戦闘を開始すると、各個に自由な運動を開始して敵に向かうことになる。あ

中国戦線を飛翔する九六艦戦——日本海軍初の低翼単葉、全金属製の機体だった

たかもむかしの一騎打ちか、歩兵の切り込み白兵戦のようなものである。編隊を組んで、単に爆弾をおとすとか魚雷を発射するのと違って、各自の技量はとくに重要であり、全員が精兵でなくてはならない。

実施部隊の訓練に従事する者は、百の雑兵より、一人の宮本武蔵といった技量の向上をはかった。このため、ようやく戦闘機乗りといわれるようになるまでには、最小限三年の訓練が必要だと考えられていた。

しかし、大戦中、急激に死傷者がふえたことと反対に、拡張した戦闘機隊は非常に操縦員の不足をきたした。そのため、わずか半年あまりの操縦教育で、第一線へ送りだす結果となったのである。

## 山本五十六中将の英断

九六艦戦（九六式艦上戦闘機）がはじめて実戦にあらわれたのは昭和十二年で、上海方面の戦闘が熾烈（しれつ）になると同時に、その九六戦隊が編成されて上海に進出し、戦闘機による最初の南京空襲をおこなって、多大な戦果をあげたのである（当時、九六戦以外に海陸軍いずれにも上海から南京空襲のできる戦闘機はなかった）。

戦闘機無用論は、戦闘機による掩護のない攻撃機や陸攻の多数の犠牲と、その後の戦闘機のあげた戦果によって自然に消滅し、太平洋戦争は均衡（きんこう）のとれた戦闘機兵力をもって開始されたのである。

九六戦は、当時においては画期的な機体であった。同機の設計製作は、従来の海軍戦闘機がいずれも英国人の設計か、あるいは英国機のやきなおしで性能が悪かったため、九六艦戦設計のさいは設計者の自由な立場から、兵装その他、用兵上の要求を無視して、飛行性能を第一としてつくってみようということになり、三菱に試作が命じられたのである。

これは当時、航空本部長だった山本五十六中将の大英断であった。

戦術、戦略は用兵者の考えだすものであり、用兵者はその戦術思想によって欲する兵器の出現を要求するが、現実の情勢のみにとらわれた戦術思想が大局を誤り、その誤りを新戦闘機の出現によって救われたのである。それゆえに、山本元帥の大局的な見通しに対する偉大さがしのばれるのである。

## 格闘戦から編戦戦法へ

戦闘機の戦法は前述のように一騎打ちであり、各個の格闘戦となるのであるが、その個々の戦法は使用機の変化とともに変わり、また敵機の性能によっても変わったが、その変化は

零式艦上戦闘機（零戦）の編隊飛行。昭和16年８月、海軍省が初めて零戦を公表

米軍ほど顕著とはいわれない。

　昭和初期からわが海軍では、戦闘機の戦闘単位として三機をもちい、三倍の数で飛行戦隊を編成していた。米軍は戦争初期をすぎたころより四機編成とし、これを二機、二機の結合として、その二機は絶対に離れないことを戦闘原則としたので、三機対四機のわが機は、きわめて不利になることが多かった。

　これに対してわが方の編成も、二機、二機の四機、あるいは三機、二機の五機にあらためるべきだとの意見もつよく、ある部隊では、これを実施したこともあるが、太平洋戦争中期以後の主戦場においては、絶対機数でいちじるしく米軍に劣っていたので、やむをえず三機編成の小隊をつかった。

　米軍の二機、二機の結合は、つねに一目標に二機をもって攻撃をかけ、他の二機は絶対に別個の目標を攻撃しないことにあった。また攻撃をうけたときはその場で反撃せず、その飛行性能を利用して離脱をはかるという戦法に徹底していたのである。

太平洋戦争の初期に、わが零戦隊が多大な戦果をあげたのは、零戦が格闘戦に強く、操縦員の練度がそろって高度なものであったからで、米軍は初期の敗戦により徹底的にその対策を研究し、機種の更新と戦法の変更をはかって実行したのである。

## 零戦の性能決定の問題点

零戦は、九六戦の設計製作の経験によって誕生した優秀機であり、緒戦期に多大な戦果をあげたことは周知のとおりであるが、その性能の決定にあたってはつぎのことが大問題となり、再三にわたり激論を闘わす場面もあって、問題の多い戦闘機であった。

一、空中戦闘は格闘戦となるものであるから急旋回、宙返り等の運動操縦性を特別よくするという要求と、速力を高め、航続力をのばすという要求の、いずれを優先せしめるか。

二、戦闘機の機銃をいかにするか。

九六艦戦は飛行性能を第一と考えて製作されたため、その兵装は、第一次世界大戦で使われた英国の七・七ミリビッカース式固定機銃二門という、きわめて貧弱なものであった。飛行機だけはようやく進歩してきたが、機銃は第一次大戦そのままという、まことに情けない状態だったのである。

そのころ英国では、七・七ミリを多数搭載する方針で試作機がつくられ、米国や仏国では一三ミリに進み、独国では二〇ミリ、わが陸軍では七・七ミリ機銃を多数というように、まちまちであった。七・七ミリ多数がよいか、二〇ミリにするか論議されたのである（このころ海軍の機銃研究は、非常に遅れていた）。威力は、もちろん炸裂弾である二〇ミリにあるが、飛行性能を向上させるため、もっとも軽量につくらねばならない戦闘機においては、機銃の重量が七・七ミリ銃の約三倍になり、携行弾数が十分の一に減るほか、発進速度と弾丸の速度が遅いので、照準射撃がむずかしくなる。

最初の二〇ミリ機銃は一銃四十五発の弾薬しか持てないので、引き金をひきっぱなしにすると、わずか五秒間で弾丸がなくなってしまう。このため、空戦における射撃可能時間はきわめて短く、一戦闘で数連射すると、時間にすれば一、二秒もあればよいほうで、五秒あれば十分に数回の戦闘ができることにはなる。ただし操縦者としては、この五秒の持ち時間ではははなはだ心ぼそいものである。

しかし、七・七ミリ機銃は操縦者か、発動機または燃料槽のような急所に当たる以外は、致命的な打撃をあたえられないが、二〇ミリ機銃なら飛行機のどこへ当たっても大きな穴をあけ、その破片が被害をあたえて、二、三発あたれば大型機でも十分、撃墜できる可能性がある。

以上のような点が論議の焦点となり、七・七ミリ機銃は第一次大戦の遺物であり、あまりにも貧弱なので二〇ミリ併用ということに決まった。

また飛行性能は、設計製作の努力によって、用兵者の要求を極力いれつつ、その向上につとめることになったのである。

### 無謀な遠距離攻撃

かくして出来上がった零戦は、英国のハリケーン、スピットファイア、米国のP38、F4Fにくらべ、速力に多少は劣るところがあっても、上昇力にすぐれ、格闘戦に必要な操縦性能にだんぜんすぐれており、また増槽をつけた場合の航続距離は、特別に長いものであった。戦闘機の戦闘は、あくまで敵に向かわねば戦闘にならないので、戦闘の途中で切りあげ引きかえすことは、とくべつ機速に差のある場合のほかは敵機に追尾されて好餌食となる。したがって彼我の編隊が混戦に入った場合は、敵機を全滅あるいは避退させないかぎり、中途はんぱな戦闘で切りあげることは、はなはだ困難である。また、遠距離の敵地深く侵入して戦闘することは、彼我の戦力に格段の差がある場合のほかは、きわめて不利となることが多い。

しかし、海軍の戦闘機の用法は、つねにこの原則をやぶって、支那事変の南京空襲いらい漢口、南昌と奥地へと敵をもとめて侵入していった。そして零戦ができるとさっそく、漢口から重慶空襲がおこなわれた。往復二千キロに近い戦闘機の奥地攻撃は、零戦と海軍の優秀な戦闘機パイロットがあって初めてできたことであり、特筆すべきことといえよう。

日米開戦当初のマニラ空襲は、米国がこの重慶空襲にたいして研究していれば、十分に予期できたものであるが、当時アメリカは零戦隊が台湾から発進したとは考えず、日本の機動部隊がかならず近海にいるものと考えていたようである。

4-117

ソロモン諸島バラレ基地を離陸して攻撃に向かう零戦二二型の雄姿

ガダルカナルを固執して交えた攻防戦においても、明らかに遠距離進攻の不利の原則を証明し、無用の消耗戦をくり返したのである。一一〇〇キロの長距離は、予期戦場まで約三〜五時間かかり、帰途の燃料を考えれば、空戦可能時間は十分間ぐらいである。距離が近ければじゅうぶん基地へ帰りうる被弾機も、ぜんぶ未帰還となってしまう。ミッドウェー海戦とともに、このソロモン方面の作戦が多数の優秀な操縦員と航空機を消耗し、その後の航空戦力をいちじるしく弱めたのであった。

## ついに特攻に出撃す

ガ島の攻防戦から東部ニューギニア方面の戦闘で、米軍はわが海軍戦闘機の戦法を研究しつくし、その対抗策をとってきた。

すなわち、前述のように四機編成の小隊をもってわが機に対抗し、格闘戦になることを極力さけ、攻撃をうけたときは垂直降下の加速性のまさることを利用して、急降下離脱をはかる。わが機を攻撃するときは極力、高度差をとって急降下しながら一撃にとどめる。そして使用機は、F4FおよびP38、P40から、F6FおよびF4Uにかわり、高高度における諸性能がいちだんと高くなってきて、零戦による戦闘がしだいに不利になってきたのである。

零戦も当初のものから数次の改造がおこなわれ、性能も若干の向上はしたが、画期的な性能向上にはならなかった。その戦法も、米軍の戦法が変えられたような、敵の意表をつくような新戦法をとることができなかったのである。

わが海軍の零戦にかわる戦闘機の雷電、紫電、烈風の製作は、戦争の様相が変わるにしたがって、製造方針が変わったり、航空最優先にしようとしながら実情はこれに反したり、製作能力、設計能力の不足というような戦時下の悪条件によって、なかなか進まない。航空兵力の不足は、ますますその度をくわえて、戦いはますます不利になっていった。そのため昭和十九年、フィリピンまで後退した航空部隊の主力は、大西瀧治郎中将の決意のもとに、ついに戦闘機による特攻攻撃を決意したのであった。

思えば敵主力の攻撃に無用のものと論ぜられて、一時は廃棄の運命にあった戦闘機が、この大戦の運命を決した航空戦の主役となり、最後には身をもって敵空母、戦艦に体当たりを敢行するにいたったことは、まことに感慨無量である。

# 太平洋戦争に果たした零戦の戦略的役割

元十一航空艦隊参謀・海軍中佐　野村了介

野村了介中佐

太平洋戦争の初期には、なぜ連合軍はこうしなかったのだろう、というような疑問が沢山ある。そのなかで、一番初めに出てくる、しかもいちばん大きな疑問の一つに、米比空軍は開戦劈頭に、なぜ台湾を航空攻撃しなかったのだろう――というのがある。

米比軍は、昭和十六年の十二月五日いらい「十五分待機」を下令されていた。すなわち命令が出されてから十五分間で、戦闘行動がとれる準備ができていたことは、戦史に明らかなとおりである。したがって台湾空襲をしなかったのは、準備がなかったからだという理由は成り立たない。

日本軍が先に攻撃をしかけたからだ、という理由は、フィリピンの場合ははじめから問題にならない。なぜなら日本軍の真珠湾攻撃の第一報は、八日の午前三時十五分にマニラの電信局で受信されているからだ。しかもそのころ、日本軍飛行機隊は霧のために、台湾の基地で待機中だった。

台湾まで飛んでくる飛行機がなかったのかというと、もちろんそうではない。世界最初の四発B17「空の要塞」が三十三機もいたのである。だから最高指揮官マッカーサー将軍の鶴の一声で、「空の要塞」は数十トンの爆弾の雨を、台湾の日本軍航空基地の上にふらせ、飛行場にギッシリ勢揃いしていた日本軍航空兵力の大半を全滅させることは、大して難事ではなかったはずである。

## 零戦の戦略的価値

では、米比軍は台湾に日本軍航空部隊が集結していることを知らなかったのだろうか。そんな筈はない。開戦の約一ヵ月前から、比島上空で高高度写真偵察をやっているらしい日本機をたびたび報告しているし、三日前にはイバの戦闘機隊に、敵味方不明機は撃墜せよ、と命令しているくらいだ。

まさか当時の飛行機の性能から考えて、日本本土から偵察機を飛ばせているとは思っていなかったろうから、当時、台湾基地の日本軍航空兵力のポテンシャル（潜在勢力）が高くなっていることくらいは、百もご承知のはずだ。

最後に、米軍は何としても第一撃を日本に先にやらせたかったからだという理由は、開戦直前の米大統領の陸海軍にたいする教書によってもはっきりしている。しかし、日本軍が真珠湾にたいして第一撃をやってしまっていたのだから、比島の場合、まだそんなことを考えていたとしたら、マッカーサーは愚将である。

ともかく、この不思議はアメリカでも論争のタネとなっていたようだ。もっとも米国で問題にしているのは「なぜB17がクラークフィールド飛行場の地上で捕捉されて全滅させられたのか」という論題であるが、意味するところは同じことである。

アメリカでの論争で、B17が台湾攻撃に出ていかなかった理由として挙げられているのは、当時の航空部隊の指揮官ブレリートン将軍にいわせると、自分は攻撃しようと意見具申をしたが許可されなかったというのであり、参謀長サザーランド将軍やマッカーサー司令官は、そんな話は聞いたことがない、というのである。

こんなコンニャク問答はこの場合、大した意味はない。この場合、大切なのは陸空軍の判断と決心である。ブレリートンの書いているところによると、B17が台湾攻撃に行かなかった理由は、

(イ)台湾の日本軍基地の地図はあったのだが、偵察写真がなかったので爆撃計画ができなかった。

(ロ)台湾までB17爆撃機について行ける掩護戦闘機がなかった。

という二項目につきるようである。

第一の(イ)の理由は、精密爆撃には偵察写真がぜひとも必要だろうが、イチかバチか、喰

うか喰われるかの場合、写真に拘泥（こうでい）するのはおかしい。だから後から考えた屁理屈（へりくつ）のような気もする。

つぎの(ロ)のほうも、その後、掩護機なしでやってきた敵爆撃機を再三経験した我々としては、ちょっと納得しかねるが、この理由ならば、米軍としては当然な理由かもしれない。いや航空作戦の指導原理からいって、正しい理由であろう。

当時世界の一流戦闘機の、空戦を予期する行動半径は約二〇〇浬（かいり）だった。マニラと台湾の距離は約五〇〇浬である。

したがってこの距離を飛んで、しかも爆撃機隊を掩護できる戦闘機は、日本海軍の零式艦上戦闘機をおいて、世界中他のいずれの国にもなかったのである。

常識を二倍以上に引きはなした航続距離をもつ戦闘機があったこと、これが日本軍にとって、大変大きな役割をはたすことになったのである。

零戦を持っていた日本の大本営は、マッカーサーのごとく迷う必要はなかった。初めから台湾基地からのマニラ空襲を計画し、つねに五〇〇浬半径の距離で蛙飛び（リープフロッグ）作戦をやることができて、約三ヵ月という超短期間に、広漠たる南方資源地帯全域を、ＡＢＤＡ四国軍兵力を全滅させて占領するという、世紀の電撃作戦が成功できたのだ。

太平洋戦争は零戦がなかったら計画も成り立たなかった、といっては過言だろうか。私は零戦の戦略的価値は、こんなにも大きかったのだといいたいのだ。

## 戦略的奇襲

米比空軍は、わずか三回の航空攻撃でほとんど全滅させられてしまった。

この結果は、日本軍爆撃機隊の爆撃技量が優れていたからだとか、零戦装備の二〇ミリ機銃の威力ある地上掃射が効を奏し、敵機をすべて地上で炎上撃破せしめたからだ、などというのはいずれも戦術的な考察にすぎない。

当時、米軍首脳部は、まだ日本海軍の零戦の真価を知らなかった。真珠湾の奇襲を知って、まず考えたことは、比島へも日本の母艦部隊がやってくるかもしれないということであったらしい。

というのには、確たる証拠がある。米空軍戦史に、このような事態（日米開戦をさす）に処する場合の極東空軍の作戦計画は、日本の比島進攻にさいして、当然その集結点たるべき台湾に対する航空攻撃であった、と書かれている。それにもかかわらず、米軍首脳部は、ただちに台湾攻撃をしようともせずに、付近海面の洋上索敵を実施している。これは、マニラに空襲してくる日本航空部隊は台湾基地からでなく、母艦からであると判断していた証拠にほかならない。

日本海軍の母艦の数から考えて、この判断は頭から誤りであるとはいいきれないが、この判断のもととなったいまひとつの考え方、つまり日本の航空部隊は台湾の基地からはやってこないだろうという考え方のなかには、台湾基地からやってくることのできる戦闘機はない

増槽タンクを抱き、ソロモン上空の雲海を越えて遠距離敵地攻撃に向かう零戦隊

だろうという条件が、必ずあったはずである。この条件こそ、米軍首脳部をして、取り返しのつかない戦略的誤判断におちいらせた、重大な因子なのである。

敵はこの戦略的誤判断にもとづいて、台湾攻撃可能の兵力たるB17を、日本の母艦からの攻撃を回避するために無駄に空中待避させ、一部を不馴れな洋上索敵につかい、役にも立たないイバの戦闘機までシナ海の索敵に振り向けたのである。彼らは何もいない海面をうろついていたずらに燃料を空費し、搭乗員たちはヘトヘトに疲れて基地に帰ってきたにすぎなかった。

それだけで済めば、まだ大したことではなかったが、彼らが燃料補給をしているときに、日本空軍の大編隊群が彼らの基地上空に突入し、十分な防空戦闘機の邀撃（ようげき）もなかったために、きわめて正確な爆撃を受け、アッというまに全部、地上で炎上撃破されてしまったのである。

日本海軍航空部隊の十二月九日におこなわれたニコラスフィールドに対する第二撃も、前に劣らぬ大戦果をあげている。前日マニラ付近まで単座戦闘機がやってきて、爆撃機隊の掩護にあたったのみならず、地上掃射までやったことは、米軍首脳部の戦略的誤判断、すなわち付近海面に敵空母ありという考えをさらに強める結果となって、遅まきながら台湾攻撃を計画しながら、写真偵察がすむまでは、などとゆっくり構えている間に、またもやしてやられたのである。

もしこれらの場合、米軍首脳部が零戦の性能をよく知っていて、マニラへは空母からと同様、台湾基地からも日本軍航空部隊が来襲する可能性ありと正しく判断していたとしたら、どうなっていたろう。

おそらく海正面の索敵などは、それを専門としていた米海軍の飛行艇隊を主力とする第十哨戒飛行隊にまかせ、米極東軍の作戦計画どおり、重爆撃機隊は台湾空襲に、戦闘機隊は所定地域上空の防空邀撃作戦に、軽爆隊は地上作戦の協力にと、総数二六三機が海陸両正面より来る日本軍航空部隊を手ぐすねひいて待ち受けていたことだろう。

奇蹟とまでいわれる比島航空戦の成果は、わが軍の戦術的成功というより、米軍の戦略誤判断による敗北というほうが正しいだろう。マニラ空襲は、真珠湾と比島の地球の時差にもとづいて、同時に同様の戦術奇襲をおこなうことは本質的に不可能だった。それが極東米軍の戦略的な誤判断によって、一種の戦略的奇襲に成功したわけである。

ここに零戦が果たした、大きな役割を見て取らねばなるまい。

## 零戦の果たした精神的役割

ゼロファイター——零戦は、航続力と兵装とにおいて優れていただけではない。速力も、当時の世界中の戦闘機とくらべて少しの遜色もなかった。しかも戦闘機として、どうしても必要な空戦性能においては天下逸品であった。

この頃、太平洋の戦域で零戦と対等の位置から格闘戦を挑んで、勝てる戦闘機はどこにもいなかったのだ。豪北方面で撃墜した敵機の中にあった書類中に、飛行中避退してもよい場合として、

一、雷雨に遭遇したるとき
一、ゼロに遭遇したるとき

と並べて明記してあった。

フィリピンやジャワから逃げ帰った米軍航空兵たちは、いちおう実戦経験の古参者として若い航空兵の教育訓練にあたったのだが、彼らはみな直接にゼロファイターに追いかけまわされるか、戦友たちが撃墜されるのを見た経験者たちである。仔犬のとき敗けた土佐犬は、横綱になってからでも、かつて敗けたことのあるヨボヨボの老犬の前を避けて通るといわれるが、彼らも、そのような敗け犬の一種といってよい。

その頃、航空作戦は敵の艦艇にたいするもの以外、爆撃機の必要はなかった。零戦六ないし九機という一隊が、完全な戦術単位としてジャワ、スンダ列島、遠くは豪州北西岸のブル

ームあたりまで荒らしまわり、短時日のうちに制空権を確保してしまったのである。
開戦前の研究によると、ジャワ作戦を開始するころは、わが軍の航空兵力は開戦当初の約六〇パーセントに減っている予定だった。これは作戦中の損耗と、その期間中の新機材の生産補給を考慮した数字である。

実際の場合、その減耗率は零戦のおかげで想像以上に低く、たしか一〇パーセント以下だった。すなわち開戦当初の約九〇パーセントの兵力を維持していたのである。しかし作戦正面はものすごく拡大し、単位正面にたいする航空兵力量は、開戦当時の十分の一くらいになっていて、ジャワ作戦で、ジャワの西半分の地域で稼動（かどう）していた零戦は、せいぜい三十機くらいのものだった。

ともあれ、南方資源地域を征服するまでの日本軍は、零戦のおかげで実力以上の力を認められたことは事実であって、その成功の大半は零戦に負うところ大なりと私は信じている。

このような状態は、米軍のガダルカナル反攻後もしばらくの間は続いた。しかしこの精神的役割は、いい方面ばかりにあったとは限らなかった。

しかも残念なことに、わが軍にとっては、好ましからざる傾向となって逆流してきたことを見逃すわけにはいかない。それは航空部隊に傲（おご）りの気風が芽生え、作戦計画に粗雑さがくわわってきたことである。そしてそれは、恐ろしい天罰となってわが軍に返ってきたのを、ミッドウェー以降の作戦の随所に見ることができる。

## 転換期の役割

緒戦以来、太平洋戦争における日本軍の主役として、太平洋各戦域に君臨した零戦も、米海軍にグラマンF6F戦闘機が出現したころから、王座の基礎がグラつき出した。

とくにガダルカナルに出てきた米海兵航空隊が零戦の弱点を見つけ出してからは、目に見えて下り坂となりだした。その間の消息を米海兵航空隊の戦史からひろってみよう。

「当時日本のゼロファイターは、後日、原子爆弾がそうなったように、ある種の畏怖すべきものであったということを想わねばならない。米軍パイロットたちは、はっきりした劣等感を持って戦闘に従うのを常とした。

ガダルカナルの戦闘機隊は、ゼロは天下無敵(インビンシブル)であるという説を打ち破ることによって、戦争に大いなる貢献をしたのである」

といっており、対ゼロ戦戦法として、

「何よりもまずゼロと格闘戦をやろうなどとしないこと。我々の目標は敵の爆撃機である。ゼロが向かって来るまでに、少なくとも一回くらいは爆撃機に飛びかかることは可能だし、その一航過で敵の爆撃機は必ず火を吐く。そうしたらやって来るゼロに、素早く一連射あびせ(当たれば直ぐ火を吐く)、真っ直ぐダイブして基地へ帰ってしまう。

しかし、いつもいつも、こんなにうまく行くとは限らない。時にはゼロと格闘戦に入ってしまうこともあるが、そんな時には、そのパイロットは、誰か友軍機が彼の尾部にくっつい

土煙りをあげてブーゲンビル島南端ブイン基地を発進しようとする零戦二一型

ているゼロを射撃して、追っぱらってくれることを、ただ祈るだけである。

以来、二機の相互支援隊形で戦闘することが急速にひろがったのであるが、あるパイロットは、

『ゼロ一機対グラマン一機では、とても勝味はない。しかし、グラマン二機が相互支援隊形をもって当たれば、四ないし五機のゼロに匹敵し得る』また、『ゼロはグラマンから二秒間射撃されれば火を吐くが、グラマンはゼロから時には十五分間の射撃されても、これに耐え得る』と言っていた」

これで充分わかるはずだが、米海兵航空隊はついに零戦の弱点、すなわち防禦力の不足、というより皆無に近いことを発見して、そのインビンシブルという伝説を打破してしまったのだ。

戦闘機の空戦は、パイロットがいかに優秀でも、戦闘機の性能が格段に差のあるときはどうしようもないものである。それが日本軍の場合、戦いの進むにつれてパイロットの質が低下してくるうえに、敵の戦闘機の性能がつぎつぎと上がってきたのだから、致し方のないことであった。

わが海軍でも、早くから何とかして零戦の後継機をつくりたいと、躍気になって努力していたのだが、当面の実用戦闘機の生産に追われて、新機種の試作は遅々として進まなかった。

昭和十九年に入って、やっと紫電改という戦闘機が生まれた。これならＦ６Ｆと対等の戦闘ができるというので、軍需省では紫電改の生産を促進した。しかし、ギリギリの能力を傾

けて、やっと生産をつづけていた日本の航空機工業界には、これすら無理だったようで、肝心の零戦の生産が落ちはじめ、出来あがった紫電改は整備員の未熟と発動機の不良とで、思うように稼働しないのだった。

これでは、戦闘力を上げるために紫電改にしたことが、かえって綜合戦力を下げる結果になってしまったわけである。いずれは五十歩百歩としても、こんなことなら、ずっと零戦で通した方がまだよかった、などという結果論が出てくる。

さて、ここまでの話から、この頃の零戦の果たした役割は何といえばいいだろうか。それは、これこれかくかくのとおりと、はっきり評価することはできない。しかし、グラマン二機で零戦十機くらいが追いまわされるほど老いぼれた零戦だったが、紫電改をつくって零戦の数が減るほうが痛かった、といわれるだけの役割を果たしていたことだけは事実である。

## 最後の役割

この不世出の名戦闘機零戦は、闘うものの転換期の悲哀を充分に味わった後、さらにもっと悲しい運命を背負わされることになった。その最後の役割は特攻機だったのである。

敵の艦艇、とくに空母をやっつけるには最小限二五〇キロの爆弾でなければならなかった。そして終戦近くの、防禦厳重な敵機動部隊の上空にこの爆弾をはこぶ飛行機は、掩護機なしで敵の上空直衛戦闘機群の邀撃戦闘を、とにもかくにも一応、回避し得る速力と機動性を持った飛行機でなければならない。あわれ空の王者の座をおわれた零戦は、悲運にも、この役には打ってつけの飛行機だったのである。

昭和十九年十月二十五日、比島近海において、関行男大尉を指揮官とする敷島特別攻撃隊の敵機動部隊突入を先頭に、二十年八月十五日、五航艦長官たる宇垣纒中将が指揮された沖縄方面への最後の敵艦突入にいたるまで、幾多純情の青年を搭乗せしめ、護国の神たらしめた特攻機の約六〇パーセントは、この年老いた零戦であった。

昭和十六年いらい四ヵ年、ほとんど全世界を相手として戦われた太平洋戦争の戦史の全頁にその名をとどめた零戦は、その後継機の一機をも生産し得なかった日本の国力の貧困さの象徴でもあった。

太平洋戦争において零戦が果たした役割、それは主役以上のものであって、太平洋戦争は、またの名を〝零式艦上戦闘機によって戦われたる戦争〟と名づけてもよい、と私は思っている。

# 私が会得した「零戦」必勝空戦法

## 零戦撃墜王が明かす空戦の極意

元 台南空零戦隊搭乗員・海軍中尉　**坂井三郎**

　私は支那事変から引きつづいて太平洋戦争と、数えきれぬほどの空中戦を経験し、その間、四度、空中において敵弾のため負傷したが、命冥加（いのちみょうが）というか死神（しにがみ）に見放されたというか、いまもなお健在である。

　ガダルカナルの激戦でうけた右眼の傷はほとんど失明にちかく、これだけは不自由を感ずることがあるが、南海の雲を血しぶきに染（そ）め、祖国の栄光を信じて散っていった戦友たちや、私以上の傷を負い、いまなお、その傷と戦っている方たちのことを思うと、私の傷などものの数ではないと思っている。

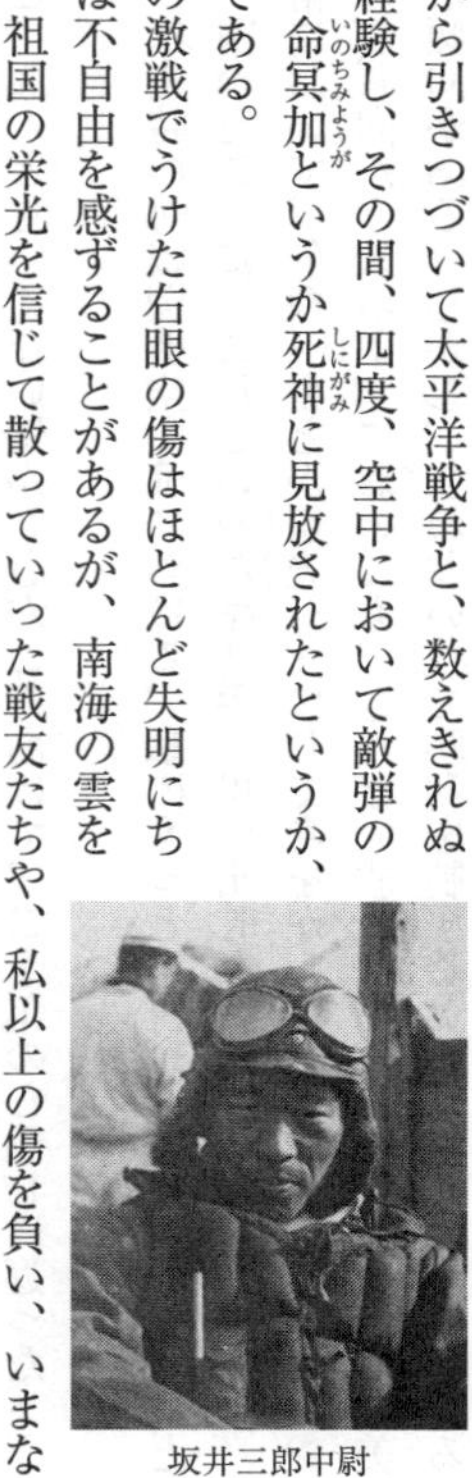

坂井三郎中尉

　その右眼の負傷のため、戦後、再開された大空への復帰は断念したが、一度、大空を自由自在に飛びまわることをおぼえた私にとって、それは残念なことであった。

それでも、三つ子のたましい百までというが、ここのところ元海軍の戦友たちがやっている藤沢の練習飛行場へ折りをみては駆けつけ、数十分の同乗飛行をたのしみ当時をしのんでいる。ほこりのない上空のすみきった空気と、飛行機特有のにおいのミックスした、あのにおいを鼻にすると、なんともいえない懐かしさがこみあげて、二十年のむかしに返ったような感激をおぼえる。

さて、このたびは当時の対戦闘機空中戦における、私のもっとも得意とする戦法を書けとの要望であるが、困ったことに、これといったキメ手が思い出せないのである。

むかしから剣術において、危機一髪とか切先三寸にして身をかわすとか、柔道やレスリングのような相手と立ち向かうスポーツにおいても、きわどい放れ技をもちいて勝つことを美技として賞賛する傾向がある。しかし、きわどい技で勝利を制するということは逆に考えると、そのきわどいことをすること自体、自分をそのたびにピンチにさらしていることであって、空中戦では、それはつねに敗北、いいかえれば〝死〟と紙一重のところで対決しているということである。勝負師としては、たとえその場は勝ちえたとしても、けっして満足すべき勝ち方ではないと私は思う。

空中戦はスポーツやほかの勝負事とちがって、負けることはすなわち死であって、今度は負けたが、つぎには挽回するというチャンスは、永久にこないのである。そこで私は、未熟な空戦の経験をかさねながら夜といわず昼といわず、暇さえあれば、いかにして上手に安全に早く勝てるかということを考えつづけた。これは大変ひとりよがりな、欲ばった考え方かもしれないが。

## 目的は制空権の確保

いちがいに空中戦といっても、これを大別すると進攻作戦、迎撃戦、遭遇戦の三つの型に分類することができる。

そのうち遭遇戦は、遭遇地点の位置が敵基地にちかい場合は進攻作戦に似た型となり、味方基地にちかい場合は迎撃戦に似た型となる。したがって、対戦闘機空戦は進攻作戦と迎撃戦の二つの型に分類され、この二つの型の基本とその応用を念頭において、空戦のやり方を私たちは考えた。

この二つの型のなかでもっとも難しいのは、もちろん進攻作戦である。迎撃戦は敵機来襲という、決定的な条件のもとに行なわれるものであるから、敵の兵力、機種、高度、方向など、敵の状態が手にとるように判明し、また、かならず空中戦が行なわれるという予想のもとに、これを迎え討つのである。

だから、その観念においては、空戦そのものは比較的やりやすいが、その反面、戦闘機パイロットの責任感として、味方基地に一発の敵弾といえども撃ち込ましてはならないという心構えをもって、一機一機に当たらなければならない。そこが進攻作戦以上に、この意味においては気をつかうのであるが、なんといってもフランチャイズの安心感があるので、やりやすいといえる。

進攻作戦――これは文字どおり、こちらから先制攻撃をしかけるやり方であり、これを私たちは〝航空殲滅(せんめつ)戦〟とも呼んでいた。この作戦の目的は、敵基地上空の制空権の奪取(だっしゅ)、いいかえれば敵戦闘機を空中において撃滅して、つづいておこなわれる味方爆撃隊の爆撃を容易にするのである。敵戦闘機の勢力が大きい場合は一回ではすまないので、何回もこれを繰りかえすことになる。初期のラバウルでは、これが繰りかえし繰りかえし行なわれた。

## 戦法が違う制空隊と直掩隊

この進攻作戦は、敵の戦闘機が優勢で初めから爆撃隊の空襲を行なった場合、味方の被害が甚大(じんだい)であると予想されるとき、まず戦闘機隊だけで先制空襲をかけ、敵戦闘機を敵地上空において捕捉撃滅するのが目的であり、いわゆる制空権を賭(か)けた戦いである。

この先制空襲の型にも、戦闘機隊のみで行なう場合と、爆撃隊と協同で行なう、いわゆる戦爆連合の場合の二種類がある。

戦爆連合の空襲は、戦闘機隊単独で行なった攻撃で、敵の戦闘機の勢力をそうとうに減殺(げんさい)しえたと予想したのちに行なわれるのがつねである。しかし戦況が急迫して、このような段階をふんでいるひまがない場合や、機動部隊同士の決戦の場合はこの型と異なり、これは文字どおり強襲となるのである。

この戦爆連合の攻撃のやり方は、まず戦闘機隊はその勢力を、制空隊と直掩隊（爆撃隊にピタリとくっついて直接掩護する隊）に二分する。

落下増槽をつけ、長駆敵地攻撃にブインを発進する零戦二二型が浮揚する瞬間

制空隊の任務は、爆撃隊が敵地上空につく予定時間の約十五分前に敵地上空に先行して、これを迎え討つ敵戦闘機を撃滅して、上空の大掃除を行なうのが目的である。直掩隊は制空隊と協力して、爆撃隊に襲いかかってくる敵戦闘機を追いはらって、爆撃隊の攻撃を容易にするのが任務である。

ここでは同じ空中戦でありながら、二つの根本的に性質のことなった空中戦が行なわれる。制空隊の空戦は、徹底的に敵戦闘機を撃墜することを目的として戦うので、ある程度のムリや深追い（ふかお）はやむをえないが、直掩隊の空戦のやり方は少しちがってくる。

爆撃隊（水平爆撃）は出発前、敵地の空中写真や精密地図をもとに敵状その他を考えあわせて、爆撃点への進入方向と避退（ひたい）針路（帰路につく進路）の計画を綿密にたてたうえ発進することになる。この場合、よほどの状況変化がおこらないかぎり、容易にその計画は変更しない。とくに爆撃数分前になると、指揮官機を先頭に隊形を完全にととのえ、正しい水平直線飛行を行ない爆撃針路にはいる。ついで爆撃手は、爆撃照準器の時計を発動して目標の照準をはじめる。

この爆撃針路にはいったが最後、敵戦闘機が攻撃してこようと、高射砲弾が炸裂しようと、僚機が撃墜されようと、そんなものには眼もくれず、ただ投下時刻までその高度と針路を正確に維持して直進する。

この神々(こうごう)しいまでに落ちつきはらったその空襲の主役である爆撃隊の、番犬(ばんけん)的性格をもった直掩隊は、襲いかかってくる敵戦闘機と空戦をまじえるのが目的ではあるが、ここに一つの制約された条件がある。それは、爆撃隊のそばを離れてはならないということである。もちろん瞬間的には離れないわけにいかないが、もう一歩追撃すれば墜とせる敵機があっても、追いかけたその留守に、爆撃隊が他の敵戦闘機に襲われるようなことがあってはならないからである。

そのため、直掩隊は敵戦闘機を撃墜することに専念するより、敵戦闘機を爆撃隊に近寄らせないように、これを近いヤツから追いはらうように機敏に動きまわらなければならない。あるときは自分の態勢が少々不利であっても、爆撃隊の犠牲になる覚悟も必要となってくるので、この型の空戦はとくにチームワークと判断が難しく、戦闘機のパイロットとしていちばん難しい空戦である。

## 進攻作戦時の一発勝負

太平洋戦争の初期から中期にかけて、零戦のあげた戦果の大半は先制空襲であったといえる。これは零戦のように足の長い（進出距離の大きい）戦闘機をもってする、代表的な空戦法である。

敵情のはっきりしている迎撃戦とちがって、敵がはたして出てくれるか、また現われるとすればどこで待ちうけているかといった疑問を持ちながら敵地に乗り込むという、不安のようなものはある。しかし、こちらから敵地に殴り込みをかけるという、勇壮な士気と自信。それにもまして、戦いの主導権をこちらが握っているという強みは、なにものにも変えられないものであった。

零戦の長大な航続力は、まことにたのもしいもので、私の経験したラバウルからガダルカナルまでの片道距離は、東京から九州南方の屋久島との距離に相当する。そして、空戦時間十分内外という短い時間に、雌雄を決する覚悟の気合いのこもった一発勝負という、その心構えの点において、私は進攻作戦が好きであり、また得意でもあった。結果からいっても進攻作戦の方が、問題にならないほど撃墜数が多いのである。

まず進攻作戦は、敵状偵察からはじまる。太平洋戦争の初期においては、海軍はこの任務を九八陸偵（神風型と同じ）が一手に引きうけていた。二人乗りの優速機で、これが八千メートル以上の高空を単機で敵地上空に乗り込み、一航過で空中写真や肉眼で敵情をさぐってくる。

単機であるので、敵戦闘機にねらわれる機会は比較的すくないが、武装のないこと、空戦性能のないことは、敵戦闘機につけられた場合、決定的に不利である。したがって、この任務を果たすパイロットと偵察員には空中経験の豊富なベテランがえらばれる。

そのほか、敵地ちかくに放ったスパイ報告や、戦闘機の強行偵察という手をつかうこともあるが、これらの情報を総合し、まず敵機の数や機種、動静、その他が、司令部において検討される。

これに味方の手持ち兵力をにらみあわせて、攻撃計画がたてられるのだが、私たち戦闘機隊パイロットにその命令がつたえられるのは、緊急の場合をのぞいて、ほとんどその前日の夕方であった。

## 二五一空の戦訓所見

終戦のときに私は横須賀航空隊に勤務していたが、そのさい、手持ちの機密書類の完全焼却を命ぜられた。生来の横着者（おうちゃくもの）である私は、これをこころよしとせず、ひそかに隊外へ持ちだした。これこそ私の半生の、生命の記録であったからだ。

そのうちの勤務録（准士官以上の備忘録として「自己の遭遇、見聞または、研究修得したる事項中、将来、勤務の参考に資すべきものを記載するものとする」）のなかに、二五一空（元台南空、私の所属部隊）の戦訓所見が記録してある。ここにこれを記載して、当時の零戦の活躍と空戦の模様を知っていただこう。

(一)本戦訓は二五一空(元台南空)の昭和十七年四月より十一月までにおけるニューギニア、ソロモン方面戦闘にて得たものにして、戦闘機隊幹部の所見を主とする。

(二)敵機の機種はP39、P40、グラマン、スピットファイア。

(三)味方の機種は一号零戦。

**目的**

敵の戦闘機優秀にして、攻撃機をもってする空襲は甚大なる被害を予想され、実施困難なるとき。

**兵力**

兵力は多々、ますます弁ずるものなるも、予想敵出現機数の一倍ないし一・五倍の兵力を有すれば十分なり。状況により、寡兵をもって空襲を実施する場合も、最小限度½の機数なるを要す。わが兵力、敵の½以下なるときは会敵時、空戦の実施きわめて不利にして、戦果小なるのみならず、大なる被害をこうむるおそれあり。

わが兵力小なるときは、若年者は可及的に参加せしめざるを要す。一名の不適なる行動により、これを掩護せんとして全体の不利をきたす場合を生ず。わが兵力大なるときは、若年者を多く参加せしめ実戦経験を得せしむるを必要とす。

離陸

（イ）出発前の飛行準備位置、適切ならざるときは、大部隊の進発にさいし混雑を生じ、集合までに大なる時間を消費するものなり。とくに前進基地は、一般に狭小にして単に滑走路一本の場合多きをもって、なお然（しか）りとす。整備員は搭乗員の集合三十分前までに、飛行場風下側に、適当なる位置に編成せる中隊順にならべおくを要す。

飛行機は常時、敵空襲を考慮し、分散せしめおくを要するものなるをもって、過早（かそう）に準備せざるを要す。

（ロ）離陸は中隊番号順たるを要す（可とす）。離陸後、基準中隊は高度千メートルていどにて、なるべく飛行場にちかく行動し、後続中隊よりの視認と集合運動を容易ならしむるを要す。雲ある場合は雲下を適当とし、断雲といえども建て前として雲上に出（い）でざるを可とす。下方に「ミスト」ある場合は、その上空にて集合するを可とす。

航行隊形

現在の空襲は、そうとう長時間飛行を要するをもって、航行中の搭乗員の疲労と編隊運動の難易を考慮し、一般戦闘隊形よりも多少、開距離とするを要するも、長時間行動するときはしだいに間隔（かんかく）大となり、突入時、隊形の整備に間に合わざることあり。離れすぎざるよう厳にいましむを要す。

戦場突入

（イ）戦闘機をもってする航空撃滅戦は、敵機の捕捉を第一条件とすべきをもって、突入場所、高度は、もっとも敵機の出現する公算大なるところを撰定(せんてい)するを要す。

進入方向は、敵に先んじて発見せられざるために、敵の見張所等の上空を避け、太陽を背にするなど天象地象の利用に注意するを要す。

戦場に突入し一航過にて敵を発見せざる場合は、一時、戦場外に離脱し、反転してふたたび適当なる方向より、前回より高度を二千メートルほど高くし、進入するを要す。突入後、敵を発見せず、そのまま戦場上空を旋回し、敵をもとむるか、または次回の突入高度が前回と同様以下なるときは、敵より奇襲をうけるおそれ大なり。

突入にさいしては、運動困難ならざるかぎり、各中隊は可及的に横広なる隊形にて、一般に後続隊は同高度か、またはわずかに高きを可とす。かくすれば中隊相互の後方警戒容易にして、協同また容易なり。

戦場突入後は敵発見時以外、なるべく大角度の旋回を実施せざるを要す。旋回する場合は、横広の隊形より一時、縦陣となり旋回後、ふたたび横広の隊形となる。

(ロ)戦闘準備は突入前すくなくとも二十分に完成するを要す。増槽燃料の主槽切換(きりかえ)は、燃料経済のため、突入時または敵発見時、実施するを可とするも、中攻隊の掩護の場合は間にあわざること多きをもって、突入時、適当なる時機に切換を、要すれば増槽落下しおくを要す。

空中戦闘

空戦中、敵機を撃墜しうる場面は、①奇襲、②敵機が降下より上昇に転ぜんとする場合、

ニューギニアの山岳地帯を背景に、攻撃に向かう251空の零戦二二型

③巴戦にして追跡したる場合、④味方機を攻撃せんとする敵を側方（後方）より攻撃する場合。

①の奇襲の場合は、いわゆる隠密に接敵し攻撃開始まで敵に知られざる場合にして、天象地象を利用して接敵、敵に先んじて発見突撃するを要す。

この場合、後下方より接敵すれば、もっとも隠密性あるも、接敵半ばにして敵に発見せられたる場合は、不利なる対勢となることあり。したがって少数機の場合はきわめて有効なるも、大編隊の場合は敵に感知されるおそれ大なるをもって、実施せざるを可とす。状況により実施する場合は、不時にそなえて一部の隊を上方に配備し、奇襲部隊を支援せしむるを要す。

支援隊は、敵に発見されたる場合は機宜行動にて、奇襲部隊の行動を容易ならしむるを要す。奇襲部隊、敵に発見せられた場合は、機を失せず、きわめて迅速に敵を攻撃するを要す。後上方より接敵するは、天象地象を利用すれば、わりあいに発見せられざるものなり、しかも発見せられても、優位なる位置より戦闘を開始する利あるをもって、高度の優越を絶対に必要とす。

前方よりの接敵は敵に発見され易く、また前下方攻撃はしばしば有効なる攻撃を実施可能なることあるも、攻撃の持続性、小にして、かつ発見されたる場合、相互反航にて射撃することとなり、不利となること多し。

②項の敵機が降下より上昇に転ぜんとする場合は、優位より敵機を攻撃し、わが回避によ

り前方にのめり、余力上昇せんと機首を上げる時機は、攻撃にもっとも良好なる時機なり。しかしこの場合、他の一部の敵が上空に支援しており、敵を追う機を攻撃するは敵のとる常用手段なるをもって、厳に注意するを要す。

③項の巴戦においては、P39、P40は零戦に比し、旋回圏きわめて大なるをもって一、二旋転において、容易に追跡しうるも、横の巴戦は既知のとおり、食い込み手段少々、縦の巴戦より長時間を要するのみならず、他の敵より攻撃をうける公算きわめて大なるをもって、実施せざるを要す。

敵は二機の協同をよくし、われ敵の一機を攻撃追跡するときは、他の敵はきわめて適切にわれを攻撃し来れること常なり。(1)長追(ながお)いせざること、(2)後方に注意をおこたらざること、(3)味方相互により、協同に後方支援すること肝要なり。モレスビー方面の敵は現在二機協同により、中隊の協同に進歩しつつある状況なり。

④項の味方機を攻撃せんとする敵を側方より攻撃する場合は、われと空戦の経験なき敵は、はじめは闘志あり積極的に挑戦しきたるも、技量われよりはるかに拙劣なるをもって、これを捕捉撃墜し大なる戦果をあげえたり。

二、三回空襲をかさねれば、わが技量を知り、奇襲かまたは優位よりの一撃のほかは遁走するを常とするをもって、きわめて困難となる。敵の遁走は急反転より数千メートル急降下を常とするも、未熟者は約二千メートル降下して機首を上げるもの多数あり。この機会を攻撃すれば撃墜容易なり。

戦闘後、味方機を集合する場合、後方より戦闘隊形にはいらんとすれば、敵との識別きわめて困難なるをもって（この場合、味方と思っても念のために敵対行動をとる要あり）相互に、横より胴体側の日の丸を見せつつ接近するか、また要する場合は機を傾けて、翼の日の丸を見せるを要す。

味方識別として単に「バンク」のみを使用するときは、敵これを利用し、バンクしつつ接近攻撃し来れるものありたり。ときに応じ、片バンクなどを定むるを要す。

空戦後、集結はきわめて大切なものなるをもって、各員は最善の努力をなすを要す。中、小隊長、列機を問わず、相互にすみやかに集結するを要し、われは中隊長、小隊長たるをもって列機より集結するを待つは、きわめて長時間を要し不可なり。

空襲後の基地帰投

（イ）後方見張りをおこたらざること。敵機は味方の帰投進路に入るを待ち、後方死角より追いて来り、奇襲一撃をくわえたるのち遁走することを用うること、しばしばなり。単機にて帰投するときはもちろん、多数機の場合といえども相互に後方を警戒し、この奇襲をうけざるよう留意するを要す。

（ロ）隊形としては突入時と同じく、できるだけ横広同高度の隊形にして、なるべく近迫しあるを要す。

（ハ）要すれば、しばしば蛇行（だこう）運動を実施、後方死角を警戒す。

（ニ）モレスビー方面の敵は、山脈を越えて百カイリあまりも追跡しきたれることあり。

空襲より帰投時の基地着陸

敵航空基地は、一に飛行場を多数有するをもって、一飛行場を壊滅せしむるも、他の飛行場は使用可能なること多々あるをもって、味方の空襲後、敵、追打的に空襲しきたる公算大なる場合多し。味方としては、着陸または直後の空襲もっとも痛し。

したがって、この空襲を予期する基地においては、帰投せる機はすみやかに燃料弾薬を補給し、待機せしめ、要すれば上空哨戒に発進せしむ。そののち帰りたる機にて燃料弾薬に残量ある機は、暫時（先に帰投せる飛行機の準備に要する時間、約三十分）上空に残り、警戒を厳にする要あり。

被弾時の処置

（イ）燃料槽に被弾ありたるときは、この燃料槽を使用しつつ全速にて帰途につき、この燃料槽ゼロとなりたるとき他の槽に切りかえ、経済速力にて帰投すべし。出発基地まで帰投不能なるときは、前進しつつ不時着場または味方艦ふきん海上に不時着す。

（ロ）発動機に被弾、不調となりたるときは、けっして絞ることなく、むしろ回転を増加し、もっとも震動少なきところにて、すみやかに帰投す。一般に絞れば停止すること多し。

（ハ）機体に被弾ありたる場合にして空戦に危険を感ずるときは、すみやかに戦場を離脱、帰投す。

（ニ）油滑系統に被弾せし場合は全速にて、もっとも近き基地、または味方部隊所在地に不時着するごとく帰投す。

（ホ）機体に被弾せる場合、着陸にさいしては降着装置の被害の有無に注意し、要すれば基地上空を低空にて飛行し、地上員に良否を点検せしむるを要す。脚関係に被弾のおそれある場合には、基地上空に到達するまでは絶対に脚、把柄等にはふれざるを要す。みだりにふれる時は、たとえ「上げ」にするとも「ケッチ」がはずれ、脚突き出しなどいかにするとも収納不能となること多し。

脚装置の被害確実にして、脚を出して着陸せば転覆のおそれ大なるときは、脚を出すことなく着陸するを可とす。この場合フラップを出さんとして脚把柄を上げにするとき、かえって「ケッチ」はずれ、脚を突き出すことあり。フラップは出すことなく、そのまま着陸するを要す。

現今、西南太平洋方面における戦闘は、航空撃滅戦の連続にして、敵の空襲もつねに予想される情況にて、また実際において敵の空襲熾烈なるゆえに、攻撃の途中において遭遇することあり。また敵戦闘機は、わが攻撃部隊の帰途を待ちぶせることしばしばにして、離陸出発時より帰投着陸まで、絶対に油断をなすことなく、十分なる見張り警戒をなすとともに、敵上空において空中戦いかに激烈をきわむるとも、けっして全弾を撃ちつくすことなく残しおくを要す。

## 零戦の持ち味を生かす

このように、いちがいに空中戦闘といっても千変万化であって、私の経験した数多い空戦をふりかえってみても、一回といえども同じ型のものはなかったのである。

空戦というものは陸上戦闘などとちがって、空中に浮いて、しかも当時の飛行機のスピードをもってしても、秒速一〇〇から一五〇メートルという猛スピードで飛びまわり、それが上下左右と、その向きをおたがいに変えながら行なうのであるから、その型はさまざまだといえよう。

戦闘機の機銃は固定銃といって、胴体や翼のなかに前方にむけてボルトで固定してあるので、敵機が自分の直前方に来たときでないと、発射しても命中はしない。一般に、戦闘機のことを知らない人たちは、そんな不自由なことをしないで、三六〇度射撃できる機銃を装備すればよいではないかと考えることが多いが、それはあやまりである。

当時の複座以上の飛行機に装備された旋回銃と、単座戦闘機の固定銃の命中率の比は一対七から十だといわれるほど大きな開きがあり、それほど固定銃の偉力は大きかった。世界中の主力戦闘機が、複座として後席に旋回銃を装備するという方法をとらず、一〇〇パーセント単座機であるという現実をみても、やはりうなずけることである。

ところが、敵機が直前に現われ、照準器の中心に、その敵機を入れて発射すれば命中するかというと、なかなかそうはいかない。もちろん、同高度で直後につくか、真正面になった距離が近い場合は無修正でもよいが、目標はものすごいスピードで飛行しているのだから、ねらった敵機との角度が大きいほど、また距離が遠いほど、修正量が大きくなり命中率が悪くなる。

ブーゲンビル南方のバラレ島基地を発進、主脚を収納しつつ上昇する零戦二二型

空中戦の射撃は、静的射撃の場合の弾丸の命中とは、その性質がまったく異なり、命中というよりも、自分の射った弾丸と敵機を自分の予想した一点で遭遇合致させるといった方が正しいのである。角度が大きい場合は、敵機を照準器の中心に入れて、直接照準発射をしても、飛んでいった弾丸がついたときには、敵機はすでにお留守になっている。これを命中させるには、敵機の速度と自分の速度、敵機との距離、角度、弾丸の速度を瞬時に計算して、敵機の未来位置に向かって発射しなければならないのである。しかも距離、角度とも目測であるので不正確でもある。

たとえば最大角度九十度、射距離一〇〇メートルで発射するとき、敵速、自速ともに約一一〇メートル／秒、弾丸初速九〇〇メートル／秒とすると、敵機の先端から約十三メートル前（操縦者を目標とする）へ向けて発射しなければならない。

この修正量を小さくし、射距離を近くすれば、命中率はぐんとよくなる。その最良の射撃位置とは、敵機の真後ろにぴったりくいついた位置である。この位置は、敵の機銃は後ろへ向かないのでもっとも安全な位置でもある。

ところが、敵機といえども考えはおなじで、このもっとも有利な位置をねらって廻りこもうとする。そこでおたがいに、その絶対優位の位置へ近廻りしようとして、急旋回の運動にはいる。この形が、一般にいわれているところの巴戦または格闘戦であり、米英機に比して旋回半径の小さい零戦のもっとも得意とする戦法である。

ところが、いったんこの格闘戦にはいって、多数の敵味方が入りみだれてしまうと、おたがいの激しい動きと周囲の見張り、そのほかパイロットの神経や思考力、判断力を減殺する数かずの悪条件がかさなり、いわゆる乱戦となる。

こうなると、なかなか発射のチャンスがつかめず、また命中率も悪くなり、苦労するわりには撃墜率はよくない。そこで私は、この入りみだれる巴戦を極力さけて深追いもさけ、この乱戦に入る前の、零戦の持ち味であるところの旋回性能と、すぐれた上昇力を利用する戦法をとった。

## 読みと基本と断行力

また戦闘機のパイロットが、空中戦でいちばん気になるのは、死角の見張りである。エンジンのかげや翼の下は、機首を左右にふったり、大きく翼をかたむけて注意するが、後方、とくに後下方は、きわめて見張りがやりにくい。視界のよい零戦にくらべて、米英の戦闘機は、その構造上、後上方の視界はあまりよくなく、この二つの弱点を突き、絶対優位のこの位置へ、いかにして、もっとも素早く、また安全にくいこむかということを考えた。

そして、けっきょく空戦というものは将棋と同じであって、最後のつめ、すなわち逃げられない王手の一手にもっていくまでの読みの深さと、それを実行する機敏なはこびであると思った。

その〝読み〟とは、空戦においては優秀な見張力である。その見張りも、ただ単に空中の視力がすぐれているだけではだめで、眼光翼背に徹する心眼の見張りであり、敵の常套戦法やその日の天象、気象、地形を最大に活用したものでなければならないことを、一戦一戦を経験するたびに考え、それを活用した。

また、空戦場における優位の条件として、敵より高度の高いことが第一条件といわれている。大編隊の場合は、もちろんそのとおりであるが、小隊単位の小さい編隊の場合は、私は少しぐらいの高度の優位よりも、その高度差をスピードのエネルギーにかえ、この敵機の死角であるところの後下方へもぐり込み、敵機の脇の下めがけてヤリを突き上げるような攻撃を好んでとった。

これはすばらしく成功した。しかも、後下方から射ちこんだ弾丸の威力は、とくに敵機に火災を起こさせ、操縦者を死傷させるのに有効であった。

また、後下方からする攻撃は、射撃前の接敵中に敵に発見されても、反撃をうけにくい利点がある。しかも敵の得意な垂直急降下逃走戦法も、その直前に、こちらが下にいるだけに、その初動をピタリとおさえて撃墜することができる。さらに急上昇や宙返り、急旋回で回避しようとしても、それは零戦の思うツボであるからだ。

一部では、私のこの戦法を、敵より高度が低い接敵法という不利を心配するムキもあった。しかし、勝負というものは、虎穴(こけつ)に入らずんば虎児(こじ)をえず、のたとえのとおり、空戦においても、空中戦そのものが命をかけた勝負であるかぎり、あるていどの危険もあえてこれを断行する決断力と実行力が絶対条件であった。

しかもその断行力も、森の石松式の暴勇ではなく、空戦の基本を完全にマスターした計算づくめの、柳生流(やぎゅうりゅう)の正流をくんだ剣法でなければ、はげしい一回一回の空戦を勝ちぬくことは困難である。

海戦は最初の五分間が大切といわれるが、空中戦闘は最初の十秒間できまるといえる。読みの深さと基本の体得、そして断行力、この三つは、すべての勝負師のこころえるべき条件ではあるまいか。

私はさいわいにして敵戦闘機の弾丸は、わが身、わが機体に一発といえども触れさせなかった。

# 空戦の奥義〝必殺の旋転戦法〟を開眼した日

## 不利な態勢から一瞬にして有利な射撃態勢に転換する秘法の極意

元 二〇四空司令・海軍大佐　**柴田武雄**

私は、航空技術廠飛行実験部陸上班長（海軍少佐）であった昭和十三年四月十三日、飛行実験部の会議室でひらかれた零戦（試作機時代の名称は三菱十二試艦戦）の性能審議会の席上で、大航続力を強く要求したことがあった。

当時、多くの戦闘機パイロットたちから極度にきらわれていた大航続力を、零戦に付与することを断固強調しつづけた根拠には、つぎにのべる零戦の空戦性能、および訓練による操縦技術向上法にかんし、二大確信の裏づけがあったのである。

その一つは、日本海軍の一〇式艦戦から九六式艦戦まで、採用年代がすすむにしたがい空戦性能が実際的に向上している（ただし馬力が小さく旋回戦に弱かった九六式一号艦戦は例外と

柴田武雄大佐

した）ことを示すグラフを基礎とする、「戦闘機の空戦性能算出式」による零戦の空戦性能は、当時の諸外国の戦闘機より断然すぐれていた（強すぎるという答えがでた）ことである。そしてもう一つは、「旋転戦法」があったからである。

そこで、この二大確信をもって、前記の審議会の席上、

「零戦の空戦性能を、諸外国の戦闘機より強いていどにとどめ、強すぎる部分を航続力の増大にふりかえよ。これによる空戦性能の若干の低下は、パイロットの訓練による技能の向上によっておぎなえる」

と、力説したわけである。

ところで「旋転戦法」とは、戦闘機同士の格闘戦中にクイックロールを主体としておこなう空戦の操縦法なので、「ロール戦法」ともよばれていた。

## 古賀一空曹と小高兵曹の体験

このような「旋転戦法」は、戦闘機同士の格闘戦において、攻撃面にもまた防御面においてもすばらしい効果を発揮する画期的なものであるが、実戦の記録に載っている代表的なものをつぎに紹介する。

——古賀清登一空曹は、この九月十九日の戦闘を手始めに際だった空戦ぶりを示しはじめた。この人は剣道の達人であるが、飛行機の操縦のほうは特別器用だという方ではなかった。

旺盛な闘志と、不敵きわまる度胸によって、常人の企て及ばざる大胆な行動をとることによって、抜群の戦果を挙げていったのである。

十月六日、中野忠二郎少佐の指揮する艦戦七機は、九六式艦爆三機を掩護して南京上空に侵入した。大校場飛行場の攻撃後、彼は本隊と離れ、列機末田利行一空とともに南京上空を周遊していた。高角砲が彼の編隊を狙って射ち上げて来るが、彼は、「高角砲がどこに何門ぐらいあるのか調べてやろう」と思って、射つに委せて飛んでいた。

ふと気がついて見ると、三機の敵戦闘機が前方から接近しつつある。

「なにも慌てて回避する要もない。どうするかゆっくり見て対抗処置を講ずればよい、この敵と闘う前に周囲の見張りが必要だ」と考えて見廻すと、これはなんと、右に三機、左に三機、後ろに三機、合計十二機に取り囲まれているではないか。

「われながら迂闊であった。高角砲の射撃に見とれて見張りをおろそかにしていたためだ。だが有難いことだ。近頃さっぱり敵機にお目にかかることがないので、腕が鳴って仕方がなかったところだ。今日はちょっと手ごたえがあるぞ」と古賀空曹は考えた。末田一空はやや疎開した戦闘隊形でついて来ている。

前方の敵機の攻撃をかわして旋回に入ると、後方編隊の一機が追躡（ついじょう）に入ろうとして接近して来た。末田一空はすでに左方の一機と取り組んでいるが、危ない状況にはなかった。危ないようなら直ちに救援に行ってやらなければならないが、優勢な限り独力で撃墜させた方が将来のためにもなる。

ソロモン諸島上空に湧く雲海を越え、増槽を抱き敵地に向かう零戦二二型の編隊

追蹤して来た一機は、旋回が拙劣なために絶対有利な態勢にありながらまだ射撃することが出来ない。

「そんな手緩いことでは駄目だ。もっと、しっかりスティックを引いて」と言ってやりたかった。左手を上げて自機の後尾を指し、「ここに食い込め」と言わんばかりのゼスチュアーもした。

腕の相違は如何(いかん)ともすべからず。敵機は古賀機に翻弄せられながら、一弾をも発することが出来ない。

末田機の方を見ると、いま一機、彼の後ろについている奴がいた。下手をすれば末田が危ないと思った古賀空曹は、「まず血祭りに」とばかりこの敵に攻撃の矢を向けた。

後ろの敵機がついて来ているので、その射撃を回避しながらの射撃に若干の困難を覚えたが、間もなく末田機後方の敵機に火を吹かせ、返す刀で自分の後尾について来ている奴を、わずか二旋転ののちに照準器にとらえ、たちまちにして撃墜した。

末田機はすでに一機を喰っていた。残る約九機の敵機は、「自分に悪いくじが当たらないうちに」と思ったのであろう、反転して西方に遁走をはじめた。

その最後の一機は、逃げおくれているところを、古賀機の機銃弾を浴びて空中分解して果てた。

この日の空中戦闘は、古賀君にもよほど面白かったと見え、後々まで戦闘状況を詳細に語っていた。右の話は彼の語ったところを再生したものである。（源田実著『海軍航空隊始末記・発進篇』より）

——昭和十八年十二月二十六日午前六時、小高機をふくむ二〇四空と二〇一空の零戦計十五機（戦史資料では十三機ないし十九機）が、ニューブリテン島西端付近のツルブ湾に上陸を開始した敵船団を攻撃する攻撃機隊の掩護の任務をもって、ラバウル東飛行場から発進した。

ツルブ湾上空にさしかかったとき前方を見ると、敵戦闘機が、高度七千メートル付近に五十機ないし六十機、高度四千メートル付近に八十機ないし九十機、計約一五〇機（戦史資料では、F6F・F4U・P40・P38計一〇〇機）が待ちかまえていた。

われわれはそのドマン中に突っ込んだ。敵も大挙してわれわれに向かって来た。ここに壮絶な大空中戦闘が展開された。

ところで、敵は機数において圧倒的に優勢なので、初めは、われわれとしてはお互いにロールをうって、敵機の射線をかわすのに忙しいありさまだった。

だが、ロールをうちながら突き進んで行くうち、チャンスをとらえて、一機また一機と敵機を撃墜した。私もグラマン一機を撃墜した。

ラバウル東飛行場に帰還してから、お互い戦果を調べ合わせてみたら、帰還した十四機がいずれも一機ずつ撃墜、計十四機を撃墜したことがわかった（二〇四空だけの戦史資料では、F6F五機、P40一機、P38二機、計八機撃墜となっている）。

しかし、戦友の一機はついに帰らなかった。今日の空戦は、初めから終わりまで、ロールのやりっぱなしだった。（小高登貫著『あゝ青春零戦隊』より）

## 一瞬にして逆転した空中態勢

私は昭和十年十月三十一日、横須賀海軍航空隊分隊長兼教官に補せられ、十一月上旬、横空に着任した。戦闘機の飛行隊長は有名な小林淑人少佐だった。小林隊長は、私が昭和三年の霞空操縦学生時代、同空第一分隊長兼教官であった。私は初歩練習機のアブロ時代、同先輩担当の組に直属し、同先輩から手をとって教えていただく光栄に浴した。

横空では私は第四分隊（主として教育担任）に配属された。ちなみに、第五分隊長（主として実験担任）は野村了介大尉（私が昭和七年霞空教官時代、中間練習機課程のとき、私の担当する組に直属した南郷茂章中尉ら飛行学生の一人）であった。

私はそこで、部下の搭乗員一人一人をつかまえて空戦（格闘戦）をやってみた。当時の日本海軍における戦闘機同士の空戦は、水平面・垂直面とも、旋回戦オンリーといってよかった。熟練したもののなかには、喰い込みをはやくするため多少ひねりかかった操作を加味する者もいたが、「旋転戦法」のあとにでた、いわゆる「ひねり」と称するものとは本質的にべつである。

また、この「ひねり」は、ふつうの旋回戦より垂直面においてかなり有効であるが、たとえこの「ひねり」で喰い込み、追尾をはやめたとしても、あとで説明する「旋転戦法」の一旋転で、一瞬にして形勢が逆転する傾向となることにおいて、一般旋回戦と大差はない。

ところで、私はG（旋回によって生ずる加速度）に弱かったので、部下の全員に負けてしまった。このときばかりは、じつに悔しかった。そのため、なんとか勝つ方法はないか、と考えた。

ある日、ふと「クイックロール（横転）」がひらめいた。

格闘戦の訓練において負けた態勢とは、簡単には相手機に追尾される状態になることをいうのであるが、相手機が至近の距離にせまったとき、水平飛行の姿勢（「旋転戦法」の基本状態）でクイックロールをうてば、フットバーをけった方向に横にかわり、高度は少し下がって、自機の速度は減るが（クイックロールの操作を簡単に説明すれば、最初は「錐揉み」の操作とおなじように、操縦桿をグッといっぱいに引くと同時に片方のフットバーをグッと一杯けり、旋転の途中で手と足をもどし、水平に復して一旋転を終わることである）、旋転中に螺旋（らせん）をえがく飛行軌跡が擂鉢（すりばち）で味噌を擂る形になることにより、相手機との関係速度が急激にマイナスになることが最大のミソである。

　うまくいけば、相手機との前後の態勢が一瞬にして逆転するかもしれない、と思った。さっそく私は、第四分隊の先任下士官であり、先任搭乗員であった河野新市一空曹を相手に、九〇式艦戦で実験することにした。

複葉、固定脚の九〇式三号艦上戦闘機。上翼が改良されている

　第一日目は、普通の巡航速度よりややはやい水平飛行の編隊で、二番機・河野機の機首を、私の機尾から真後ろ約十メートル、下方約一メートルに位置させて、スタントのときおこなう普通のクイックロールに近い操作をやった。

　だが、万一、衝突の危険を感じたとき回避できるよう、このときは普通よりすこし早目に操縦桿をもどした。そして、ぜんぜん衝突の危険もなく、操作を終わってみたら、なんと私の機首は河野機の後下方至近の距離で追尾の態勢となっているではないか！　私が頭のなかでえがいていたとおりの態勢が一瞬にして出現したのである。

　しめた！　と思った。

　もう大丈夫と、編隊を組みなおして数回おこない、実験の第一日を成功裏に終わった。

ところで、地上で私の説明をじゅうぶん頭にいれていた河野でさえ、この第一日目の実験の、そもそもの第一回目だけは、目の前でいきなりクイックロールをやられたとき、ビクッとし、危ないと感じたそうである。

河野とのあいだで内密に「旋転戦法」を完成したあと、ほかの部下搭乗員を相手になんの説明もしないでやったとき、その危険度に関する感想は、いずれもだいたい河野以上だった。そして、なかには一時的ないし半永久的に「旋転戦法」恐怖症にかかったようになった者もいた。あるいは比較的危険の少ない、いわゆる「ひねり」のようなものを考えはじめた者もいた。

### 完成した秘密戦法

第二日目は、河野機に後上方攻撃をかけさせ、私がクイックロールをうったのをみて全力急上昇させるという、実戦において起こりうる攻撃型の一つを想定しておこなった。

最初のうちは失敗したが、あとでは河野機が至近の距離にせまるすこし前から、エンジンをフル回転にしてクイックロールをうつことにより、一旋転ののちすぐ機首を小まわりに起こすことができ、急降下により速度が増大し、急降下の惰性とともに大まわりとなって上昇する河野機にたいして、上昇角度三十度以内で有効射撃態勢(タマを射ったら命中する態勢)を構成することができるようになった。

第三日目以後は、エンジンをフル回転にして、普通の格闘戦でおこなう垂直面の旋回戦

（宙返りの形）の途中で、クイックロールをうつときの機首の角度を、約十五度、三十度、四十度ないし五十度、六十度、七十度と上げていった。

ところで、第一日目以降、これらのかずかずの実験中に気づいたことは、

一、一旋転中、背面状態付近から相手機が見えてくるので、クイックロールをうった直後、操縦桿をやや早目にもどして、背面状態をすぎたころからスロールに近い操作に移りながら、相手機との態勢に応じてすみやかに有効射撃態勢となるよう、適切な操縦をすること。

二、約五十度以上の姿勢でクイックロールをうった場合は、半失速状態となり、旋転を途中でとめる操作がきかなくなる傾向を生じ、一旋転した直後、ごく短時間（約一秒間）失速し、急激に機首が下がる傾向の度が増大していくが、これがむしろさいわいし、その直後、機首約七十度ないし八十度で上昇中の（垂直面の円運動中なので上昇速度がこっこく増大する）相手機に、至近の反航体勢で有効射撃態勢を構成することができること。

三、約七十度以上の姿勢でクイックロールをうった場合は、半失速状態のていどがひどくなり、かつ、この場合、相手機が九十度前後の姿勢で上昇・接近してくるので、その上方にいた自機が失速して機首がさがることは、相手機に衝突する危険を生じる。

したがって、クイックロールをうつときの機首角度は、平時訓練のさいは約四十五度以内、実戦においては約六十度以内にとどめること。

四、九〇式艦戦の初期型（上翼が水平で、旋回戦には弱いとされていたもの）のほうが、同改

良型（旋回戦に強くするため、上翼を中央部から左右両翼ともすこしあげたもの）より、「旋転戦法」においてはクイックロールがやりやすくて強いこと。（この成果にもとづき、私は昭和十三年、堀越技師に個人的に内密に、だが確信をもって、零戦に旋転性をも付与することを要求した）

などであった。

このようにして、ごく短期間で「旋転戦法」は完成したのである。

## ハナをおられた赤松二空曹

「旋転戦法」が完成するまでは、河野一空曹に、いっさい他言は無用と注意しておいたが、いまやみごとに完成したので、ただちに教伝・普及の段階にはいることにした。

しかし、その前に、それまでいばっていた、あるいは旋回戦に自信たっぷりの連中にひとあわふかせてやろうと、まず第四分隊搭乗員のなかで体力が抜群の赤松貞明二空曹をえらんだ。そして、

「おい！　赤松、空戦をやるからこい」

と命じた。すると赤松は即座に、

「分隊長なんか……」

といった。この赤松のことばは、分隊長たる私を軽蔑したものというよりは、むしろ私とのあいだの親近感が、赤松をして無遠慮にそういわせたのだ。

だが、私はニヤッと笑みを浮かべただけで、すぐ機上の人となった。高度一五〇〇メートルぐらいで、赤松機と反航ですれちがったあと、格闘戦にはいった。水平面を一回やったあと垂直面にはいったが、赤松機を見ると例の体力でグングン追尾にせまってくる。

「野郎、いまごろ得意になっているだろう」とおもいながら、ころあいよしと、私は一旋転うった。一瞬にして赤松機のうしろ下方至近の距離に追尾の態勢となった。そのあとは体力抜群の赤松がどんなにもがこうが、ピタリとくっついたまま離れなかった。

バンクで終了を告げ、着陸して赤松を見ると、「どうもおかしい、どうもおかしい……」とつぶやきながら、意気消沈のていであった。

つぎは高橋憲一、稲葉武雄、東山市郎……というふうに、部下の下士官搭乗員を相手に、ひととおり「旋転戦法」の威力を示してみせた。

ちなみに、当時、第四分隊の分隊士は中島正中尉だった。同氏には、「旋転戦法」は前記のようにして下士官搭乗員にその威力の大きいことをやってみせたあと、理論の説明とともに教えはじめたが、その途中で同氏はかなり長期間出張したので、それから帰ったあと、残りの部分と「旋転戦法」を加味した「二機編隊の空戦戦法」とを、部下一般と同様、研究訓練しながら教伝した。

## 不利から有利へ一瞬の転換

「旋転戦法」の最大の特徴は、不利な態勢から一挙一瞬にして有利な射撃態勢となることで

昭和12年５月、空母「加賀」の甲板上に並ぶ九〇式艦戦。後方に九六艦爆が見える

あるが、それにくわうるに、多数機を相手としてもほとんどビクともしない自信が生じ、攻防（この場合、防攻といったほうがむしろ妥当である）両面にわたって威力を発揮できるはずである、と私は思った。

そこで、どうしてもこれをやってみたくなった。しかし、自分の部下だけを相手にしては、ひとりよがりの誤解をうけかねないし、かたがた第五分隊のパイロットたちにも「旋転戦法」の威力を味わわせてやろうと考え、第五分隊長の野村了介大尉に、

「技能抜群の三人をえらんで私と空戦をやらせてくれ」

と申し入れた。すると野村大尉はすぐ承諾し、間瀬平一郎空曹長、望月勇一空曹、ほか一名をえらんでくれた。

私はこのあと、五分隊の三機は、空戦の見地からは一般に有利とされている上方から「たばになってかかってこい」といった気持で、同時に攻撃を開始するようにたのんだ。

私は「旋転戦法」で、一機また一機と不利な態勢から一挙一瞬にして有利な射撃態勢に転換していき、全機を撃墜し終わったようなうれしい気持ちで、まっさきに着陸した。そし

て野村大尉に礼をいい、帰りをいそいだ。

ところが、十数メートル歩いたころ、私に聞こえよがしに大声で野村分隊長に、

「あんなバカバカしい空戦ったらありません」

と報告している望月一空曹の声が私の耳に飛びこんできた。その瞬間、私は、

「空戦訓練では、そうとう長いあいだ追尾をうけなければ負けたような気がしないので、望月一空曹の感想もいちおうもっともだが、多数機を相手の場合は、一機にだけこだわっておれない。

もし、実戦において、〝旋転戦法〟の一旋転ないし二旋転ぐらいで有効射撃態勢を構成し、実弾を発射したら、敵機はアッというまに墜落する。そして、一度撃墜された飛行機は二度とあらわれない。また墜死した搭乗員は二度とこの世でものをいうことができない」

と考えており、このことについて注意してやろうと思って、ちょっとふり向いたが、「いや、いまはいってもムダだ。そのうち、きっと分かるときがくる」と思いなおし、ひとりうなずきながら帰路についた。

このように「旋転戦法」は、これを訓練時の空戦において連続しておこなうときは、外見上も内実も、「不利有利」のくりかえしとなるので、どちらが勝っているのかわかりにくい。しかし実戦において実弾を発射すれば、結果は明確にでるのである。

そして、私がこのとき考えたとおりのことが、翌昭和十二年、支那事変の勃発後、私から「旋転戦法」の直伝をうけた古賀清登一空曹をはじめそのほかのパイロットたちによって、

如実(にょじつ)に立証されていくのである。

「旋転戦法」は生きていた！


「旋転戦法」を完成してまもないある日のこと、私は一人の下士官が、休憩所のわきにおだやかな面持ちで立っているのを見た。

「あれはなんだ？」と部下にきいたら、

「こんど特修科練習生として入ってきた古賀一空曹です」と答えた。

そこで私は、さっそく古賀の空戦技能を、ふつうの旋回戦だけでためしてみた。その、あまりにも弱いのにおどろいた。攻撃機パイロット出身ではないかと疑ったほどだった。このときの実感は、いまでも私の頭のなかにクッキリと残っている。だがつぎの瞬間、私は「旋転戦法」を初歩から教えるのにもってこいの素材である、と思った。

そののち、私は古賀清登にたいし、彼が特修科練習生であることを考慮し、まず地上で「旋転戦法」の理論を、系統的にじゅうぶん納得のいくよう説明したあと、初歩から高度へ、易より難へと順をおって、ゆっくり時間をかけて慎重に教えていった。古賀はたいへん純真でまじめで、度胸もある人物だったので、私の教えたとおり素直についてきた。古賀はこうして「旋転戦法」を純粋に会得し、特修科練習生を卒業していった。

昭和十一年十一月十六日（海軍航空年度の昭和十二年度）、私は加賀戦闘機隊長に補せられた。加賀の訓練基地は大村空だった。

ある日、ふと上空を見たら、大村空の戦闘機二機が格闘戦をやっている。そのうちの一機の、クラッ、クラッとやっている戦法はまさしく、純粋な「旋転戦法」ではないか。

「あっ！　あれは古賀だ！　あの純粋な旋転戦法をやるものは、大村空ではいまのところ古賀以外にない。これでもう大丈夫だ」とうれしかった。

私は昭和十二年度加賀戦闘機隊長時代および、昭和十四年度十二空（漢口基地）戦闘機隊長時代にも、部下にひととおり「旋転戦法」を教えた。

しかし私は、昭和十六年九月一日から十七年八月までの三空飛行長時代、十七年九月から十八年三月十九日までの徳島空飛行長兼教官時代（教育訓練基地は鹿児島県出水飛行場）、同三月二十日から九月九日までの大分空飛行長兼教官時代までは、直接教えることはほとんどやらなかった。太平洋戦争勃発の一ヵ月前に、三空分隊長・中原常雄特務中尉を相手に、高雄基地上空で空戦訓練をかね「旋転戦法」を部下に披露したのが同戦法教伝の最後のように記憶している。

だが、昭和十八年九月二十五日、二〇四空司令に補せられてからは、ブーゲンビル島ブイン第二飛行場およびラバウル東飛行場においては、つねに優勢でかつ多数の敵戦闘機群と交戦しなければならなくなった。

このように「旋転戦法」は主として不利な態勢から有利な態勢に転ずるのに用いることにし、原則として優位（上方）から攻撃を開始することを強調指導して、これを「竜巻落としの戦法」と名づけ、それいらい志気を高揚したものであった。

# 南京上空を乱舞した「九六艦戦」初陣記

南京上空に現われた銀ピカ新鋭戦闘機は中国軍機を一瞬にして圧倒した

当時 第二連合航空隊十三空分隊長・元海軍中佐 横山 保

昭和十二年二月、私は佐伯航空隊から大村航空隊の分隊長（中隊長相当）に転出した。新任そうその私にあたえられた機種は、九〇式艦上戦闘機であった。つまり私は、九五式艦戦から九〇式艦戦へ後もどりしてしまったのである。しかし、私は悲観しなかった。仲間たちより一足先に分隊長になりえた誇りをもって年度計画をたて、訓練に入っていった。

その後まもなくして、先任分隊長であった山下七郎大尉の分隊に、誕生したばかりの九六式艦上戦闘機（九六艦戦）が一機、二機と入ってきて、順次、九六式艦戦へと移行していった。私は山下分隊がうらやましくてならず、胸をときめかせて九六艦戦がわが分隊へ配属される日を待っていた。

横山保中佐

ところが、その機会は意外に早くやってきた。それは、中国大陸方面の風雲が急を告げるにおよんで、私の分隊も九六式艦戦に切りかえる必要に迫られたからであった。九六艦戦はこれまでのような複葉機ではなく、低翼、単葉、全金属性という、日本海軍航空隊として初めての画期的な戦闘機であった。ピカピカと光っている翼と胴体、スマートな機体に、若い分隊長は大いにはりきった。

いよいよ、大村における訓練がはじまった。これより先、九六艦戦にたいする性能テストや操縦要領は、航空技術廠や横須賀航空隊の先輩たちが十分に実施して、資料がそろっていたものの、実戦に即応する訓練はわれわれが初めてであった。

その年に突如、華北に事件が勃発した。七月には木更津、鹿屋両航空隊の九六式陸上攻撃機を主体とした第一連合航空隊が編成され、戦闘機隊、艦上爆撃隊は第十二、第十三航空隊として佐伯、大村で編成された。そして、両航空隊をあわせて第二連合航空隊が編成され、私は第十三航空隊の分隊長となったのである。

いつ出動が命ぜられるかわからないので、慣熟飛行から編隊訓練、空中戦闘、射撃、夜間飛行など、眼前にせまっている実戦に即応するためには、急ピッチな練度向上がもとめられた。もちろん、従来の戦闘機における訓練が基礎をなすものであり、それに九六式艦戦の特性をくわえていけばよいのである。

飛びあがってみると、安定性がきわめていい。水平線の見えぐあいもいい。上方視界はもちろんいい。上昇力、速力ともに九五式艦戦よりいちだんと向上し、すべるように飛んでゆく。気のせいかエンジンの音も、いままでに乗った戦闘機とちがって、心地よい金属音をたてている。

昭和十二年八月七日、第二連合航空隊は第二艦隊司令長官の指揮下にはいり、急遽、大連郊外の周水子飛行場に進出した。

戦闘機としての遠距離洋上進出は、私にとっても初めてであり、大村から済州島、京城をへて大連にいたる飛行は、当時、十分な航法用器材のない戦闘機としては、容易なものではなかった。

大連におけるわれわれの任務は、華北に展開していた陸軍航空部隊にたいする増援準備としての待機と、主として輸送船団の上空哨戒であったが、敵機が来襲することもなく、待望の空中戦闘の機会はなかった。

## われ戦場にあり

当時の中国空軍は、南京を中心として杭州その他の飛行場に約三百機と称せられ、この優秀な航空部隊は地上軍とともに、一挙にわれをつぶさんと包囲してきた。いよいよ華北の戦火は上海に飛び火し、八月九日の大山大尉事件を口火にして、八月十三日には上海地区は全面的な戦闘状態にはいった。

まず、第一連合航空隊の陸攻隊による渡洋爆撃が敵基地にたいして開始された。大村、鹿屋、台北の各地から飛びたった中攻隊は、悪天候をついて果敢な攻撃をおこなった。十六日

固定式脚、銀色に光る翼と胴体、三菱が開発した低翼単葉の画期的九六艦戦

には、さらに航空母艦から発進した攻撃機隊の勇猛果敢な攻撃がくわえられたが、護衛の戦闘機を随伴しない攻撃機隊は全滅にちかい悲運に泣いたのであった。

いよいよ第二連合航空隊に出動命令がくだり、大連より大村に移動していたわれわれは、九月九日、十日の二日間にわたって上海の公太（くんだ）基地へ進出した。

こんどは大連のときとちがって、地上で火花を散らせている戦線の真っただ中への進出である。飛行のコースは済州島をへて上海へ直行する、当時としては単座戦闘機による洋上飛行距離の最大なものであった。揚子江に近づくと、海水が泥水になり、揚子江そのものが、これまたべらぼうに大きい。内地の〝河〟という印象はどこにもなく、はるかかなたに対岸の見える大きな湾のようなものであった。

公太の上空につくと、飛行場（これは飛行場そのものではなくゴルフリンクを整地しただけのものであった）は雨のあとだったので、あちこちに水たまりがあった。長さは八百メートルしかなく、着陸にも少し不安がわいてくる。しかも、占領地域は公太をふくむ一区画だけで、周囲はすべて敵地である。いよいよ着陸のパターンに入ると、地上からまず第一回目の実弾の洗礼をうけることになった。これが私が敵からうけた実弾射撃の初体験であった。

戦場へ到着したわれわれが、飛行場へ降りたってほんのしばらくしたときのことであった。「シュル、シュル、シュル」と飛んできた敵野砲の一弾が、グワーンと近くで炸裂した。その瞬間、私は思わず度胆をぬかれた。同時に「われ戦場にあり」の感が、ひとしお身にしみるのであった。

われわれの戦闘は翌日から開始された。まず、飛行場にたいして脅威をあたえている浦東側（揚子江をはさんで反対側）の敵の野砲陣地への攻撃からはじまって、逐次、戦線が拡大されていった。

そして九月十九日、中国の首都であった南京上空における航空撃滅戦が展開されたのである。ついに、期待された九六式艦戦の出番がまわってきた。

その日午前七時五十五分、われわれは公太基地を発進した。編成は次のとおりであった。

指揮官・和田鉄二郎少佐、艦爆隊（十三空）九六式艦爆十七機、艦戦隊（十三空）九六式艦戦十一機、水偵隊＝九五式水偵十六機。

このとき、私は十三空艦戦隊の第二中隊長として九六式艦戦五機をひきいて、山下（七郎）隊につづいて発進した。艦爆隊は高度三千メートル、水偵隊はその直接掩護の配備につく。これにつづいて艦戦隊は、高度四千メートルで間接掩護として進撃した。九六式艦戦も私も初陣である。日頃の訓練は、この日のためにおこなわれてきたのだ。

広大な揚子江は、とうとうと眼下を流れている。地形を一つひとつ航空図に合わせながら飛んでゆく。天候は上々、私の胸ははずんだ。機上ではいろいろなことが頭のなかに浮かんでくる。私は自分自身をふりかえって、はたして戦闘機パイロットとして、戦闘にのぞむ心の準備ができているかどうかを考えてみた。自分の空中戦闘技量や射撃技量はほんとうに大丈夫なのだろうか。弾丸は実際に出てくれるだろうか。

進撃の途中、九時五十分ごろ、句容の上空で敵のカーチスホーク戦闘機約十二機と、ボーイングP12六機が艦爆隊に挑戦してきた。これにたいし、直掩の水偵隊は敵機群めがけて突っこんでいった。最初の空中戦闘で敵三機を撃墜し駆逐したが、わが方も一機をうしなった。

私ははじめての空中戦闘を目のあたりにして、いよいよわれわれの出番の近づいたことに、血がわきたつのであった。

## がむしゃらな空戦初体験

やがて、南京の市街が見えてきた。紫金城の美しい姿が、この戦争になんの関係もないというような平和な姿を見せている。

午前十時ごろ、戦闘下令があった。

見ると、大校場飛行場の上空に敵の機影を発見した。味方はバンクをふりつつ突進してゆく。複葉引込脚のカーチスホーク戦闘機だ。私の胸はどきどきと高鳴った。

「落ちつけ、落ちつけ」、自分にいいきかせる。一機のカーチスが照準器のなかに入ってきた。私は旋回しながらぐんぐん接近し、いつもの照準で引き金をひいた。ダダダ……。弾丸は発射された。曳跟弾が尾をひいて、まるで流れるように敵機に吸いこまれていく。手ごたえはあった。敵機は白煙をはいて高度をさげてゆく。

機首を引きあげると、前方にまた一機が見えた。全速で追いかけ、垂直旋回に入る。空中戦闘の型どおりの追尾姿勢に入った。充分に喰いこんで近づき、敵の機影が照準器いっぱいにうつったときに引き金をひいた。弾丸は前回とおなじように敵機に吸いこまれていく。やがて敵機は、白い煙をひきながら下方へ突っこんでいった。

私はつぎの旋回で、もう一度さがしたが、すでにさっきの敵機は見えない。空中戦闘では一機、一機、最後までその撃墜を見とどけることはできなかった。あとから考えてみると、ただがむしゃらに南京上空をかけまわって、敵機を見つけては射弾をおくったが、その最後は確認しなかった。射距離もたしかに訓練時より遠かった。

その後、数多くの空中戦闘の体験から得たことは、命中弾を一撃で得るためには、相手の飛行機が照準器いっぱいに大きく映りだし、ぶつかりそうになるくらいに近接してはじめて、一撃必中の射撃距離が得られるということであった。

私の初陣はやはりあがっていた。戦果は不確実撃墜一機、撃墜一機と報告した。この日の戦果は、敵戦闘機約五十機と交戦し、戦闘機による撃墜二十六機（うち確実二十機）、水偵による撃墜七機、合計三十三機（うち確実二十七機）であった。

戦闘は十時三十分ごろまでつづけられたが、この間に艦爆隊は板橋鎮飛行場を偵察して敵機のいないことを確認し、一部をもって兵工廠を爆撃した。主力は大校場飛行場を爆撃、格納庫および地上にあった約二十機の敵機にも被害をあたえた。

わが方の被害は、艦爆三機、水偵一機が未帰還であった。なお、わが方の航空撃滅戦は、この日さらに追い討ちがかけられた。その参加兵力はつぎのとおりであった。

九六式艦爆十一機、九六式艦戦十機、九五式水偵十一機、合計三十二機。

第二次攻撃隊は午後三時に発進して、四時十五分ごろ南京上空に突入したが、敵機九機が南京東方五海里ふきん上空で迎撃してきた。しかし敵機は、わが戦闘機との空中戦闘を避け、艦爆隊を目標にえらんでつっかけてきた。

南方基地に進出し、地上員たちが整備にかかる３翅ペラの九六式四号艦上戦闘機

ところが戦闘機隊は、高度が高すぎたことと敵との中間に断雲があったために、敵機にたいする攻撃がやや遅れてしまい、充分な戦果をあげることができず、わずかに三機を撃墜したにとどまった。今回、わが方の被害はなかった。

## 南京上空に敵影なし

この初日の戦闘で、敵のイ15、カーチスホークはわが九六艦戦より上昇力、旋回性能ともに劣っていることがわかった。また、パイロットの空中戦技量も、ただ垂直旋回を主用し、縦の旋回戦闘には入ることもなく、逃げるときは急降下でさがっていった。

南京航空撃滅戦は、日本海軍航空部隊の経験した最初の集団航空戦であった。この南京航空戦は十一次にわたってくりかえされたが、その結果、南京上空の制空権は完全にわが方の手中におさめられるにいたったのである。

第一次空襲にさいしては、句容から南京にかけて、少なくとも四十機以上の敵戦闘機が配備されていた。しかし、わが九六式艦戦と九五式水偵との空中戦闘により、敵機はつぎつぎに撃墜され、第二次以後は配備される敵の戦闘機の数が急激に減少していった。そして、第七次では南京上空に敵影を見ることなく、第十次には、わずか三機の敵戦闘機をみとめたが、わが水偵を見るや、いちはやく遁走してしまった。

一方、爆撃の戦果も大きなものがあり、投爆弾数三五五発（三十・五トン）、爆撃個所合計十九であった。

こうして九六艦戦が出現するまでは、さんざん悪戦苦闘をくりかえし、ときには大きな被害を出していたこの方面の戦闘も、九六艦戦、九五水偵による航空撃滅戦の展開によって、一挙に制空権をわが手中におさめることができ、それ以後の戦闘はわが方の主動的、一方的な航空作戦となった。

また、この一事によって、一時は戦闘機無用論を叫んだ一部の「迷論」もカゲをひそめることとなり、ここに改めて戦闘機にたいする認識を深めることができたのである。

この九六式艦戦の活躍は、次期戦闘機開発の引き金となり、またそれをうながし、零式艦上戦闘機の誕生という輝かしい一ページへつながったことを思えば、まさに感無量のものがある。

私は九六式艦戦の誕生とともに初陣をかざり、零戦の誕生とともに輝かしい戦歴を得たことは、まことに奇縁であり、私の人生の大きな思い出の一つとなったのである。

# 複座零戦はこうして改造された

## 搭乗員養成のための零式練習戦闘機のメカニズム

「丸」編集部

真珠湾攻撃によって太平洋戦争の火ぶたがきられた翌年の昭和十七年、当時、日本海軍の主力戦闘機であった零式艦上戦闘機の搭乗員を急速養成するため、零戦を複座、複操縦装置つきに改造した練習機型の試作が計画された。これがのちに制式化されて零式練習用戦闘機一一型と名づけられ、多くの零戦パイロットを育てあげた「十七試練習用戦闘機――A6M2－K」である。

航空機および搭乗員の大消耗戦の様相をはっきりとしめした太平洋戦争において、搭乗員をできるだけ多く、またできるだけ早く戦場へ送りだすことは、勝利を得るための必須条件であるとともに、最大のスピードをもって処理すべき重要課題でもあった。

そのためには当時の主力機を利用して訓練をおこなえば、実用機訓練や貫熟訓練がそれまでの練習教程でおこなうよりも、はるかに教育時間が短縮される。この目的をもって、昭和十七年はじめ海軍航空本部は空技廠にたいし、零戦を練習機に改造すべく下命した。

これをうけた空技廠では、当時、量産中であった零戦二一型（A6M2）に白羽の矢をたてた。これは、すでにそのころ高速性能をよくするため、二速過給器つきの「栄」二一型を装備する零戦三二型（A6M3）が量産にとりかかられており、零戦二一型がいくぶん旧式化したためと、量産機が多数あったためと思われる。

本機の改造のもっとも重要な点は、いうまでもなく単座を複座にすることであった。

零戦はもちろんのこと、すべての飛行機は不時着水したときにすぐ沈んでしまわないように、胴体後部が空洞となり、いくらかの浮力が得られるようになっている。また、ひとりくらいが操縦席後部のすき間にはいっても、飛行機はそれほどの抵抗もなく飛ぶことができるのが普通である。単座機である零戦も、実際に何人かの〝同乗者〟を載せて飛行した記録がある。

したがって、もう一つ操縦席をもうけることは不可能ではない。ただしこの場合、重心が後退して操縦が不安定となり、強度の面にも不安がでてくる。しかし、これらの点は、空技廠はじめ試作改造を担当した第二一航空廠の技術陣の努力によって克服された。たとえば風防の枠がそれまでより分厚くされて、飛行中の機体のよじれをふせいでいる。

## 吹きっさらしの練習生

ここで、改造の主な点を要約してみると、だいたい次のようになる。

（1）操縦席の後方に教官操縦席をもうけ、複操縦式にした。風防は前席では零戦二一型のスライド部分をとりさって開放式としたので、練習生はそれまでの練習機とおなじく、上体を露出したまま操縦しなければならなかった。

前席に密閉風防を装備しなかったのは、支那事変中に出現した密閉風防式の九六式艦上戦闘機二号二型（A5M2）が、後方視界の悪さを第一線搭乗員から指摘されたように、操縦技術がまだ未熟な練習生の視界をすこしでも広くするためであったろう。

また、風防は後席まで延長したが、後席をおおう部分は陸軍の九七式司令部偵察機（キ15）のような要領で、縦に二つ割りにして蝶番（ちょうつがい）でとめ、たたんで横びらきにして教官が出入りするようにした。

（2）九〇式練習戦闘機（A3N1）いらい、日本海軍が実用艦戦を改造した練戦はすべてタンデム配置となっており、この零式練戦も同じ型式をうけついでいるため、重心が後退した分だけ縦安定が悪くなるので、それをおぎなう必要があった。

このために考えだされたのが、水平尾翼前方の胴体両側面に細長いヒレを取りつけることであった。こうして操縦性能の不安は解決された。

（3）主翼は二一型のものをそのまま流用し、脚もおなじものをつかった。しかし、脚の引込みカバーは取りのぞかれている。そのため、主翼にとりつけられた主車輪はむきだしのままとなった。

（4）機銃は機首上面の七・七ミリ機銃二梃だけとなり、零戦二一型の主兵装であった両翼

霞ヶ浦空の零式練戦。後方に教官席を設けた複操縦式、前席は開放の吹きさらし

の二〇ミリ機銃二梃は装備されていない。これも二人乗りとしたための重量軽減措置のひとつであろう。弾薬は各銃七十発を搭載する。

（５）落下増槽の取りつけ部を廃止し、また着艦用フックも廃されている。

これらの改造は、零戦二一型の機体をつかって大村の第二一航空廠でおなわれた。したがって、零式練戦の全長や全幅はベースとなった二一型とかわらず、性能もおなじ「栄」エンジンを搭載したので、ほぼ同じだったといわれる。

## 零式練習戦闘機のふるさと

昭和十七年末、第二一航空廠で零式練習用戦闘機の試作機がさしたるトラブルもなく完成して試験飛行にはいるころ、同機の量産が日立航空機にたいし発注された。

日立航空機は大正九年に陸軍の注文でサルムソン偵察機を製作した東京瓦斯電気工業が前身で、

昭和十四年五月、日立製作所によってこの航空機製造事業がうけつがれて同社が設立された。その後、昭和十六年二月、海軍の生産拡充命令によって千葉製作所の建設にとりかかり、同年から九三式中間練習機の製作を開始している。

さっそく量産準備にとりかかった日立では、終戦までに二七三機がつくられている。これらの零式練戦は、ただちに艦上戦闘機の実用機教程を担当する練習航空隊におくられ、一部は実戦部隊で連絡機としてつかわれたという。

この当時、日立では零式練戦のほか九六式艦戦を複座練習機型に改造した二式練戦（A5M4K）の生産もおこなっており、ここでは他社設計の練習機の生産のみに終始した。そのため第一線機とことなり、ひんぱんな改修がなかったので、昭和十九年の従業員一人あたりの生産量は、全国の機体工場のうち第一位という好成績であった。

その後、零戦五二型（A6M5）が登場すると、これを同様の複座形式にあらためたものもつくられ、昭和十八年末に試験飛行がおこなわれている。本機は零式練習用戦闘機二二型（A6M5K）とよばれ、試作を担当した第二一航空廠で量産され、一三八機がつくられた。

改造の要点は、零式練戦一一型とほとんどかわらないが、胴体内の七・七ミリ機銃二梃も廃止され、まったくの無武装となった。しかし、零戦五二型に装備された三式空1号無線電話がとりつけられていた。その後、戦況が悪化して体当たり攻撃がはじまると、零式練戦も爆弾架がとりつけられて、特攻作戦に参加している。

零式練戦の最大水平速度は、一一型が高度四千メートルで二五七キロ／時、二二型は高度六千メートルで二六〇キロ／時であった。

名機・零戦をその母体として生まれた零式練習戦闘機は、多くの戦闘機パイロットを第一線へおくりだす任務を十分に果たしたといえる。しかし、その生涯は意外と不明な点が多く、改造を担当した空技廠や第二一航空廠でも、その資料のほとんどが焼失してしまったという。

# わが青春の翼 その名は零式練習戦闘機

## 零戦乗りの第一歩ポンコツ練戦による修行の日々

当時 台南空戦闘機隊・十三期予備学生・元海軍中尉 直居欽哉

昭和十九年四月、台湾の高雄航空隊において九三式中間練習機(通称赤トンボ)の教程をおえたのち、一日付をもって海軍少尉に任官したわれわれ第十三期飛行専修予備学生は、教官の選定と本人の希望によって艦攻、艦爆、艦戦と、それぞれ機種別にわけられ、すぐお隣りの台南航空隊に配属された。

この台南空は、昭和十六年十二月八日、すなわち開戦劈頭にバシー海峡をこえて、フィリピンのクラーク米空軍基地を長駆空襲し、その後もラバウル方面で活躍するなど、勇名をはせた台南空戦闘機隊の誕生の地であり、いわゆる零式戦闘機隊のメッカであった。

愛機「零戦」に寄り添う直居欽哉中尉

われわれはここで初めて零式戦闘機なるものにお目みえしたのである。南北に長く、東西のせまい飛行場のエプロンに、機首を北にむけてズラリとならべられた低翼単葉、三枚ペラの精悍な勇姿をまのあたりにしたわれわれは、自分が明日から搭乗するという感慨とともに、少なからず興奮した。

その機体はすべて金属製であった。あとになって思えば当たり前のことだが、それまで布張りの中練機でフワリフワリと飛んでいたわれわれには、黒光りするカウリングや暗緑色に塗装されたスマートな機体、鋭い刃物のようなプロペラに自分の掌（てのひら）でふれてみて、初めてこれが零式戦闘機だという実感がわきあがったのである。

訓練は、さっそく翌日からはじめられた。零戦二一型を複座に改造した練習用戦闘機（練戦）による離着陸同乗訓練であった。前日、生まれて初めて零戦と対面したわれわれは、どの機もみなおなじ型に見えたが、さて搭乗する段になると、多少のちがいに気づいた。この練戦なるものは、前席と後席におなじ操縦装置があり、同時に連動する。つまり、われわれが前席に乗り、教員が後席に乗って指導するようになっており、計器類も同時作動である。

私は運わるく、訓練開始の初日に発熱したため、数日を病室ですごさねばならなかった。ようやく全快した私が訓練に参加したとき、他の者はすでに離着陸をおわり、特殊飛行にはいっていた。教程がおくれた私は、とくに練度の高い教員の山村恵助一飛曹（乙飛十二期）の指導をうけることになった。

はじめの一回は慣熱飛行であり、操縦桿にはぜったい手をふれるなといわれた。

エンジンが始動し、滑走を開始した。速い、ものすごく速い。それに上翼がない低翼単葉の操縦席は、まるで一枚の板の上にすわっているような感じで、じつに心細い。頭上に翼がないということがこんなにも不安なものかと初めて知った。しかし、そのかわりに見晴らしは抜群によい。

機は地上をはなれ、グングン上昇して左旋回――まるで垂直旋回である。私は思わず体を右にかたむけた。

「上体を曲げてはいけない」

山村教員の声が聞こえた。

やがて機が水平にもどった。計器類を確認する余裕もなく、機は誘導コースを一周してパスにはいり、あっという間に着陸した。やれやれ、本日はこれでおわりかと思ったら、そのままふたたび離陸した。

「操縦桿をもて！」

私は操縦桿をにぎり、両足を方向舵にかけた。

「放せッ！」――いきなり操縦桿が私の手からふり放された。後席で操作されたためである。

「もう一度、そっと持ちなおせ」――私はおそるおそるふたたび操縦桿をもった。

「左旋回！」――私は操縦桿をそっと左にたおし、左足で方向舵をふんだ。機体がほとんど垂直にかたむいて、グルグルと水平線がまわった。

「操作が大きい、もどせ！」

私は無我夢中で操縦した。

「風がかわった、誘導コースを変更する」

突然、教員がいったかと思うと、操縦桿が後席で操作された。見ると、飛行場で発煙筒が白い煙を反対方向にたなびかせ、T形布板がおきかえられている。

「自分で着陸せよ」

冗談じゃない、生まれて初めて零戦に乗ったのだ。しかも、まだ十分もたっていない。そんなことができるものかと思ったが、もはや仕方がない。私は綱渡りをするような心境で操作しながら、ようやくパスにはいった。

ふと見ると、下は墓地である。いい気持ちではない。グングン機首がさがる。中練とは比較にならないほど機の沈みがはやい。このままでは、飛行場にはいる前に失速するのではないかと心配になり、思わずスロットルをふかした。

「やり直し！」

機はもう一度、誘導コースをまわった。今度はだいぶ落ちついて、ふたたびパスにはいった。

「その調子！」

機はうまく滑走路に着陸した。これがはじめての零式練習戦闘機の操縦であった。

「直居少尉はなかなか適性がありますよ」

山村教員が微笑しながらいってくれたことを、私は今でも忘れない。

## 眼前に見た死の空中分解

その後、単独飛行がゆるされ、特殊飛行、編隊飛行、追躡運動、単機空戦などの訓練が、単独と同乗を交互にくりかえしておこなわれた。もちろん搭乗機はすべて練戦であり、後席に教員が乗らないときは同期の者が乗り、おたがいに操縦技術を批評しあった。

そのころになると、われわれもだいぶ練戦になれてきて、最初はおそるおそる掌でなでてみた機体も、いつしか自分の体の一部のような親しみさえ感じるまでになった。それと同時に、機体に関する整備上の知識もあるていど修得した。

聞くところによると、もともと練習用戦闘機は訓練中であることを、空中を飛ぶ他機に明示するために機体をオレンジ色にぬり、失速防止の水平安定板が胴体の両側に装着されているとのことであった。

しかし、この台南空のように第一線にちかい基地においては、実戦参加の場合も考えて、複座であるほかはまったく他の単座機と同一の外装がほどこされ、つねに七・七ミリ機銃にも銃弾が装塡されていた。

というと、さもモノモノしいが、この練戦たるや相当にひどい代物であった。「人間ならとっくに定年退職だ」と、老練な整備員がいったとおり、エンジンの故障は続出、パイプから油もれはするし、機体はガタガタ振動して計器の針も定まらないほどだ。一回空戦訓練をして地上におりてくると、搭乗員が交代するあいだに大いそぎで機体各部のボルトナットを

筑波空の零式練習戦闘機。零戦乗りの第一歩は複座零式練戦の同乗訓練に始まる

しめ直す。あまりやるのでネジの頭や螺旋が摩滅して、飛行中に抜け落ちることもたびたびあった。

　また、ほとんどの機が油圧パイプの破損による脚フラップの作動不良で、ブレーキのきく練戦など一機もない。そのため、訓練をおえた練戦が滑走路に着陸して行き足がとまると、それが千メートル先であろうと二千メートル先であろうと、われわれは一目散にかけていって、ブレーキのかわりに手で尾翼をおさえ、列線まで運んでくるのである。

　それが日に五回や六回ではない。それをやらないと、練戦は滑走路でグルグルまわされて、しまいには脚を折ってしまうことになる。折ったが最後、われわれは罰として、飛行服を着たまま炎天下の飛行場を駆け足で一周しなければならない。

　四ヵ月間に十三件、週に一度の割合で殉職者がでた。もっとも多い事故は空中接触、つぎが離陸直後のエンジン停止、失速、空中分解が一度あった。

教程終了まぎわの実弾射撃訓練のときである。一番機の桜田少尉が、眼下の標的曳航機にむかって深い角度で切りかえし、突入した。

「速すぎる、危ないッ!」と、二番機の私が感じた瞬間、急降下から上昇にうつろうとして機首をひき起こした桜田機の両翼が、まるで鳥がはばたくように大きく上下に二、三回振動したかと思うと、パッと胴体からちぎれて飛び散った。同時に、桜田少尉の体がちいさなゴムマリのように放物線をえがいて操縦席から飛びだし、バラバラになった機体の破片とともに、一直線に海面へ落下していった。落下傘は曳索が切れたのか、ついに開かなかった。

私は眼前の出来事に愕然として射撃を中止し、桜田少尉の墜落点を確認するために、海面すれすれまで急降下した。飛行場から北西約十キロ、台南市の郊外、安平の灯台沖に翼の破片が浮いているのを確認した私は、ただちに飛行場へもどって報告し、舟艇をだして海中を捜索したが、すでに薄暮となり、ついに桜田少尉の遺体を発見することができなかった。

事故の原因は明らかである。桜田少尉の操縦ミスというより、練戦の機体があまりにもオンボロなのである。ふつうに飛ぶのさえ精いっぱいのところへ、両翼にあれだけのGをかけたら、空中分解しないほうが不思議なくらいだ。しかし、だれもがそのことを予測していながら、訓練ともなればつい無理をしがちであったし、あらたに練戦を補給することの不可能さもよく承知していた。

射撃訓練は翌日もまたつづけられた。さすがに事故の直後だけあって、われわれは一回飛行するたびに入念に機体を点検し、ボルトをしめ直した。空中における操作もいちだんと慎重になり、まるで切れかかったロープで綱渡りをするような気持ちで、のこりの訓練教程を終了したのである。

## 特攻練戦に武勲あれ

この期間中、とくに印象が深かったことは、六月上旬だったと思うが、『あ号作戦』参加の母艦部隊の一部が、台南基地に立ち寄ったことである。

飛行場にぞくぞくと着陸する艦攻、艦爆、艦戦の大部隊、とくに零戦は五二型丙とよばれる新鋭機で、練戦で苦労しているわれわれにはまぶしいような羨望を感じさせた。また、機から降りたった搭乗員たちは、いずれも真新しい飛行服に純白のマフラーをまき、意気まさに天をつくの感があった。

その一行のなかに同期生（偵察前期）の姿を見いだしたわれわれ予備学生は、駆け寄って激励した。彼らは燃料補給をすませると、あわただしく飛びたっていった。その颯爽とした勇姿を見送って半月後、マリアナ沖海戦の敗報を聞くこうとは誰が予測しえたであろうか。

九月にはいって、実用機教程をすべて終了し、つぎなる実戦部隊への配属がきまったわれわれが、それぞれの任地へ出発する日を待っていたとき、深夜、突然に予備学生の搭乗員全員が武道場に集合を命ぜられた。

当時、台南空の司令であった高橋俊策大佐が、緊張した面持ちで戦局がいかに不利であるかということを諄々と説かれた。

「現在の状況では、もはや零戦一機に二五〇キロ爆弾を搭載して、敵艦に体当たりするほかに方法はないと思う、まだ、海軍部内においては正式に決定していないが、もしそういうことになった場合の諸君らの覚悟を知りたい、すなわち志願する気持ちがあるか、ないか、紙に書いて三日以内に、飛行長のもとまで提出してほしい、どのような意見をのべても咎めだてはしないし、志願は決して強制するものではないから、遠慮なく本心を書いて出すように」

とのことであった。

その夜、司令のそばに見なれぬ長身の士官が一人立っていた。会合がおわって宿舎へもどろうとしたとき、

「おい、関じゃないか」と、同期生の伊藤正雄がその士官に声をかけた。長身の士官は今日、内地から到着したばかりの海兵七十期、関行男大尉であった。

「やぁ、しばらく」関大尉もふり返って、ニッコリ微笑した。二人は愛媛県西条中学の同級生であり、関行男は海兵に、伊藤正雄は明治大学に進学したのであった。

翌日の夜、伊藤は私をさそって関大尉の私室を訪れた。二人は中学時代の思い出を懐かしげに語りあい、関大尉は私にも酒をすすめた。

「昨夜の話だが、そんなに戦況は悪いのか？」

「うむ」

関大尉はうなずいて、チラリと私の顔を見ながら言った。

「貴様たち、どうする？」

「志願します」

私は胸をはって答えた。関大尉は私から視線をそらして、つぶやくようにいった。

「俺は艦爆乗りだが、明日から零戦の操訓をするつもりだ」

数日後、関大尉は比島に、伊藤はシンガポールに、私は内地に、それぞれ転任していったのである。神風特別攻撃隊、最初の指揮官として関大尉の名が新聞紙上をかざったのは、それからおよそ一ヵ月後であった。

私は愛知県碧海郡の明治基地で、翌年三月まで零戦五二型丙によって実戦訓練をうけた。そして、昭和二十年四月六日、沖縄方面に来襲した敵機動部隊攻撃のために、鹿児島県の国分基地から、特攻隊の上空直掩機として発進した。いわゆる「菊水一号作戦」である。

もうもうたる砂塵をあげて、ぞくぞくと離陸する特攻隊のなかに、私は懐かしい練戦の姿を見た。あのガタガタのオンボロ機が、二五〇キロを爆装し、死力をつくして敵艦に体当りしようとしているのである。その姿は、他のどの新鋭機よりも立派で、雄々しかった。

「当たってくれ！」

私は祈らずにはいられなかった。老いたる練戦は、最後の力をふりしぼって敵の砲火のなかに突入していったのであった。

# 見よバンダ海〝下駄ばき〟二式水戦の航跡

## ニューギニア西方アンボン島に本部をおく水上戦闘機隊の空中戦

当時 九三四空搭乗員・海軍上飛曹　入尾　衛

時は昭和十八年、正月からちょうど一年間、南の島アンボン島を本部にした「九三四空」の水上戦闘機隊を中心に思い出すまま、いくつかのエピソードを書きしるしてみよう。

そもそも水上戦闘機というのは太平洋戦争開始後、とくに日本で開発されたものであり、それは陸上飛行場の建設が思うにまかせず（施設をふくめての飛行場はできても、特に夜間飛行等が非常に困難になってくる。これは先にショートランド基地における零式観測機水戦隊の活躍を必要欠くべからざるものとしたものである）また母艦の不足などからも、水上機であれば適当な入江といくつかの砂浜があれば、すぐに基地にすることができる便利さが着目されたものである。水上戦闘機と名づけられた最初のものは「二式水上戦闘機」であり、これは初

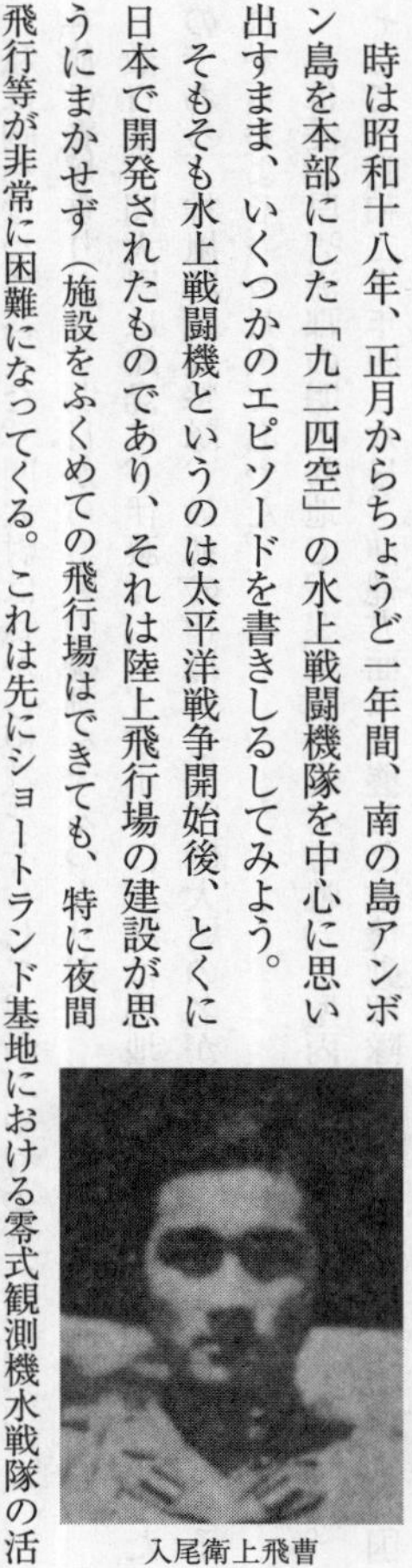
入尾衛上飛曹

期の零戦に浮舟をはかせたものである。

われわれの隊は横須賀で編制され、アンボンに進出した。隊員は分隊長池田大尉、分隊士川崎兵曹長、河口兵曹長、先任市川兵曹、以下、今田兵曹、松永兵曹、猪鼻兵曹、大山兵長、池田兵長、瀬戸兵長、余座兵長、そして私を加えて十二名である。

われわれの主任務は基地防衛であったが、現地到着と同時に三座水偵隊に恐慌をきたしていることを知った。当時アラフラ海はポートモレスビー方面への補給船団が行動していたが、南の海は透視がきくうえに遠浅のため水深がとれず、そのために潜水艦の行動が不可能であり、われわれの隊にその任務が課せられていたのである。

まず基地をアル諸島中のマイコールにとり、濠州北岸まで三角コースで敵をさがすのだが、敵は電波探知機でいち早くわれわれの接近を知り、前進基地から出たスピットファイア三機が待ちかまえていて、すでに相当の犠牲が出ていると聞かされた。

さっそく、われわれは水戦隊で護衛しようということに意見が一致し、分隊長を通じて申し出たが、なかなか許可がおりなかった。それは航続距離が無理だという判断からであったが、われわれは絶対にそんなことはない、と強硬に具申した。その結果、ようやく許可がおり、一番手はぜひ俺がゆく、とケンカにもなりかねない有様だった。結局、分隊長自らあったが、これがまた劇的であった。

帰投後、着水姿勢からちょっと異様なムードを感じていたが、着水と同時に岸にむかってエンジンを切らないまま突っこんで来るので、みんな逃げだしてしまう。砂浜にそうとう乗り上げてからストップしたので走り寄ると、真っ黒い顔をして拳銃を手にもち、そうとう興奮した状態でおりてきた。

聞いてみると案の定、濠州北岸に接近するとスピットファイア三機に遭遇し、ただちに空戦となり一機撃墜、一機撃破したものの、自らもメインフロートを射ち抜かれ、増槽に引火して火災をおこした。ようやく消したものの水偵はやられてしまったというのだ。メインフロートは下半分が完全にとけてしまっていた。

しかし、これを皮切りにして以後、必ず毎回、水戦が護衛につくことになった。それからというものはほとんど被害がなくなった。

私がはじめて護衛についたときの失敗談だが、濠州北岸に接近したところで前進飛行場の海岸近くに船影らしきものを発見し、仲間の水偵に手信号で知らせるがいっこうにわからないのだ。(相互の無線を使用してなかったから)仕方なく自分で確認しようと高度を下げてみたら、船にあらず小島であったので、すぐに水偵のあとを追った。だが、視界に入れていたつもりであるが、どうしても発見できなかったので集合地点で予定時間まで待ってみたものの遭遇しない。そのため仕方なく帰途につき、無事帰投した。水偵になにかあったかな、といささか心配しながら、なにか岸の様子がおかしいのだ。エンジンをとめると、「どうした」と大きな声がとんできた。状況報告をすると「バカヤロー」とまた怒鳴られた。なにごとかと聞いてみると、私が隊から離れたために水偵が早合点して「水戦ハ単独敵飛行場ニ突入セリ」と打電したことがわかった。怒られたり、笑ったりしていうちに仲間の水偵も無事帰投し、ようやく一息ついた。

## 全滅した味方の敵を追って

ここでマイコール基地の概況を記してみると、東西約二〇〇キロ、南北約三二〇キロのアル諸島は平べったい島で、少し離れてみると、島かそれとも雲の影か判断もつかぬような状態である。そのため濠州北岸近くで離ればなれになった水戦がちょっと進路をあやまると、基地を発見できず通りこしてしまい、ニューギニアの各地に不時着した例もいくつかあった。

誰であったかわからないが、やはり不明となり、翌日も連絡がないので捜索機を出したところ、こんどは捜索機が不時着し、また後続を出して大さわぎをしている最中にヒョッコリ帰ったこともあった。不時着した場所が陸軍部隊で、そこで歓待をうけて大喜びし、のんびりしてガソリンの補給までしてもらって帰ってきたとのことであった。

このような状況で、敵機はもっぱら奇襲攻撃を専門とし、椰子の木の梢すれすれの高度で基地に突っこんでくる。

敵機を発見した場合は機銃を発射して敵襲を通報するようにしていたが、ある日そのけたたましい機銃の音とともに飛行機めざして飛び出したものの、砂浜の真ん中で敵の銃撃をくい、砂浜にはいつくばったまま動くこともできなくなり、すぐ横を機銃弾がかけ抜けていった。反転の合間に飛行機のそばまで駆け寄るが、機上に乗る間もなく敵は銃撃にはいってくる。その間、飛行機と椰子の根っ子の間を幾度往復しただろうか、ずいぶん長い時間だったような気がした。ついに一機、また一機と火をふいていく。そしてドラム缶の山にも命中し爆発してしまった。

その結果、水戦四機、水偵三機の全機を灰にされてしまった。この戦闘がかくもみじめに終わったのは、全然、地上砲火がなかったからだが、この中でたった一梃の七・七ミリ機銃を砂浜に立てて最後まで一人突っ立って撃ちつづけ、ついに一機を墜とした余座飛長の姿は、いまでも私の脳裏にやきついている（余座飛長は後日の空戦で壮烈な戦死をとげた）。

全機が灰になった後もガソリンが燃えている。にもかかわらず、すぐそばに六〇キロ爆弾が山積みにされてあり、われわれはあわてて逃げるだけである。その上をゆうゆうと物見遊山のように敵機は飛んでいる。幸いにして誘爆はのがれたものの、この時ほどのつらい思いは他になかった。文字通り翼をもがれた鳥である。

さっそく本部に打電、夕刻に水戦二機が飛来してきたときの喜びというものは、筆舌につくしがたい。爆音を聞いて、それが水戦とわかったとたん、砂浜でみんな飛びあがってバンザイを叫んだものである。

翌朝、おそらく敵は戦闘機が全滅したと思い、今度は爆撃機でやってくるにちがいないと判断し、朝から交代で、一機はつねに上空で直衛にあたることにした。案の定、十時ごろ機銃音が聞こえた。すぐに整備員はエナーシャーを廻すとすぐ飛び乗り、エンジンをかけて発進した。

離水直後、後ろをふり返ると多数の敵機がいた。右後上方には、すでに五機の爆撃機が基

エンジン試運転中の二式水戦。零戦一一型に単浮舟を付け両翼に補助浮舟を配す

地上空にさしかからんとしている。考える間もなく反転し、しゃにむに右側方から七・七ミリ機銃をうちまくる。おそらく敵は前日の報告からして、わが方に水戦ありとは予測さえしなかったのではないか。そこへ突っこんできたのであわてたのだろう。ついに爆弾は一発も落とさずに通過後、反転に移った。

こうなればしめたもの、こちらも高度をとり態勢をととのえて、後上方から二〇ミリも同様に撃ちこんだ。すると最後尾のやつがいきなり急上昇してきた。これにはこちらもいささかめんくらった。一瞬ボーファイター（双発戦闘機）がまじってきたのか、という不安が脳裏をかすめる。だが、結局、基地の目前、対岸に墜落した。

この一機に手間どっている間に残りは全部逃げさり、追撃したがおよばず、追っ払ったにもかかわらず自分にとって会心の戦いではなかった。僚機とともに撃墜二、不確実一の戦果であった。

## 南国の空をこがした空中戦

つぎも同じように奇襲攻撃をうけたときだが、危機一髪、難をのがれた例である。機銃音と同時に飛び乗り、一斉に三機が発進したが、すでにボーファイター三機が右前方から突っこんでくる。三角形の先頭を走るかたちになっていたためか、弾が集中して飛んでくる。

翼の前方に見える海面が弾着のしぶきでおおわれたと思った瞬間、カンカン、続いてガーンと同時に左肩後部にはげしい衝撃を感じた。「やられたか」と思ったが、そのままどうにか離水高度をとって一機を捕捉して追跡し、ふと後ろを見ると市川兵曹の機を、二機ではさむようにして銃撃をくわえながら追っていた。

市川機はやがて急上昇したかと思うと横転して、ジャングルに突っこんでしまった。墜落地点に達してみると、まるで開墾地同様で、周囲の草木はすべてなぎ倒され、飛行機という面影すら感じさせぬほど無惨な姿であった。こうして、この戦闘でわが方もまた一機をうしなった。

最初の一撃をくわえたやつがそのまま突っ走って、第二基地からあがった観測機（操縦小池兵曹乙十二期）に遭遇、観測機は離水後二十メートルくらいの所で攻撃をうけて墜落し、小池兵曹は額の真ん中に弾丸が一発貫通していた。幸いに偵察員は救助された。

私の機を調べてみると、マフラー部に二発、後部風防を一発射撃ちぬかれ、そのケシ粒ほどの破片が一つ肩に入っていた。まったく冷汗の流れた一戦であった。

マイコール基地での戦闘はこのように、敵機ボーファイターは椰子の梢をかすめるようにして接近し、一気に奇襲攻撃をかけることのみに専念していて、こちらが飛び上がると、よほどの自信がないかぎり、ほとんど空戦を仕掛けてくることはなかった。だから一撃をかわして上がりさえすれば、こちらのものである。しかし、そうなると敵は逃げの一手となるので、こちらにすれば実に憎らしいやつであった。

そしてこの攻防での第一の犠牲が河口分隊士（乙四期）であった。基地の目前の海中に突っこんだまま浮上せず、掃海の結果、気化器の浮き子と一握りの肉塊が浮上したのみであったそうだ。ほんとうに部下をかわいがり、みんなから慕われていた人だった。

その直後の戦闘で、余座飛長が分隊士の仇討ちとばかり戦いをいどんだが、不運にも敵弾をうけ、基地のわきのジャングルに墜落炎上した。これなども、分隊士の仇討ちとはやりにはやって上がったが、そのような心境から相当に無理な攻撃をしかけたのではないかと私は想像している。

その後、同基地で猪鼻兵曹（甲七）をうしなったが、作戦は継続され、やがてニューギニアのマノクワリにも基地が設けられた。ここは主にB24が来襲し、ニューギニアの山の上を飛来するB24には高度も高くとらねばならず、いやなやつであった。

基地が二ヵ所になると、ますますわれわれの生活はバラバラとなり、お互いに久しく顔を合わせないことも多くなった。

アンボン島には大きな湾があり、これがちょうど中央でくびれたようになっており、外側は港で、奥の方が水上機基地として使用されていた。ここにはB24が爆撃に来襲するつど迎撃戦がくりかえされ、この戦闘では横田兵曹長（甲二）が帰らぬ人となった。

年の後半にはいり、日本ではじめて水上戦闘機として設計完成された「強風」部隊が進出してきて、ますますにぎやかに、かつ強力になってきた。そのため、われわれも新鋭機に乗る機会を得た。

これが終戦時、日本海軍戦闘機の最新鋭機「紫電」の原型であることは周知のとおりである。この隊にはショートランドの観測機で大活躍し、B17に体当たり撃墜して特別善行章を授与された猛者の甲木兵曹もいた。彼とは同県でもあり、いろいろと教えられるものがあった。

## 夢の中の高空飛行

これはごく一部の人と、私自身しかしらぬ大失敗談である。

たまたま飛行作業のない日に試験飛行を命ぜられ、定められた時刻に飛行場までいったところ、まだ整備が完了しないのでしばらく待ってくれということであった。その間、指揮所でひと眠り。ところが南方海岸の木蔭で昼寝なんて、現在の日本では考えられぬ最高のぜいたくごとで、ついぐっすり眠ってしまった。

整備できたとの声に起こされ、ただちに機上の人となったのだが、先ほどの深いねむりに頭がぼやっとしたまま飛んで、ふと下を見ると一面の雲海である。雲のほかなにも見えない。雲の間をぬってしばらく雲の下に出ると島が見える。だが、さっぱり見たこともない島である。悪いことには地図も持ってきていない。一体どっちがどうなっているのか見当がつかないのだ。

とにかくあてもなしに進路を西にとった。しばらく行くと別の島にぶつかった。実に静かな入江があり、きれいな砂浜もある。ここぞと思いさっそく着水した。砂浜にむかって見ると原地人の家屋が点在して見える。

砂浜におりてエンジンを止めると、人びとが椰子の木のかげから恐る恐るのかっこうで首をのぞかせている。あやふやなインドネシア語と手まねで語りはじめた。「アンボン知ってるか」と問うと、「タウタウ」と一人のシナ人が出てきて、「向こうだ」と教えてくれた。

原地人に手伝わせて飛行機の向きを変えてエンジンをかけ、ようやく帰投できた。〝だいぶ時間がかかったな〟なんて報告の際にいわれたが、適当にごまかした。よく検討してみると雲の下に見えたのがアンボン島の北側であったのだが、それまで北岸なんて見る機会が全然なかったので、まったく気がつかなかったのだ。

この事件で思ったことが二つある。

一つは水上機で助かったということで、陸上機であればよほどのことでないかぎり、オジヤン飛行場にたどりつく以外に飛行機を救う道はなかったであろう。

二つめは華僑というものの力強さ、否、怖さである。たった数家族の原地人しかいない南の涯の島に、ただ一家族で生活し、かつ商業活動をしているこのたくましさは、とうていわれわれの及ぶところではないと痛感した。

明くる昭和十九年三月に入ると、私と大山、池田、瀬戸の僚友は、鹿島航空隊へ転勤を命ぜられ、大先輩の平出兵曹長操縦の九七式川西大艇でなつかしのアンボン島をあとにした。当時の水戦隊の連中も戦線の異動とともに転勤し、機種もかわり主として零戦に、あるいは新司偵にと大活躍をしたが、当初の池田分隊長、川崎分隊士（乙三）、石田分隊士（甲一）、今田兵曹（乙十二）、瀬戸兵長の戦友たちも、勝利を信じつつ散華していったと聞いている。

# 本格派水上戦闘機「強風」檜舞台に登場す

## 空中迎撃戦を使命とする下駄ばき局地戦闘機の設計秘話

当時　川西航空機設計技師　足立英三郎

昭和十五年春、川西航空機株式会社は海軍から十五年度の試作機として、水上戦闘機の試作を命ぜられた。もともと海軍には偵察兼戦闘という任務を持つ、複座の水上偵察機ならびに弾着観測機があった。そして川西も、昭和八年には単発、単浮舟の複座水上偵察機の試作をおこなったことがあったが、こんどの試作はまったく単座の水上戦闘機である。

戦闘機にもいろいろあるが、この試作はインターセプターすなわち局地戦闘機である。この局戦がどういう方面につかわれるかといえば、種々予想はされるが、その第一は南方の海軍基地を防衛するのが主任務のようであった。

米英両国を相手とした海軍の作戦計画の一つに、数のうえで劣勢な兵力をもって対抗する方法として、決戦にさきだってまず航空機をもって遠く敵艦隊をもとめて攻撃し、彼我兵力があるていど均衡がとれたところで、主力艦を中心とした艦隊による決戦を挑むならば、必ずわが方に十分の勝算ありとされていた。

このような攻撃につかえる航空機はいろいろな作戦上から考えてみると、大型飛行艇の十数機が犠牲となったとしても、戦艦一隻をほうむれば、はるかにわが方に有利である。

飛行艇は一般に長距離の哨戒に適していて、攻撃は主として敵艦船が目的であった。しかし川西が十三試大型飛行艇として試作を命ぜられたのは、前述した作戦計画にもとづいたもので、その要求は航続力が大きいこと、機動力すなわち速力が大きいこと、そして一トン魚雷二個を搭載できる攻撃力をもつ、ということであった。

試作はみごとに成功し、二式飛行艇となった。

こういういきさつから、川西は大型飛行艇の厖大な生産計画（小型機月産一千機にも匹敵する）が命ぜられ、甲子園浜の鳴尾工場は隣接の鳴尾ゴルフ場を買収し、拡張に拡張をかさね、さらに神戸にちかい甲南浜に第二工場を増設し、将来にそなえて五十トン級の超大型飛行艇をも収容できる大型組立工場を持つ、生産工場が建設されたのであった。

こうしてできた飛行艇が、やがて活躍すると思われる南方の前進基地マリアナ諸島には、いたるところにサンゴ礁でかこまれた、しごく静穏な海面がある。陸上飛行場として利用できる場所は思うようには得られないが、水上機にとっては、このサンゴ礁は絶好の飛行場となる。海軍はこれを「沈まぬ航空母艦」と称した。

これらの基地防空、あるいは飛行艇の掩護のために、十五試水上戦闘機の試作がおこなわれたのも、こうした一貫した作戦にもとづいたものであった。

さて水上機にするには、もちろんフロートがいる。フロートは一定の容積が必要なので、その大きさは胴体の大きさにちかいものになる。このように大きなフロートを持っていては、一般の陸上戦闘機とおなじような性能はとうてい得られない。そこで航続力および空戦性能は比較的あまくし、速力と上昇力に重点がおかれた。いわゆるインターセプターとして出発したのであった。

## 水上機ゆえのむずかしさに泣く

要求された速度および上昇力を得るためには、強力なエンジンが必要になってくる。当時、海軍でもっとも出力の大きかったのは、火星一三型であった。このエンジンは空冷十四気筒、離昇馬力一四六〇馬力で、外径が一三四〇ミリという大きなものであった。したがって胴体もいきおい、太くならざるをえなかった。

主翼は当時、東大の谷一郎教授の創造された層流翼を採用した。日本で層流翼をつかったのは、これが初めてであった。

太い、しかも円い胴体に翼を組み合わせる場合に、空気力学的には中翼がいちばん抵抗が少ないといわれていた。また水上機は離水のさいの飛沫などからも、中翼のほうがつごうがよい。ただ前下方の視界が悪くなることと、翼端浮舟の支柱が長くなる欠点もあって、完全な中翼ではなかった。

それでも翼端フロートの支柱はかなり長くなったが、これには別の対策があって、さほど苦にはならなかった。というのは、十四試高速水上偵察機を前年から試作していて、これに折りたたみ式翼端浮舟を装備し試作が進行中であったので、おそらく十五試水戦の試作に間にあうであろうという見込みをつけていたからである。

　この折りたたみ式翼端浮舟というのは浮舟の上部をゴム袋でつくり、水上では空気を吹き込んでふくらませ、折りたたむときは空気をぬいて翼下面にくっつけ、浮舟の底面部だけが外部に突出するよう工夫したものである。フロートの支柱は、折りたたんだときには翼のなかに入りこんで、空気抵抗にはならないように計画してあった。

## 離水操縦にチエをしぼる

　ところが十四試水偵のほうでこの装置が難航し、奥田弘技師ならびに藤倉ゴムあたりで、ひじょうな苦心を重ねたにもかかわらず、なかなか実用の域に達しなかった。この完成を待ちきれず、十五試水戦は第一号機を固定翼端浮舟で完成し、まず試飛行を促進させ、第二号機で折りたたみ式にする予定で計画を進めた。

　しかし、十四試高速水偵の結果から重量、取り扱い、整備の点から、水戦には折りたたみをあきらめて、最後まで固定フロートのままで終わった。つぎに、問題はエンジンがこんなに強力なので、水上においてはエンジントルクのため一方に傾き、水上性能がいちじるしく悪くなることが予想された。

　すなわち離水時は最大馬力を出すから傾きも大きく、一方の翼端浮舟が深く水中にもぐるので、飛行機は直進がむずかしくなる。これを補助翼をつかって修正しようとしても、離水時は速度が低いため、エンジントルクと釣り合わすていどに利かぬかもしれない。もし補助翼を一ぱい使って、釣り合わせながら滑走したとすると、離水まぎわになって翼端浮舟が浮いてきて、急に抵抗がへったとすると、こんどは補助翼の利きで反対に傾くかもしれない。ひじょうに離水操縦のむずかしいものになる心配があった。

もともと日本の軍用機は、外国機にくらべて操縦のやさしいことが要求され、そのために設計屋は泣かされたものである。その理由は、戦時の未熟な操縦者でも容易に操縦ができるようにという配慮があったからである。

## めざせ下駄ばき重戦闘機

強力なエンジンによるもう一つの問題は、プ

兵庫県鳴尾沖で初飛行の離水をする強風試作一号機。二重反転プロペラを採用

ロペラのスリップストリームのため、縦鰭は一方向から強い風圧をうけ、離水時の水上滑走では方向維持に骨が折れ、空戦時は射撃照準がむずかしくなり、さらに大きな欠点は、水上旋回では一方は非常にらくにできるが、反対側は非常にむずかしくなる。方向舵を一ぱいとってもダメ、くわえてエンジントルクで翼端浮舟は旋回をじゃまする側が沈むので、ますます不利になる。

そこへ多少でも横風があると、目的の岸へ飛行機をもっていくことができない。川西はかねてから水上機のこの問題で、にがい経験をかさねている。このようにエンジンが強力になったために起こる水上機の不利を解決する方法として火星一三型を、二重反転プロペラ用に改造して採用することになった。

しかし後になって、この二重反転装置は、取り扱い、整備もさることながら、構造が複雑で生産側で悲鳴をあげ、普通型にできないかという海軍側の要求が出て、テストの結果、どうにか我慢できるということになって、二重反転は廃止した。そのかわり、主フロートに水中舵を取り付けて、水上旋回を解決した。

兵装は、局戦として重兵装が要求されたのは当然であって、胴体内に七・七ミリ機銃二門と、翼内に二〇ミリ機銃二門を装備した。これは零戦とおなじで、当時の戦闘機としてはこれで重兵装の部に属していた。胴体内七・七ミリはプロペラの回転面を通して弾丸が飛び出すが、二重反転プロペラになったからといってさしつかえはなかった。

爆弾は一般の戦闘機と同様、三〇キロを左右各一個、翼下面にぶら下げられるようにしてあった。燃料タンクは胴体が太いためもあって、できるだけ大きな容量にしておいた。従来から、燃料タンクの容量不足が訴えられ、落下増槽を胴体下面にぶら下げたりしたものであるが、単浮舟の水戦では、落下増槽をつける場所がなかった。

それにまたでき上がってみて、自重が軽くなればその分だけ燃料を積むことも考えられるし、いざというときに燃料タンクの大きいことは有利なことが多い。このため後日、防弾タンクの要求が出ても燃料搭載量がへることなく、要求の航続力には影響しなかった。まったくケガの功名ともいうべきであった。

なお胴体内タンクは、最初はゴム袋式のものを計画した。これはあたかもゴム車輪のように、胴体がタイヤでタンクがチューブのような理屈のものである。しかしいろいろ研究した結果、当時の技術としては実現困難であったので中止した。

## 零戦にはげまされた強風

試作は昭和十五年のはじめにすでに内示があり、研究は進められていたが、正式な試作命令と要求書の提示ならびに説明会が四月、横須賀海軍航空技術廠で開催されることになり、これに出席した。川西としては、いままでに水上偵察機はつくったことがあっても、戦闘機は初めてのことである。

かくして要求書も正式に提示されたので、設計の参考として、ちょうどテスト中の十二試艦戦（零戦の試作機）の見学を許してもらった。陸上班の格納庫に行って初めて見た十二試

強風の右側面。生産型では二重反転プロペラから実用的な普通の３翅ペラに変更

艦戦の姿には、少なからず感銘をうけた。外形のスマートさ、どこにもムダのない構造、軽そうな機体、そして軽快な矢のような飛行ぶりを見て、これはかならず優秀な戦闘機になるぞと感じた。

これより以前に、九試艦戦（艦戦九六式）を見せてもらったことがある。ちょうどテスト飛行から降りてこられた小林少佐に意見をきいてみたが、このときの話では、「この戦闘機は、じつに優秀だ。速度範囲が四もある。まったく世界一だ」とほめておられた。

速度範囲四とは、最高速が着陸速度の四倍あるということで、これが大きいほど速度がよく出ることを意味するわけである。一般に着陸速度を上げると、最高速も上げられるが、着陸速度はそんなに上げられない。着速を一定として最高速を上げることに、設計の苦心があるわけである。当時、実用機では三くらいのところで止まっていた。

後日、九六戦が中支、南支に活躍し、めざましい戦果をあげたことはいうまでもなかった。この九六戦とくらべて、十二試艦戦にはさらに一段の魅力を感じたのである。この時の刺激は、やがて来る「強風」「紫電」、さらにまた「紫電改」と、矢つぎばやの試作に、少なからずファイトをもり上げてくれたようである。

## 二式水戦をライバルに

昭和十五年春から進められた設計は、いくたの問題を解決しつつ、九月に実物模型（木型）の審査を受け、こえて十六年七月、試作第一号が完成した。強度試験は降着装置の落下試験だけが未済であったが、軽荷飛行なら大丈夫とみて、八月一日から試飛行にはいった。

各種の整備も終わって、いよいよ初飛行の日である。空はからりと晴れ、風もなくおだやかな海面に、銀色に輝く姿を浮かべながら、滑るように滑走をはじめた。やがて合図があって離水にうつった。

一瞬、轟音とともに、水煙がまき上がって五、六秒たったかと思うと、もはや完全に水を切っていた。いままでに何回となく試飛行に立ち会ったが、この日ほど強力で早い離水を見たことはなかった。飛行機屋が長い間の労苦を忘れ去るのもこの一瞬である。

機は上空を静かに旋回し、最初の着水姿勢に移った。われわれはあらかじめ適当な位置をえらんで舟を停めて待った。カタズをのんで見まもるなかを、機はジャンプもせず、みごとな着水をした。緊張した気分がやっとやわらいで、ふと見ると操縦者は風防を閉めたままであった。

陸上機でも水上機でも、離着時は風防をあけて、座席を一ぱい上げておくものである。まして試作の初飛行に風防をしめたまま着水するとは、あまりにも大胆すぎると思って、上陸後、乙訓輪助操縦士に、なぜ風防をあけて着水しなかったかと詰問した。彼の答えでは、「風防がどうしても開かなかったので、そのまま着水したが、機体にそれほど不安を持っていなかった」

という。思わずハッとしたが、まあまあ無事でよかったと、胸をなでおろしてすんだ。

## ついに起きた事故第一号

それから数日たって、つぎのテストがおこなわれた。

その日はすこし波があった。飛行中は岸から絶えず眼鏡で監視しているのであるが、やがて着水に移った。岸から七、八百メートルの沖である。着水は引き起こしがすこし足りなかったのか、やや前のめりぎみで接水し、ちょっとジャンプしたように見えたが、瞬間、前脚を折って、機体はトンボがえりをして海に突っこんだ。

思わずやったと叫んで、とっさにこの事故で起こるべきあとの問題が、走馬灯のように頭に浮かんだ。まず操縦士はどうか、こんどは風防をあけておいたろうか。しかし転覆のショックでうまくバンドをはずしただろうか。裏がえしになって沈んだ機体から脱出できたであろうか。

約十秒ぐらいジッと見つめる眼鏡のなかに、ポツンと黒い影が一つ浮かび上がって、フロートにつかまる様子が見えた。見張船はと見ると、フルスピードで現場にむかっている。これで一難は去ったと思った。

脚の強度計算を担当していたのは前田丁也技師であり、しばらくは口もきけないようであった。私は彼をなぐさめて、

「操縦士は無事だった。飛行機はつくればまたできる。脚はまだ強度試験もすんでいなかったし、君だけの責任ではない。しかし折れた以上はどこかにミスがある。よく調査して対策を考えておいてほしい」

といい残して、ただちに空技廠に出頭し、事故の報告とその後の対策を協議して帰社した。第一号はこれで廃機となった。

調査の結果では、やはり強度計算にミスがあることがわかり、補強の結果、落下試験もぶじに合格し、着水の不安はまったく解消して、第二号機からは安心して試飛行ができるようになった。なお機体は一般に丈夫にできていて、翼の剛性も十分であったため、空戦時に大きなGがかかっても射線がくるわず、命中がよかったという。

試作機のテスト飛行は、なにか問題が起きると、なかなか順調に行くものでなく、ときには非常に時間をくうものである。

## 全力を空戦性能へ集中

そうこうしているときに、海軍ではこの試作水戦の出現を見こして、すでにピンチヒッタ

ーを考えていた。すなわち零戦にフロートをつけたもので、これを海軍が中島に命じて試作させ、昭和十六年十二月八日の開戦当日、試飛行がおこなわれて成功したので、翌十七年から生産されることになった。これが二式水戦である。

これによって、日夜張りつめていた気持ちが多少やわらいだ。これでゆっくり腰をおちつけて、試作機の育成に努力できると思った。

しかし、われわれは別の問題を考えなければならなくなった。すなわち二式水戦はフロートを持っていたが、もともと軽い機体であったから、空戦性能はかなりよいという風評があった。

後から出ていく十五試水戦には、かならず二式水戦に乗ったことのあるパイロットが乗るであろう。そうなると、たとえ要求どおりの局地水戦が出来あがったとしても、かならずや空戦性能に不満が出てくる。なんとかして、二式水戦ていどの空戦性能をもたせたいという欲望が出てきた。いわゆる技術屋の良心でもある。

こういういきさつから、空戦フラップは進展したのであるが、むかしからすでに空戦フラップというのはあったし、現に当時の戦闘機にもつけていたものがある。そのいずれもが、空戦時はじめからとりっ放しのものや、空戦中にパイロットが手動で加減するといった、はなはだ手数のかかるものであった。

そこで、空戦時の旋回によって機体に生じるGに応じて、自動的にフラップをとるようにすることがもっともよい方法として、清水三朗技師が中心となって工夫した。その結果、水

強風、紫電、紫電改の諸元

| 項目＼機種 | 強風(N1K1) | 紫電(N1K1－J) | 紫電改(N1K2－J) |
|---|---|---|---|
| 発動機名称 | 火星13型 | 誉11型 | 誉21型 |
| 公称出力　m/r.p.m | 1420/2200 | 1825/3000 | 1825/3000 |
| 離昇馬力　m/r.p.m | 1460/2450 | 1990/3000 | 1990/3000 |
| プロペラ型式 | ハミルトン 定回転式4翅 | VDM 定回転式4翅 | VDM 定回転4翅 |
| 全幅　m | 12.00 | 12.00 | 11.99 |
| 全長　m | 10.589 | 8.885 | 9.346 |
| 全高　m | 4.780 | 4.058 | 3.960 |
| 主翼面積　㎡ | 23.5 | 23.5 | 23.5 |
| 自重　kg | 2,752 | 2,897 | 2,657 |
| 搭載量　kg | 748 | 1,003 | 1,343 |
| 総重量　kg | 3,500 | 3,900 | 4,000 |
| 全備過荷重　kg | 3,712 | 4,321 | 4,800 |
| 翼面荷重　kg/㎡ | 148.9 | 164.6 | 170.2 |
| 馬力荷重　kg/㎡ | 2.46 | 2.13 | 2.18 |
| 燃料　lit | 600＋160 | 716＋400 | 716＋400 |
| 最大速度ノット/高度m | 263/6000 | 315/5900 | 321/5600 |
| 降着速度　ノット | 71 | 75 | 78 |
| 上昇力　m/分秒 | 5000/5′32″ | 6000/7′50″ | 6000/7′22″ |
| 実用上昇限度　m | 10560 | 12500 | 10760 |
| 航続力　浬/時間 | 570/2.9 | 773/3.86 | 926/4.87 |
| 過荷重時航続力　浬/時間 | | 1374/6.87 | 1293/6.8 |
| 武装　口径ミリ×個 | 7.7×2 | 7.7×2 | ― |
| 〃　口径ミリ×個 | 一型20×2 | 一型20×2 または(4) | 二型20×4 |
| 〃　20ミリ携行弾数 | 150〜180 | 180(360) | 800 |
| 爆弾搭載可能　kg×個 | 30×2 | 60×2または250×2 | 60×2または250×2 |

銀を使ったU字管という名案が考え出された。その詳細はここでは省略するが、最初に出来あがったものは、Gによって自動的にフラップがある角度だけ下がり、そしてさらにGが大きくなると、つぎの角度に変わるという二段式のものであった。

この最初のテストが、水戦担当の船田少佐の手によっておこなわれた。作動は予想どおりの動き方をし、効果も相当にあるということであった。ただしこの二段式では、切りかわりのさい、操縦（または飛行機運動）にギコチないところがある。できることなら、この段はもっと細かく、三段あるいは四段、さらに段のないものができれば理想的だという意見であった。

ともかく第二号機は、この二段フラップのまま空技廠におさめて、さらに本格的なテストをおこなうということになった。

## 技術陣に上がった凱歌

この実験報告から、二段式をさらに多段式にしようと研究した結果、無段式が発明された。これをわれわれは包絡線(ほうらくせん)型空戦フラップと称した。ちょうど自動車でいえば三段式のミッションを、トルコン式に変えたようなもので、テストの結果は、まったく申し分のないことがわかった。

最初の試作品のあいだは水銀がもれて機体を腐蝕させたりしたが、ようやく完全なものに仕上がり、紫電改には全部この包絡線型を装備した。

このようにして、強風の試作時代はすぎ、いよいよ生産にはいることとなったのである。

しかし一方、昭和十六年十二月八日の開戦で、飛行艇は一時相手をうしない、戦争の様相もだんだんと変化し、水上戦闘機が活躍すべき南方基地の性格が変わってきた。そしてそこにはまだ使いなれた二式水戦があり、しいて強風をという要求もなかったのか、需要ははなはだ積極性を欠いたようである。それでも昭和十七年、十八年と生産をつづけてきたのは、補給側の数をそろえるという当時の惰性のしからしむるところであったであろう。

ともあれ強風は、はなやかな活躍の話もきかず、いずれかに埋もれた格好とはなったが、きたるべき紫電改のいしずえとなったことを思えば、まんざら徒労ではなかったと思われる。

# 悲運の戦闘機「紫電」がたどった受難秘史

当時 川西航空機設計技師 足立英三郎

太平洋戦争の緒戦で、ハワイの敵主力艦隊はわが航空部隊の攻撃によって、一時カゲをひそめた。そしてつづくマレー沖海戦では、不沈戦艦を誇っていた英海軍プリンス・オブ・ウエールズも、わが航空隊の攻撃にあって、あえない最期をとげた。

その後、戦争の様相は刻々と変わってきて、それまで海軍の一部ではあくまで主力艦隊決戦主義をとなえてきたが、現実には、いかに強力を誇る戦艦も、航空機の掩護がなくてはとうていかなわないことが明白になった。

すなわち、制空権を支配する戦闘機の優勢が絶対に必要である。いまや戦場は太平洋の広大な地域にひろがり、戦闘機の数はいくらあっても足りない状態であった。川西航空機では、いままで増産をつづけてきた飛行艇は相手を失って減産され、これにともなって、水上戦闘機もカゲがうすくなってきた。

生産の主力機を失った川西としては、その生産能力を活用するために陸上戦闘機の生産にふみきるべきだという考えに到達したのも、当時の状況からいって無理はない。そこで、もっとも手っとり早い方法として、十五試水戦（強風）のフロートをはずして、陸上機に変える案が検討された。

当時、十四試局戦（雷電）がテストの途上にあったが、局戦が三菱一社のみならず、川西でできても無駄ではなかろう。時あたかも〝誉〟エンジンの試作が完了し、小型で二千馬力という驚異的な性能を出した。雷電は火星二三型であるから、これとは別の誉エンジン装備の局戦ができてもよいはずだ。

とくに当時、雷電がまだはっきりしない状態にあったので、海軍でも、川西の生産設備を活用する意味からもこの案に賛成し、昭和十六年十二月、開戦後二十日あまりで陸上機の試作が決定した。川西はこれで救われたかたちである。

この主役は菊原静男技師によっておこなわれ、いわゆる政治的手腕が大いに効を奏して、決定したことは事実である。これが仮称一号局地戦闘機「紫電」で、強風の符号Ｎ１Ｋ１に局戦の符号Ｊをそえて、Ｎ１Ｋ１－Ｊとなった。試作は急速におこない、昭和十七年中に試験飛行をするという、苛酷な条件つきであったにもかかわらず、川西から申し出た関係もあったので、承認せざるをえなかったのである。

昭和十七年初頭から設計は開始され、木型審査は忘れもしない、同年四月十七日と十八日におこなわれることに決定した。

最初の一日は、各部の詳細な審査がなされ、その結果、改造を要する個所はその日のうちに変えて、翌日再検討されるのが通例であった。その日も例にもれず徹夜で改造し、翌十八日に再審査がおこなわれ、だいたい終わりに近づいたころであった。

突如として空襲警報が鳴りひびいた。

昭和十六年十二月から、わずか四ヵ月あまり、その間、わが陸海軍の果敢な攻撃で国民は酔いしれ、敵機の本土空襲などは思いもよらないことで、われわれはもちろん、海軍側審査員もまったく寝耳に水といった格好であった。

よく聞いてみると、決して訓練でもなく、さらに後で判明したところによると、ドーリットル中佐がひきいたB25十六機による日本初空襲であった。そしてそのうちの一機は、われわれの頭上をかすめて、神戸市摩耶山上を西へと飛び去ったということであった。

こうした事態はいやがうえにもわれわれの頭上に重くのしかかってきた。同時に、海軍審査員からも、いよいよもってきついハッパがかけられた。

「十七年末の試飛行ではおそい……と」

さて実際に設計にうつってみると、ただ水戦のフロートをはずして陸上機の車輪をつければよいというわけにはいかない。機体ももちろんのことであるが、要求のほうもその後の戦訓によっていろいろと難しくなってきて、生(なま)やさしいものではなかった。

防火壁から前方は、エンジン変更ですっかり変わった。エンジンが〝誉〟に変わると、胴体はむしろ太すぎたが、早くモノにするために、座席ふきんはそのままにしたが、胴体後部は尾輪がつくためもあって、形を変えずにすますわけにはいかなかった。

操縦装置では、腕比(わんぴ)変更装置も多少改造しなければならない。腕比変更装置とは、離着陸時のように低速の場合と、空戦時のように高速の場合に、同一の操縦装置では不都合が生じるので、両者をうまく調整するためにもうけたものである。紫電になると高速度になるので、そのままでは不具合となる。空戦フラップは、さしあたり二段式を装備し、将来は包絡線(ほうらくせん)型に変更することにした。

一ばん大きく内容の変わったのは主翼である。まず脚の取り付けと、車輪および脚の収容部のための改造のほか、兵装上からは、翼に二〇ミリ機銃四門を搭載する要求が出た。また爆弾は六〇キロまたは二五〇キロ搭載可能という条件もくわえられた。

## 悩みのタネの引込脚

このような要求は、戦闘機としては異例のことであった（胴体内の七・七ミリを一三ミリにする案も出たが、改造があまり大きいのでこれをことわった）。つぎに、なんといっても問題は脚自身であった。脚の取付位置を極端にまで開いてみたが、それでも脚が長すぎて、うまく格納することができなかった。中翼は実際に陸上機には歓迎されない型式である。

そこで窮余(きゅうよ)の一策として、ハインケルかなにかで試みられた方法、すなわち一たん長さを縮めておいてから折りたたみ、そして着陸のさいは逆に降してからのばすというシロモノである。この装置は萱場製作所で設計され、完成したが、出来あがったものは、縮めるのに一分から二分もかかる。

戦闘機、とくに局戦では上昇性能が重要であるが、離陸後こんなに時間をくっては上昇時間にひじょうに影響する。とても実用にはならないというので、空技廠と萱場で研究の結果、その時間が二十秒前後になって、ようやく実用に達したというカゲの努力もあった。とにかく、いったん縮めてから折りたたむという機構はいちおう成功したものの、その構造および油圧系統の複雑化、さらに陸上滑走時に脚が長くてブレーキをかけるとうるさい問題が起きる。また車輪間隔が広いことも、一つのなやみのタネであった。

こうした不合理を、あえておこなったのも、前述したように、早く戦力を増強しようとする考えと、もう一つ忘れてならないことは、減産された「強風」の材料、部品を極力、紫電にふりむける目的であった。そしてここに、戦力増強に拍車をかける一大事がわいてきた。海軍軍令部参謀の話では、米国の航空兵力とわが国航空兵力の均衡(きんこう)は、生産が米国の六〇パーセントに達したならば、わが方に勝目があるということであった。そして三菱、中島、川崎などの月産量はしだいに向上し、六〇パーセントを越すまでに上昇してきた。

このような明るい状態になった折りも折り、まことに天の意は皮肉であった。それは名古屋地方の大震災であった。名古屋の三菱、中島の半田工場は、震災のために零戦の生産が一ヵ月ちかくもストップしてしまった。このときの影響で、航空兵力の均衡は破れ、前線はいちじるしく苦戦を呈するようになった。そして造っても造っても間に合わぬという状態になった。

テスト飛行にのぞむ紫電一一型試作6号機。中翼単葉、問題の主脚の長さがわかる

このような事態のなかで、紫電の完成は昭和十七年十二月八日を目標に努力したが、ついに果たせず、十二月もおしせまった二十九日に完成した。

このときはまだ鳴尾飛行場がなかった（のちに鳴尾競馬場を買収して、隣接の飛行場ができた）ので、やむをえず伊丹飛行場を利用することに決定した。二十九日、鳴尾海岸から団平船（だんべいぶね）に積み込んで、大阪港木津川べりに陸揚げして、夜のふけるのを待った。そして市電が運行停止するのを見はからって木津川を出発し、人気（ひとけ）のとだえた大阪の街を一路、伊丹飛行場へとむかった。

伊丹に到着したのは朝の五時すぎ、ようやく明けそめた飛行場は音もなく白々とした霜の朝であったと記憶する。

三十日は一日中、整備についやし、三十一日、前に強風の初飛行をおこなった乙訓輪助操縦士によって試飛行がおこなわれた。これで海軍にたいする責任を果たすことができたのである。

## 出番を待つ百数十機

明くる昭和十八年元旦、空技廠局戦担当の帆足工大尉の試飛行がおこなわれた。第一回の試飛行としてはかなり長い飛行であった。地上の人となった帆足大尉によると、まだまだ問題はあるが、空中での操作ではものになりそうだということであった。私はこの報告をたずさえて、その夜、横須賀にむかい、一月二日、空技廠において、状況の報告と今後の紫電の試作方針等について、打ち合わせをおこなって帰宅した。

その後も数回のテストがあった。ある日、ちょっとした事故が起きた。着陸しようとして脚をおろしたが、片車輪が出ない。地上からいろいろ合図したので乙訓操縦士も気がついたのか、さかんにバンクしてみたが、出そうにないので通信筒を落としてきた。このまま着陸するから準備せよというのであった。

着陸にはいった。接地と同時に補助翼を使って一方を浮かせ、行き足のにぶったところで旋回して止まった。さいわい翼端を破壊しただけで、大事にいたらなかった。これを改修して、テストはその後も続行された。昭和十八年の春、帆足工大尉は雷電のテスト中、地上で火災を起こして殉職され、かわって志賀淑雄大尉が担当されることになった。

その後のテストは、あたかもエンジンの空中テストのようなものであった。エンジンの不調と故障があいついで起こり、半年以上もそのテストについやされ肝心の性能テストはできなかった。しかし、一方では生産がすでに開始されていた。

川西姫路工場の紫電一一型生産ライン。難問山積のなか昭和20年初当まで続行した

出来あがった飛行機は試飛行もおこなえず、工場や飛行場の片隅に所せましとばかりに並べられて百数十機におよび、エンジンの解決を待っていた。エンジン対策がおこなわれるたびに、あるいは試飛行が進むにつれて、これにともなった機体の改造もおこなわねばならない。改造のすんだもの、すまないもの、さらに改造の追加になるものなど、保管と改造に係員も忙殺され、調査整理してみると一機がどうしても行方不明という混乱が生じて、生産にも大きくひびいた。

また整備では、改修されたエンジンがくると、その積みかえに忙殺され、古いエンジンをおろして送りかえすという、じつに手数のかかる仕事となった。ついには川西だけの手ではさばききれず、海軍からも優秀な整備員を派遣して応援するといった混乱状態がつづいた。

それでも、どうにか飛べるものが何機かそろったので、実施部隊に実用試験をかねて配属されることになった。最初の配属先は館山航空隊であった。

## 踏めなかった檜舞台

館山航空隊にわたってしばらくしてから、私は同航空隊から呼び出しをうけ、迎えの飛行機に搭乗することになった。館山には、四、五日滞在し、紫電の排気管その他の改造にあたった。昼食は航空隊の士官と同様に接待されたが、毎日一キロずつ体重が増していったのには驚いた。それほど民間の食糧事情は、窮屈になっていたことを物語っている。

その間、何回かの空襲警報があって、そのつど零戦の編隊が、サイパン方面にむかって出撃していくのを見た。いつもそのうちの一機、あるいは二機が離陸でひっくりかえったり、エンジンがストップしたり、あるいはしばらくして引きかえしてくるのが見うけられた。聞いてみると、整備が粗雑になり、整備員も新米(しんまい)が多く操縦者も未熟のものが多くなったせいだという。

すでにながい間、使いなれてきているはずの零戦においてすら、このありさまである。まして紫電のように不調なエンジン、しかも問題の脚をもっていては、とうてい枕をたかくして寝ることができない。一日も早く紫電改に切りかえなければなどと、新たな決意を抱いて会社に帰った。

しかし紫電の生産は、昭和十八年および十九年、さらに二十年のはじめまでつづき、一時は紫電改と併行して生産がおこなわれた。

軍需省は数をそろえることのみに狂奔し、実施部隊は紫電改ができるのを待つという、われわれは板ばさみの状態で、事実、紫電として生産準備した部品、材料を放棄することもできず、苦しい立場におかれた。しかし、出来あがった紫電は実戦には参加せず、居ねむりの状態におかれていたようである。

戦況は刻々と悪化し、尋常な手段ではおさえ切れなくなり、ついに特攻機の出動となった。そこでねむっている紫電を特攻機に仕立てようとする案が出た。これを㋠とよんで、ロケット二本を使って弾幕を突破し、二五〇キロ爆弾二個を敵空母にたたきつけようとする計画であった。速度ののろいものでは、弾幕のためにすべて落とされてしまう。どうしても速度の速いものでないと成功しないという計算であったが、この案は試作ていどで終わった。

これに似た案は、すでに紫電の設計中に考えたことがあった。すなわち魚雷を抱かせて、ロケットで発進させようとしたが、なにぶん魚雷は七メートルあまりで、重心をうまく合わせることができないし、だいいち胴体下面と地面にそれだけの余裕がないので中止した。

また、五〇〇キロ爆弾も無理ということがわかって、二五〇キロ爆弾を翼下面に二個持てるように変更したのである。

## もう一年早かったら

その当時でも、また今日なお考えさせられることは、紫電が思ったほど速力が出なかったことである。〝誉〟エンジンは中島の中川技師の設計によるもので、試作テストの結果ではまったく驚異的な性能をしめした。強風の火星一三型一四六〇馬力を、誉二千馬力に換装し、フロートをはずせば重量の軽減と相まって、三五〇〜三六〇ノット、少なく見つもっても三四〇ノットは出ると予想されたが、なかには三〇〇ノットを下まわるものもあった。

では、この不振の原因はどこにあったのであろうか。

まず、エンジンで不調になやみ、やっと解決したときは、試作当時の性能をかなり下まわったのである。

つぎに、翼型は日本ではじめて採用した層流翼であった。層流翼が理論的に効果を発揮するには形が正確であることと、表面の凸凹が〇・一ミリ以下でないと、その効果は失われるというものである。当時の機体を見ると、いくらパテをつめて磨き上げたとしても、鈑板もうすく、横から見ると、まるでトタン張りの素人細工(しろうとざいく)だと酷評する人もあったくらいである。

また、はじめ予想した全備重量は、兵装強化等でむしろ強風より四〇〇キロも重くなった。さらに翼下面の機銃ポッドが増加したことも、悪い影響をあたえた。層流翼は、速度が大きくなるほど抵抗の割合がへるのであるが、速度が出ないと因果関係となってますます出なくなる。

もう一つ感じたことは、胴体と翼の組み合わせ部である。胴体はまるいので、翼を中位置に串ざしにするのが空気力学的にもっともよいはずであったが、風洞模型のテストでは、翼付け根の失速がはげしく起きた。

私は風洞室に入りびたりで、田中太三郎主任と協力して、フィレットの形をあれこれと変えて、何回かのテストで、できるだけ小さい形にしようと努力したが、けっきょくは写真で見るような、大きな、しかも特殊な形となった。これでも決して満足できるものではなかった。層流翼がひじょうに敏感なものであるところへ、こんな大きなフィレットが、よい結果をあたえるはずがなかった。

ともかく速度は最初に予想したよりははるかに下まわったが、零戦よりは優勢であったし、局戦としてはもちろんのこと、艦上戦闘機としても十分に利用できる可能性があり、敵戦闘機をむこうにまわしても、十分に戦えるものであった。

# 戦闘七〇一飛行隊「紫電」転戦譜

元 戦闘七〇一飛行隊長・海軍大尉　岩下邦雄

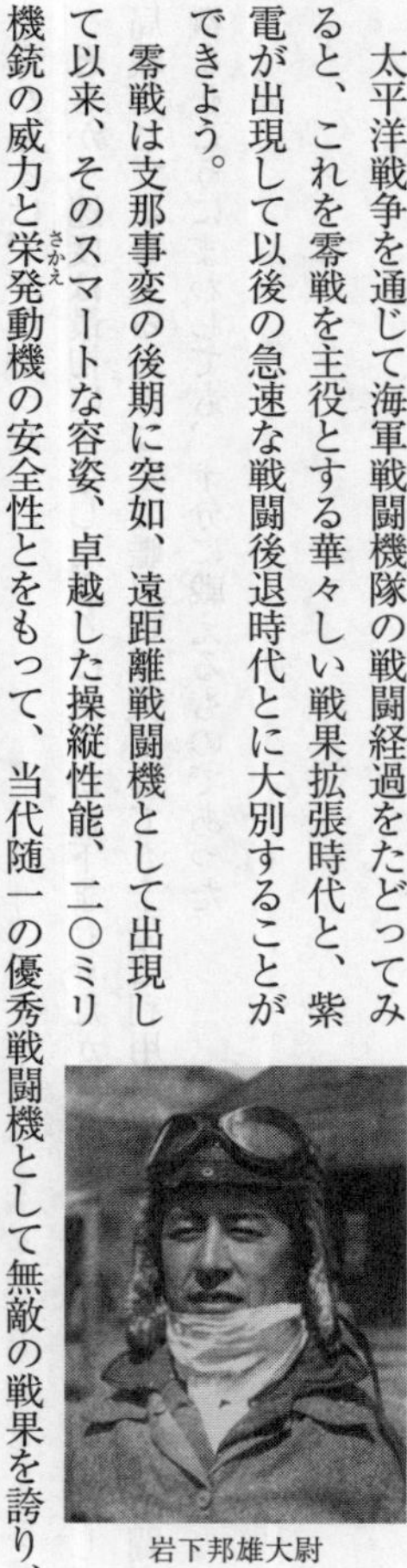
岩下邦雄大尉

太平洋戦争を通じて海軍戦闘機隊の戦闘経過をたどってみると、これを零戦を主役とする華々しい戦果拡張時代と、紫電が出現して以後の急速な戦闘後退時代とに大別することができよう。

零戦は支那事変の後期に突如、遠距離戦闘機として出現して以来、そのスマートな容姿、卓越した操縦性能、二〇ミリ機銃の威力と栄(さかえ)発動機の安全性とをもって、当代随一の優秀戦闘機として無敵の戦果を誇り、ラバウル航空戦の後期にいたるまで、米空軍を圧倒した花形戦闘機であった。

私たち若い搭乗員はひたすら零戦に憧れ、零戦を誇りとし、零戦とともに潔く散華するのだと堅く心にきめていたものである。

しかし米海軍もさるもの、北方作戦で不時着した零戦を本国に持ち帰り、これを徹底的に研究して零戦に打ち勝つ新型戦闘機の完成に心血をそそぎ、そしてついにグラマンF6Fをもって挑戦してきた。零戦が激しい航空消耗戦によってベテラン搭乗員をつぎつぎに失うとともに、ようやくグラマンF6Fに圧倒されはじめた頃から、戦勢は急速に不利となっていった。

これに対し、紫電は当初「強風」という名称で設計された水上戦闘機の改造型であって、右のような戦勢下にあって、F6Fに対抗せしめるため、フロートをはずし、強馬力、強火力、優速に重点をおいて急造された戦闘機である。だから、後にのべるような故障に悩みながらも、未完成のままで急遽、実戦部隊に増強されたのだった。

そのうえ、米軍が優位に立ってからの戦闘に従事した関係上、搭乗員の練度、士気、可動機の数などで零戦時代のような華々しい戦果を挙げることも少なく、ついには米軍の制空権下に、白昼、強行偵察機として米機動部隊の探索に使用され、最後には特別攻撃機として爆装体当たりを敢行するような、戦闘機としてはきわめて不運な任務も負わされる運命にあった。いわば、零戦とは全く対照的な明暗をなしている戦闘機である。

第三四一航空隊が編成されたのは、昭和十八年の末で、このような事情のもとに小笠原章一司令（後に舟木忠夫司令）、白根斐夫飛行隊長の指揮下に、私と同期の金子元威、浅川正明両中尉を分隊長とし、予科練卒業生を主体とした若年操縦員をもって、館山を基地として紫電による訓練が開始されたのは、明けて昭和十九年の春ごろである。

当時、私は大分航空隊の教官として戦闘機専修の士官の養成にあたっていたが、昭和十八年十一月に、横須賀航空基地に新編された三〇一航空隊の分隊長として、初めて実施部隊に着任した。

この隊は、やはり航空技術廠において実用実験中の対大型機攻撃用戦闘機であった雷電という新型戦闘機隊で、司令は八木勝利中佐、飛行隊長に藤田怡与蔵大尉、分隊長は私のほか同期の香田克己、鳥本重二両中尉で、ここに紫電、雷電による新しい二つの海軍戦闘機隊が誕生したわけである。

## 制空隊の任務を負う

三〇一航空隊は、そのころラバウル方面でさかんに活躍したB17、さらに新たに出現したB24が四発の重装備で高高度に飛来して侮れぬ偉力を示し、さすが零戦をもってしてもその撃墜は容易でなかったため、紫電と併行して量産に入った雷電をもって、サイパン経由でラバウルに進出する任務を帯びていた。

そのために戦力の充実が急がれ、私たちも日々の猛訓練に寧日がなかったのであるが、この時にわかに戦雲が動き、三〇一空はせっかく苦心して整備した雷電を厚木航空隊に譲渡し、ふたたび零戦を駆って硫黄島に転進した。米機動部隊がサイパン島方面に来攻してきたのである。

しかし、武運つたなく三〇一空は硫黄島において米機動部隊艦載機群の反覆攻撃によって香田、鳥本両分隊長を失い、半数以上の未帰還機を出し、ついには至近距離において、米海上部隊の猛烈な艦砲射撃の洗礼まで受け、完膚なきまでにやられてしまった。

その前後、三四一空は館山基地が狭小で高速な紫電の訓練に向かないので、明治基地に移動し、間もなく比島方面の戦況にしたがって台湾に進出、ここで紫電は初めて空戦に参加した。台湾沖航空戦がこれである。

私は硫黄島から帰還して、しばらく横須賀航空隊付となっていたが、サイパン沖海戦の戦訓によって、海軍航空隊の戦力低下が問題となってきたため、いわゆる決戦部隊として最も精強な航空部隊をとの意図から、戦、爆、雷、偵の古参搭乗員だけで、それぞれ新機種によりT航空部隊が編成されるにあたり、制空隊の任務を負う戦闘七〇一飛行隊が紫電をもって新設されたので、勇名な新郷英城少佐を隊長に迎え、私は先任分隊長として戦力の充実に備えることになった。

## 故障の多かった紫電

私は雷電に引きつづき紫電という具合に、新しい戦闘機隊にばかりまわされた。とくに紫電は前述のように水上機として設計された関係から、当時の海軍機の中でも珍しい中翼機であったので、脚が異常に長く、そのために着陸のとき脚の折損事故が瀕発した（製造会社が、これまで水上機専門の川西航空機であったから、脚の設計、工作に不慣れの点があったのかもしれない）。

紫電一一型。中翼の強風を改造したため脚が長く着陸時の折損事故が多発した

それに、新たに採用された誉(ほまれ)発動機は、栄発動機をさらに強力にしたきわめて優秀なものではあったが、あまりに精緻をきめた構造であったため、製造工場の工作力の低下、実施部隊の整備の不充分などもあって、潤滑油系統の致命的な故障をしばしばひき起こし、紫電搭乗員はかなり神経質にならざるをえなかった。

のちに比島に進出しての作戦中も、紫電隊は脚とエンジンの故障を完全に克服できず、可動率はかなり悪かった。また高翼面荷重のため失速速力が大きいので、零戦の安定性に慣れた搭乗員は無理な操縦をして、すぐ失速事故を起こしたものである。

これらの点以外は、紫電は零戦にくらべて水平上昇、降下速力ともにすぐれ、二〇ミリ機銃四梃を装備しているほかに、画期的な空戦フラップをもっていたことも特筆できる。

私の戦闘七〇一飛行隊は、前述のように劣勢になった海軍航空隊の戦力を挽回すべく編成されたT部隊の制空隊であった関係上、当時としてはすでに数少なくなった空母経験者も多く配属され、准士官搭乗員も、坂井三郎少尉、松場秋夫兵曹長のようなベテランがいてくれたので、このむつかしい機種もよくこなしていった。

そのほかにも米村、大平両若年分隊長の陣頭指揮により、着々として士気が上がっていったので、私のような弱輩飛行隊長（新郷隊長はゆえあって着任後しばらくして他の戦闘機隊の飛行長として転勤された）のもとでも、生新の気に満ちた、かなり精強な飛行隊となりつつあった。

ところが、初陣の経験もふみ、幸いにしてははじめて敵機を撃墜することもできて、ある程度、腹もすわってきた私の前に、突如として思いがけぬ不幸な事故がつづいて起こった。私には冒頭に零戦は華やかな生涯をかざった飛行機であり、紫電は悲劇の戦闘機であると述べたが、このような気持は、後述するような私の経験に影響されているのかもしれない。

## 壮烈白根少佐の最期

T航空部隊が機種別に、各基地においてそれぞれ練度の向上につとめつつあったところへ、米軍の比島方面進攻が察知されたので、昭和十九年八月、各隊指揮官は急遽、九州鹿屋の司令部に参集せよ、との命令を受けた。

その日の午後になって、まるでねらったように突然、腹部に激痛をおぼえた。軍医長の診断の結果、急性虫様突起炎（急性虫垂炎）で速刻切開手術を要するとのことだったので、やむなく鹿屋出張は先任分隊長の米村中尉に依頼して、私は横須賀海軍病院に入院した。

ところが何たる不幸か、米村中尉は要務をすませ、零戦で鹿屋基地離陸直後に、墜落事故を起こして全身に重傷を負い、奇蹟的に生命は救われたものの、これまた海軍病院に入院したと伝えられた。かくして戦闘七〇一飛行隊は、一撃に隊長、分隊長を失うという悲運に遭遇したのだ。

私の病状も案外に悪くて、部下の搭乗員は毎日のように心配して見舞にきてくれたが、重要任務をおびた七〇一飛行隊としては、身体の恢復を待つ余裕がないため、後任として三四一空飛行隊長白根（しらね）斐夫少佐が戦地から急遽召還された。九月の末、ちょうど猛台風が吹き荒ぶ日であったと記憶している。

こうして私が精魂をこめて育成した七〇一飛行隊は、新任の白根隊長の指揮下に沖縄をへて台湾に進出し、高雄基地周辺の大崗山において台湾沖航空戦に参戦したのである。その後、比島に転戦し、クラークフィールドのマルコットを基地としてレイテに上陸した米軍に対する攻撃を続行していたのであるが、戦闘は熾烈をきわめ、間もなく白根少佐も未帰還となられた。考えてみると、白根少佐は私の身がわりとなって戦死されたようなものである。

白根少佐は内閣書記官長をされた白根松介氏の御子息で、すでに支那事変いらい零戦を駆って赫々たる武勲を挙げられた長身白皙の美丈夫であった。紫電が、強風の改造をおえて実用実験に供された時いらい主任担当者としてこれにあたり、第三四一航空隊が編成されたときも、進んで同隊飛行隊長として紫電の戦力化に心血を注がれた人である。館山基地当時に、私と同期で同じく零戦搭乗員であった森井宏君の妹雪子さんと結婚されていた。

後になって私は白根少佐の戦死の情況をお伝えするため、当時、美術学校に入られていた白根夫人を訪れたのであるが、そのとき夫人は、

「戦闘機乗りの妻は朝の出勤の時の別れが一生の別れとなることもわからないような結婚生活で、二人の愛情は本当につきつめた真剣なものであった。私は若くして未亡人となったが、いまでもあの館山の白根との生活をはっきりと胸に刻んで忘れることができない。あれほど美しい夫妻の情愛はおそらく今後、誰と結婚しても得られるものではないと思っている。その意味で私は本当に幸福であった」

と、しみじみ述懐しておられた。その後間もなく修道院に入られて、いまなお信仰の道にいそしんでおられる。

私は白根少佐のことをしのぶたびに、館山の白根少佐の御家の前で庭を掃除しておられた雪子さんの幸福そうな姿を思い出さずにはいられない。そして私の同期の、若々しい清純な亡き戦友のことを思い出すのである。戦争はかくのごとく美しい人々の数多き生命を奪ったのだ。

## 潰滅的な打撃を受く

その後、私はふたたび横空付となり療養につとめていた。その間、戦訓調査班にくわわり、台湾、比島方面に出張したとき大崗山基地で旧部下に会うことができた。彼らはすでに幾度か死線を越えてきており、横須賀で別離を惜しんだ時よりもずっと不敵で逞しくなっていた。

そして戦塵に日焼けした顔で私を心から歓迎してくれた。あのとき航空糧食の即製しることをつくって、私にすすめてくれた搭乗員もほとんど戦死してしまった。

比島方面の戦訓調査は約三週間ほどであったが、このとき私のうけた強い印象の第一は、中国本土より大挙飛来したB29の絨毯爆撃の徹底的、壊滅的な威力である。

高雄航空廠はその広大な構内を周囲のコンクリート塀を残して、全く箒で掃いたように完膚なきまでに、変な言葉であるが綺麗サッパリと破壊しつくされていた。私はそれを見て近き将来、内地の都市がこのB29の攻撃を受けたときの姿を予測して慄然としたものである。果たせるかな、その後サイパン、硫黄島基地を整備するや、ここを基地としたB29の編隊群はつぎつぎと東京、名古屋、大阪などの大都市をはじめとする内地の主要都市を、一夜にして灰燼に帰せしめるほどの暴威をふるうにいたったのである。

第二は比島地区の空戦の様相がラバウル航空戦当時の戦況と正反対の、いうなればグラマンF6Fの独壇場といっても過言でないほどの惨憺たる様相を示していたことである。かつて零戦の好餌といわれたP38ですら、低空において未熟搭乗員の操縦する零戦を追いかけまわしている姿を見て、勝ち戦に乗った米空軍の侮りがたき戦力を、マザマザと見せつけられた思いがしたのである。

私はこの二つの戦訓から、帰隊後、軍令部、航空本部、各実施部隊の首脳部にたいする報告会の席上、このさい海軍の総力を挙げてB29、グラマンに対抗する戦闘機空戦力を増強することの一日も早からんことを強調したものである。

紫電は20ミリ４梃、４翅ペラ、空戦フラップを持ったが、失速速力が大きかった

　そうこうするうちに白根少佐の戦死の悲報に接し、私は雄心抑えがたく、すみやかに再度、白根少佐の後任として赴任の希望を述べて、人事局に直談判をした。この希望は直ちに入れられ、比島においてふたたび七〇一飛行隊当時の部下とともに戦える喜びに、勇躍して沖縄、台湾経由でマルコット基地に着任したのが昭和十九年十一月のはじめであった。

　私は着任後、すでに戦地において古顔となっている列機を率いて、レイテに増強される輸送船団の上空哨戒、クラークフィールド上空における米戦闘機との空戦などに日を送っていた。だが、戦況はすでにわれに不利であり、米機は勝ちに乗ってしばしば勇敢なる攻撃を仕掛けてきたものである。

　十一月のある日、台湾からリンガエンの味方泊地に入港中であった陸軍輸送船団の上空哨戒任務のため、列線に十数機の紫電を並べて、藤田怡与蔵隊長の飛行命令を聞いているとき、はるか西方ルソン山脈の高空に、チラッと米戦闘機二機を認めた。私は

危険を感じて注意をあたえようとしているうちに、紫電は発進準備のため一斉にプロペラを始動し、その意を果たさなかった。

搭乗員が駆け足で搭乗席に跳び乗った瞬間、この二機の米戦闘機は突如として機をひるがえしたかと思うと、ロケットを噴進して加速度をつけ、目もくらむような急降下に入った。明らかに地上の紫電に機銃掃射をくわえる態勢である。少しはなれた場所にいた私は、無我夢中で列線に駆け寄り、声をしぼって退避を命じた。しかし、もどかしくも私の声は地上試運転中の十数機の紫電の爆音に消されてとどかない。

あッと叫んだとき、このP47は耳を聾するすさまじい機銃の連続音とともに、紫電隊をひとなめに掃射した。つぎの瞬間みるみる全機は猛烈に炎上しはじめて、危険と知った搭乗員は、脱出のいとまなく機上にて戦死、または重傷を負い、操縦席からのけぞって倒れ落ちた。飛行機の炎上とともに翼内全弾装備の機銃弾はつぎつぎに爆発する。まことに悪夢のような凄惨な修羅場であった。

私は危険も忘れて息のある搭乗員二名を救出したが、米一三ミリ機銃弾の威力には物凄いものがあり、片手片足をもぎとられた部下は、「残念だ、残念だ」といいながら、おびただしい出血のため私に手をとられながら戦死していった。

この憎むべき米機二機は、あまりに低空に降下したので、ともに味方地上射撃によってすぐ撃墜され黒煙を上げて炎上したが、敵ながら勇敢な振舞であった。

また紫電は、形体、爆音ともグラマンに酷似していたので、しばしば味方陸軍の地上攻撃を受けた。N中尉機は脚、フラップをおろした着陸姿勢のまま、突如、地上射撃を集中され、モンドリうって墜落戦死した。彼はわれわれが比島にあったとき着任した、練習教程卒業後間もない新進気鋭の青年士官であり、私は彼の無念をおもって切歯扼腕したものである。

## 決死の出撃行

かくするうち、レイテは全く敵の手中に陥ち、つぎの進攻地点はマニラかと予測され、戦線はますます悲壮な緊迫の気につつまれていった。私の印象に残る米ミンドロ攻略部隊にたいする昼間攻撃がおこなわれたのは、こうしたときである。私は艦爆隊の直接掩護隊としてこの戦闘に参加した。十二月中旬のことである。

太平洋戦争の天王山と称された比島方面の戦況は明らかに不利であり、内地からの搭乗員や機材の補給はすでに中央の方針によって望みえぬこととなり、この間に関行男大尉を指揮官とする神風特別攻撃隊を第一陣とし、つぎつぎに捨て身の体当たり攻撃が続行されていた。私のクラスメートの山田、深堀の両大尉も率先して特別攻撃隊に参加し未帰還となった。

私はこの戦況を見て、もう内地帰還は望めぬものと覚悟をきめていた。私の隊の全員も口には出さずとも、深く決意を秘めていることは隊長である私にはよく分かった。私はこの直掩隊指揮官を命ぜられて、その時はっきりと死を覚悟したのである。

比島の十二月は内地の初秋の気候である。クラークフィールドの大平原を見おろす丘の上に設けられた粗末な士官宿舎は、連夜のB24の爆撃を避けて、薄暗いローソクの灯がともっている。にわかづくりの棚の上には、戦死した部下の遺骨が内地への航空便を待つあいだ安置されてあった。

司令以下が何気ない雑談に夕食の一時を過ごしている中で、私ひとりは孤独な気持ちになっていた。屋外に設けられたドラム缶の野天風呂に入って戦塵を綺麗に落とし、下着一切を着替えた私は、南国の星空がまばゆくきらめく下で遥かに北の空を望んで、故国の人々に別れをつげ、愛する人々の幸福を祈った。そして、クラークの広い黒々とした平原、遥かに明滅する比島人の家々の灯火を見下ろしながら、黙然として佇立していた。

——出撃の日は、朝食をすませて早々に離陸した。紫電隊は約十二機、攻撃隊も二十機に満たぬ少数機であるが、これが全可動機数であった。高度六千メートルで艦爆隊の上空約五百メートルを蔽うように掩護しつつ南下する。

天候は快晴。私たちは米攻略部隊を求め、敵戦闘機の出現を目を皿のようにして警戒しつつ進む。しかし私は攻撃部隊というものをこの目で見たことがない。七千メートルの高空から、輪型陣を組み後ろに上陸用舟艇団を従えた攻略部隊がどんな格好で見えるものか、予想もできない。

## 飛び立つ特攻機

無気味な緊張が刻一刻と増してきて予定地点に近づきつつあると思ったとき、私は突然、断雲の下にはっきりと攻略部隊を発見した。その壮観な輪型陣は、やはり航空写真で見たとおりの格好であるが、驚くべきは上陸用舟艇団の数である。いわば塵取り一杯に盛った羽毛を一度に水の上に撒き散らしたように散在している。私はわが攻撃隊の数と比較して、全機命中弾を浴びせることができたとしても、カスリ傷程度にしか被害をあたえることはできないのではないかと、そんなことを思った。

その瞬間、敵は間近にいたのである。P38が七、八機、白い双胴をくねらせて哨戒している姿が目に入って私はハッとした。ただちに燃料増槽を思いきって投下して身軽になり、レバーを全開して、緩降下に入った艦爆隊につづいて降下に入った。その瞬間ものすごいショックを受けた。いちはやくわが攻撃隊の来襲を発見した敵の対空砲火が後方に破裂したのだ。見れば輪型陣を乱した攻撃部隊は、鮮やかな航跡をえがきつつ右往左往に急旋回している。わが艦爆隊は勇敢に弾幕を突きやぶって急降下に入ったので、私も負けじと、ほとんど夢中で真っ逆さまにヘルダイブに移った——。そして攻撃隊は奇蹟的にも全く無疵で奇襲攻撃に成功した。私の場合はふしぎにこういうケースに恵まれている。

後日、沖縄作戦に従事して、沖縄本島の昼間強襲作戦がおこなわれたとき、約六十機の零戦をもって敵上空の制圧に向かったときにも、私は全く敵の抵抗を受けずに侵入することができた。

その時は、沖縄基地にある米戦闘機群を全機発進せしめてわれわれと交戦させ、燃料が切れて補給着陸をしようとするところを見はからって雷爆の昼間強襲をおこなう作戦であった。だから私たちは、不利を承知でしだいに高度を下げ、米戦闘機隊が戦いを仕かけてくるまで、オイデオイデの戦闘態勢をとらざるを得なかった。優勢なシコルスキー群の優位からの集中攻撃を受けて、まことに苦しい接戦をおこなった。

私は列機とはなれて単機となり、シコルスキー六機の集中攻撃を受け、しまいには海面数十メートルの超低空まで追いつめられ、今度こそはと観念したものであった。それでもなんとか離脱して単機帰還し、司令以下に歓声を上げて迎えられ、ただちに点検したとき、あれほど集中反撃射撃を受けたのに、機体に一弾も弾痕を認めることがなかった。このような不思議な幸運が最後までついてまわって、私はよく今日まで生き延びてきたものとしみじみ思っている。

さて、ミンドロ攻略部隊にたいする艦爆隊の強襲は成功し、この日、巡洋艦、上陸用舟艇に相当な損害をあたえ、数隻を撃沈せしめたのに対し、わが攻撃隊は数機の未帰還機を出しただけで、昼間の強襲攻撃としては意外なほど軽微な損害であった。

しかし私は、不覚にも一瞬、艦爆隊を見失って周章狼狽した。敵戦闘機の追蹤を避けるため密雲下に入り込んだものらしく、機影が見あたらぬので、そのまま紫電隊を集合して帰途についた。

すでに燃料も残り少なくなったので途中の空戦を避けるべく低高度で飛行中、ルソン山嶽の最頂部を跳び超えるときブスッとエンジンが止まってしまった。はッと思った瞬間、左手は燃料嘴に触れていた。やはり緊張していたせいか、コックの操作を誤っていたのである。ただちに切換え操作をなし、エンジンがブルンとかかった時は、危うく稜線にブッつけんば

比島クラーク基地で米軍の手に落ちた紫電。比島でも故障により可動率は低かった

かりになっていた。

山頂を越えてクラークフィールドを見下ろしたとき、土煙りと基地上空に弾雲が見える。目をこらすとグラマンが味方基地の攻撃を終えて引き揚げつつあるところである。私はしばらく飛行隊を誘導してグラマンの退避を確認した後、落ち着いて着陸した。

昭和二十年一月七日、米軍はさらに進攻の矛をすすめ、マニラを越えてクラークの北々西海岸にあるリンガエンに上陸した。陸海の飛行機隊は可動機の全力を挙げて最後の特別攻撃に出動し、私は例の丘の上から帽子を振って、つぎつぎと北に向かって飛び立っていく特攻機を送った。

航空隊は操縦員も整備員も、ゲートルを巻いて馴れぬ陸戦装備をなし、クラーク西方の山嶽地帯に陣地を設営して最後の抵抗をこころみることとなった。私たちは翼を失って放心したような気持ちであった。飛行長の陸戦計画を聞いて、最後の夜を士官宿舎に送るべく就寝していた。

その夜半、とつぜん司令部から電報が入った。戦闘機隊の古参搭乗員は全力で故障機を整備し、中部ルソンのツゲガラオ基地に転進し、八木勝利中佐の指揮をうけてリンガエン泊地にたいする攻撃を続行せよとの命令である。直ちに整備長に連絡したところ、徹夜で整備すれば、差し当たり飛ぶだけならなんとか四、五機は見込みがあるとのことで、にわかにこの人選がおこなわれた。

私は、指揮官機は先任隊長たる藤田少佐を、と申し出た。これにたいし、藤田怡与蔵少佐は静かな落ち着いた声で、

「俺は支那事変いらい数々の攻撃に参加し、充分に戦闘はやった。君はまだ若い。君こそここを脱出してふたたび戦ってくれ」

と断乎としていわれ、なお幾度か翻意を迫ったが、ついに聞き入れられなかった。

私は薄暗い士官室で舟木忠夫司令、園田美義飛行長、藤田隊長に言葉短くお別れを述べて、整備員が一晩かかってなんとか飛べるだけに仕上げてくれた紫電四機を率いて、未明のマルコット基地を飛び立った。

舟木司令、園田飛行長は部下の整備員たちとともに勇敢な抗戦をつづけたが、ついにルソン山中にて戦死され、第三四一航空隊はここにほとんど全滅した。比島地区の紫電は、かくしてその戦力を失うにいたった。

ついでに記しておけば、クラーク基地の搭乗員はその後、帰路ツゲガラオに転進し、ここから台湾に帰った。これはすでに内地においても熟練搭乗員はきわめて数少なくなり、また

その養成には莫大な経費と年月を要するためにとられた処置であった。この帰路の集団移動隊は、途中ゲリラの攻撃を受けて数人の戦死者を出し、昼間は米機の地上射撃を受けるなど、並々ならぬ苦労をしたのであった。

## 紫電改の掉尾をかざる奮戦

戦闘の末期、完全に制空権を奪われたころには、紫電はその機動性をかわれて、白昼機動部隊の索敵をおこない、私の隊の光本卓雄大尉はしばしば敵空母を発見して偉勲をたてた。さらに戦況が悪くなってからは、ついに紫電隊の搭乗員も特別攻撃に参加した。私はこの任務に選ばれた部下が、

「特攻に指名される前に今一度グラマンと空戦をやらせてもらいたい。そうさせてもらったら後は思い残すこともないから喜んで敵空母に体当たりします」

と、何度も真剣に懇願にきたことを今も覚えている。

私はツゲガラオに転進後も作戦に使用できる虎の子の紫電一機を駆って、しばしばリンガエン上空の偵察、攻撃隊の誘導をおこなったが、この飛行機もついに銃撃により炎上させられた。私は八木中佐とともに最後に台湾に帰った。

昭和二十年二月のはじめに、私はふたたび横須賀海軍航空隊分隊長として着任した。このころ紫電改が実用実験をほぼ完了して登場してきた。すなわち中翼の紫電が欠陥を持ち、また空中性能もよくなかったため、これを零戦のようにし、機体の一部も改造したのが紫電改

であるが、この改良により操縦性能は飛躍的に向上した。

同年三月、米機動部隊は本土近海に接近して関東方面に来襲した。このとき、横須賀航空隊のベテラン操縦員をもって編成された紫電改、零戦の連合隊は、指宿正信少佐の指揮のもと、塚本祐造少佐、山本重久少佐および私を編隊長として、白雪の降りしきる低高度においてグラマンF6F約二十機と交戦し、ほとんどこれを撃墜または撃破して殲滅的な損害をあたえた。

このため「紫電改怖るべし」との印象を米軍にあたえ、その後、終戦まで米海軍機はついに横須賀基地に近寄らなかった。また打ちつづく損害に意気上がらなかった戦闘機隊も、紫電改の出現とこの大戦果に雀躍して拍手したものである。

かくて紫電改をもって第三四三航空隊が編成され、源田実司令のもとに当時の生き残りの古参搭乗員を各隊から選りすぐり、最強の戦闘機隊が誕生した。

しかし沖縄を基地とする米陸上戦闘機群が全力をあげて来襲し、その圧倒的な戦力の前に鴛淵孝大尉、林喜重大尉、菅野直大尉のような歴戦の撃墜王とうたわれた三隊長も相ついで戦死してしまった。紫電改は、輝かしい伝統を誇ったわが海軍戦闘機隊の最後の花をかざったのである。

# 戦闘四〇三飛行隊「紫電」悲しき最後の飛翔

当時　戦闘四〇三飛行隊長・海軍大尉　三森一正

沖縄作戦を目前にひかえた昭和二十年三月、戦局悪化の緊張した空気は、ヒシヒシと鹿児島県国分の二一〇航空隊にもみなぎっていた。紫電隊と零戦隊をもって編成されたこの飛行隊では、単なる邀撃戦が喰い足らず、沖縄の敵基地に銃撃をかけながらそのまま突っ込む体当たり肉薄攻撃の企画さえなされていた。

そういう折りも折り、新たに筑波航空隊の中に戦闘四〇二、戦闘四〇三の両飛行隊が、紫電隊として誕生することになったのである。司令は中野忠二郎中佐（後に五十嵐周正中佐）で、私は前の二一〇航空隊や谷田部、元山航空隊などからきた数名を選んで戦闘四〇三飛行隊を編成した。ずらりと

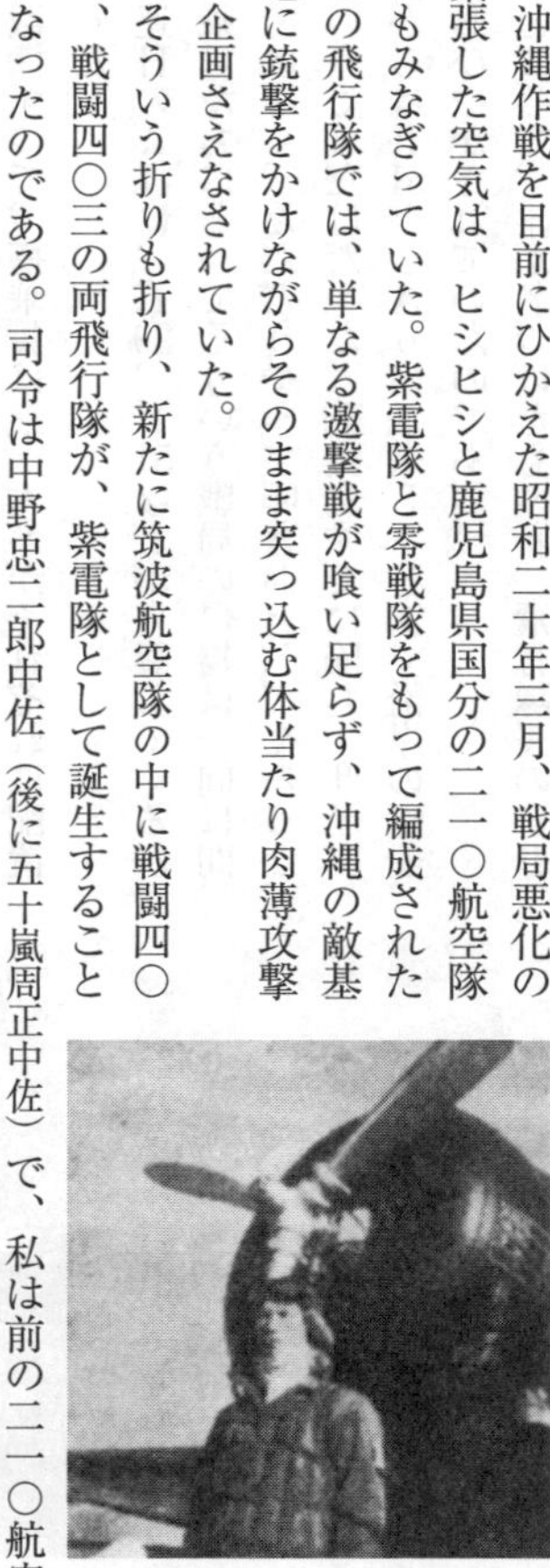

九六艦戦を背にした三森一正大尉

勢揃いした長脚の紫電は、両飛行隊ともそれぞれ二十数機ずつで、搭乗員は三十六名がそれぞれに配置された。

連日のように、Ｂ29、Ｐ51などが来襲してくるが、搭乗員たちにとってそういう戦局の帰趨は一向に問題ではなく、ただどうやって叩きおとしてやろうか、というそれだけだった。硫黄島すでに陥ち、サイパンからはＰ51がしきりに飛来し、Ｂ26で沿岸の漁船がおびやかされていたのである。

ところで、誰が名づけたものか、飛行隊長の自分も知らぬ間に、四〇三紫電隊に「奇兵隊」という名称がつけられていた。奇兵——それは〝敵の不意を襲う兵〟という意味にもなろうか。高速で二〇ミリ機銃四門を備えた紫電は、来襲してくるＰ51に挑む、文字どおり〝奇兵〟そのものの姿だった。おそらく下士官搭乗員あたりから生まれ出たらしいこの「奇兵隊」の名称が、合い言葉のようにかわされて、〝四〇三〟という者がいなくなった。

筑波空所属の紫電。戦局と共に筑波にも紫電の戦闘402、403飛行隊が配備された

そういう紫電だったが、これを乗りこなすのにはなかなかの演練が必要だった。奇兵隊の搭乗員たちは、九五戦、九六戦、零戦と鍛えあげられたモサが多かったが、零戦のように軽装でなく着陸速度も大きいし、中翼で視界も悪く、零戦にくらべて安定性もよくない機である。しかも速度が速いから、零戦のように身軽な回転性能を願うことは、およそむつかしい。

飛行経歴の古い者はよいが、それとても紫電の搭乗時間は微々たるもので、搭乗時間三〇〇時間前後の若い連中には、何としても、もう少し時間をかけなければならない。しかし狭い筑波基地では二個飛行隊の訓練はなかなか思うようにできない。

そこで、みっちり基地訓練をやるべく香取基地に移動したが、基本訓練の途中から実戦に移ることがしばしばであった（この基地訓練最終日に石坂光雄大尉の大奮戦があった）。搭乗員たちは、実戦の中に演練を重ねなければならなかったのだ。

## 二機二機のペアに

そういう状況の中でおこなわれる訓練であるから、手をとり足をとって教えるというのんびりしたものではない。だから敵と空戦中にやられた者ばかりでなく、訓練中の事故も多かった。

伊藤一飛曹は編隊訓練中、僚機に接触を受け、胴体を切りはらわれた。落下傘で脱出する余裕すらなかったところを見ると、接触と同時に即死だったのであろう。

また岩崎中尉は、奇兵隊が姫路に移駐するとき原因不明の事故死を遂げた。いまにして思うのだが、だいたい紫電は高高度をとって六五〇〇メートル以上になると、往々にして潤滑油の油温が上がることがある。そうすると、これが空気抜きからふき出して、またたく間にエンジンが焼きついてしまうことがあった。あるいは岩崎機の場合がそれではなかったかと思われるのである。

編隊のとり方も変わってきた。もともと単機格闘戦時代は支那事変をもって終わり、編隊空戦の時代に変わっていた。一機一機の闘いから、ペアなりグループなりの単位に変えて協同の力で邀撃するのだ。したがってこれまでの指揮官機、二番、三番機という親子編隊から、二機二機のペアを組んだ四機編隊という戦法に変わっていった。

そのためには僚機同士の呼吸がそろわなくてはならない。基地の生活はそういう意味でも重要視されなければならぬ。とぼしくなっていた食糧事情の中で、わずかばかりの焼酎をくみかわすことも、搭乗員たちの気をそろえる一つの役割を果たしていた。

そんな中で、関野大尉は酒をたしなまなかったが、ある日こんなことを言うのである。

「自分は酒は飲まんので、隊員は何となく不満なのではないでしょうか」

分隊長のこのような小さな心づかいがまた隊員に打てば響くように伝わり、分隊長のもとに固く結びついていった。

出撃の度合いは、日ましに激しくなっていった。六月二十八日のB29、B24の一群とP51の邀撃戦、七月八日のP51邀撃戦などのはげしい空戦は、しだいに困難な戦訓をわれわれに教えていた。紫電は、高高度ではとても使いものにならぬということを知ったのだ。エンジンからしきりに油が洩れた。着陸するとき頻々と脚を折った。この脚の故障は全く致命的だった。

被弾した機の整備がまた大変だった。空冷発動機としては非常に小型だったし、構造が精密で寸刻をあらそう基地では、その整備に名人芸を要した。いざというとき、間に合わぬ機がしだいに出てきた。搭乗員たちは身を切られる思いで紫電を見つめるのであった。

しかし、ここで隊員は飛行機にたいする不平を一度ももらしたことがない。もうすでに紫電改も出ていたので内心では紫電改もほしかったであろうし、またもっとよい電話器を積んでほしいと願っていたであろうが、一言も口にしなかった。

## 短気をいましめる司令

紫電改にあこがれながら、ついにその機会を得なかったわが紫電隊員たちは、脚のひょろ長いその胴体をなでさすっては最後の華々しい出撃をひた待ちに待った。残った機数は十四、五機ぐらいだったろうか。

その頃、敵B24、P51が室戸岬辺にしきりに来襲する状況であったので、われわれはこれを徹底的に殲滅する邀撃戦を計画中だった。ところがそこへ、意外にも終戦の悲報がもたらされたのである。何ということだろうか。搭乗員たちは一瞬茫然として、あたかも冷水を浴びせかけられたような驚愕の中に立ちすくんだ。まだやれる、いや、やらなければならぬはずだったのに……。誰もがそう思っていたに違いない。

試験飛行中の紫電。格闘戦では自動空戦フラップが威力を発揮した

可動全機を整備して待機すること三日、八月二十四日に全機飛び上がったが、それは戦闘四〇三飛行隊の収めの飛行であった。飛行前、いましも出頭命令を受けて海軍省に出発する直前だった五十嵐司令は、静かに私のそばにやってきて、

「おい三森、短気を起こすなよ」

と、しみじみとした口調で私の顔を見つめるのであった。

互いに肩を組むような気持ちで、編隊飛行を終えたわれわれは、その後、二度と飛行場に出る気にはなれなかった。やがて米軍機が飛来するようになると、進駐軍命令で、紫電の機体からプロペラとエンジンが容赦なくむしり取られてしまった。見つめる搭乗員たちにとって、それは両腕も両足もむしりとられるような思いだった。

敗戦で混乱をきわめている町々を、身につまされる思いでながめながら、最後に残った士官数名と水戸へひとまずやってきたが、どうにも姫路が気になって仕方がない。ひかれる思いでまた基地に辿りつくと、ちょうど居合わせた五十嵐司令が、

「やあ、いいところへ帰ってきてくれた。実は、困ったことになったのだが」

と、相談を持ちかけてきた。

それによると、米軍の要求で、基地にある紫電のうち三機を至急横須賀へ空輸せよ、というのである。大方アメリカ本国へでも研究用に持ち帰るつもりなのだろう。

私は帰郷した搭乗員たちの何人かに不安な気持ちで電報を打ってみた。すでに十月も末のことだ。ところが戦友は有難いものである。ダイヤのくるった列車便と混乱の中をどうやって都合つけてきてくれたものか、七名の部下たちが折り返し参集してきたのであった。私は関野大尉以下三名を選んだ。

## 紫電の最後の姿

さあ、機体の強行整備がはじまった。ところが今まで雨ざらし同様の状態で放り出されていた紫電だし、おまけに、ペラもエンジンもはずしてしまってある。一回はずしたら、その整備は容易なことではない。とくに、この機の整備には神業に近い練達なウデが必要なはずだった。ひょろ長い脚の中には、伸縮操作に必要な油圧パイプが通してあるが、それを保護すべき上皮が脚からはぎとられてしまっている。

とにかく、てんやわんやの騒ぎの中に整備がおこなわれた。さて、一通りの地上整備を終わり、いよいよ試飛行という段取りになったとき、「飛ぶことまかりならぬ」という非情な命令がきた。米軍のいうことには、米軍機が上空を警戒しているときでなければ絶対に飛んではならぬというのだ。

それでは一刻も早く飛んでくれ、とにかく試してみなくては危なっかしくてしょうがないからと、たびたび懇願してみたが、一向にその気になってくれない。いたずらに、いらいらした毎日が過ぎ去るばかりだった。

やがて某日、いよいよ横須賀へ出発の日がやってきた。グラマンが一機飛び上がり、整備不充分の紫電三機が、うなりをあげて始動をはじめた。

――離陸、脚が縮み、行儀よく胸にかかえこんで、まるで邀撃戦に出撃するようにしてグラマンに追いついていった。見送る私たちの眼の中に、関野大尉以下のゆがんだ顔がありありと浮かぶような気持だった。敵機動部隊を襲撃するために飛んでいったのではなく、敵に献上するために翼をならべている三機。

整備不良のまま、行く手には鈴鹿、箱根の難コースが待っているだろう。その翼に、なつかしい日の丸の印は見当たらず、アメリカのマークが鮮やかに彩られていた。そういう三機の後上方から、グラマンが一機、まるでピストルをつきつけるような格好で、三機を監視しながら追い立てていったのである。それが、紫電奇兵戦隊における最後の紫電の姿だった。

# 紫電から紫電改にいたるまでの技術報告

## 中翼機「紫電」の誕生とその苦闘の舞台裏

当時　川西航空機補機部設計課員　菅谷登志己

当時、海軍の零戦は世界一を誇り、われわれも安心して戦いを任せていられる戦闘機であったが、アメリカのグラマンがそろそろわれわれの耳にも届くころ、なにかもっと新しいすばらしい戦闘機をつくりたいと、日夜考えるようになってきたのだった。

そのころ、川西航空機製作所は、飛行艇四発のH6、H8の超大型機をつくっていたが、なにしろ翼長四十メートルに近い機体、それにスピードも遅かった。当時の四発機としては、世界一の四〇〇キロ以上の性能が唯一の誇りであったので、戦況の不利に、スピードのある戦闘機を夢にえがいていた。

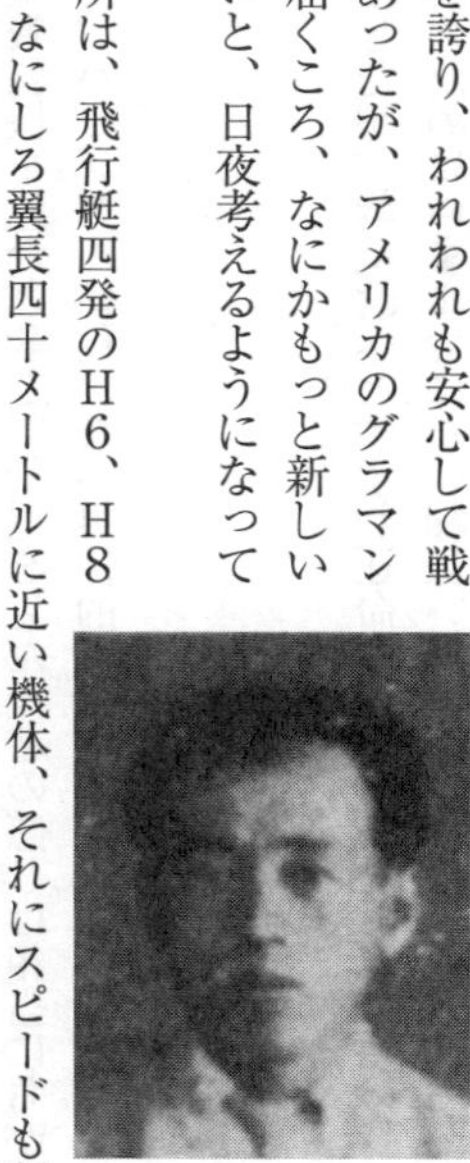

菅谷登志己技師

そのとき、紫電がわれわれの力によって生まれたのだった。試作機工場で組み立てられていく紫電を、われわれはJワンと呼んでいた。ずんぐりと太く、エンジンをしっかりと抱いた力強い翼、時速六〇〇キロの高速の夢が一日一日と実現に向かっていることを見て、大いに張りきったものだった。

私はドイツのハインケル113型戦闘機を見たときと、紫電を見たときの感じは相当にちがっていた。操縦席に腰をおろして、ハインケルに負けない男性的な紫電の操縦性について確信を持った。

## 初飛行の日の感激

紫電は中翼戦闘機として誕生したが、紫電改へとすすむ運命を持っていた。私の受け持ちの部、車輪関係のほうは、中翼のためにいままでにない細長い脚となり、世界に類のない型の戦闘機となった。なんとなく不安定な脚、弱い脚、そんな感じが、ずんぐり太い機体の下にのびていた。まずこの車軸をみじかく引っ込めて、後車輪を翼下に抱き込まねばならなかった。

話がそれるが、引込脚の場合、約六秒ていどで完全に引込みが終わらねばならない。離陸時の事故に脚の引込みが終わっていれば、安全に胴体着陸ができて、パイロットの不慮の事故もまぬがれることができるからである。

紫電のように複雑な脚の場合、油圧筒が普通より大きく、約二倍の油量を必要とし、そのため、いままで使用されていた中島の油ポンプでは吐出量が不足となった。大型のギヤの油ポンプの設計試作に全力をそそぎ、やっとでき上がった油ポンプが、私の性能試験を受けることになった。

私は吐出量の試験運転をできるかぎりつづけられた五台のポンプの中から、とくに三台を選んで試作機に取り付けるため、組立工場へ送った。その一台ごとに私の注意と努力をそそいでいた。

そしてりっぱに試験飛行ができる日を鶴首してまっていた。その日は晴天の風もない良い日で、私たちはつぎの試験を行なっていた。上役の技師が、

「今日、Ｊワンの飛行試験があるから、十二時すぎ屋上に出てみませんか」

にこにことして私に話しかけてきた。私も屋上に駆け上がっていった。

ずんぐり太い、黄色に塗られたわれわれの試作機が、一直線に川西航空機の上空へ飛んできた。脚は完全に引き込まれていた。私たちの力で今日の紫電をつくったのだと思うと、製作者としてのよろこびが胸に一ぱいになった。

## 第二試作機の墜落事故

それから約一ヵ月後、第二の試作機が、大阪伊丹飛行場で毎日のように試験飛行をつづけていた。

突然、技師から私に紫電に事故のあったことがつげられた。それは川西の名テストパイロットが、着陸状態で飛行場東南のすみに入って脚を出したところ、エンジンがブッツリと止

まってしまった。すぐ着陸、ブレーキも使用不能のまま飛行場を斜めに走り、最後の土堤に衝突してやっと止まることができた。しかし、車輪の一部が破損しただけで、他は無事であった。

事故調査の結果、私の試運転してきた油ポンプの焼付きであることが判明した。なぜ高圧油ポンプがこのような結果を起こしたか。高圧油ポンプは脚引込みのため、つねに六〇気圧で運転しており、私の試験では八〇気圧で三時間の連続運転を行ない、この間の油温の調査、試験後ポンプの状態の測定等あらゆる試験も行ない、試作機に取り付けられたものだった。他に、なんらかの原因もなく、この事故の起こるはずがないと自分を信じていた。

まもなくエンジンメーカーの設計者数名と、海軍監督官、川西より各部の部課長、それにまず高圧油ポンプの運転不能の原因、調査を検討した。この事故の糺明にのりだした。私は油で変色した試験当時のデータ全部を持って、会議に出席した。わが国を護る最後の戦闘機の重大なる責任を、出席者一人ひとりが胸にひしひしと感じながら、各部各課がこの事故に関しての意見をのべた。私も重々しい気持ちの中に、試験運転当時の姿がうつしだされてならなかった。

会議の結果、いちおう機体の整備状態を見にいくことにきまり、バスで関係者一行が伊丹飛行場へ出かけていった。格納庫の中には、紫電が黄色の機体を静かに、われわれになにか訴えるように長い脚で立っていた。機体関係の設計の一人の技手が私に、

「整備には絶対に間違いがありませんよ」

目を私の顔に強く向けたまま、真っ白いワイシャツの袖をまくり上げて、機体の油タンクから、油を取りだしにかかった。取りだされた油にはなんの変化も、塵埃の混入も認められなかった。

「皆さん見て下さい。ぜひ私たち整備の完全なることを知っておいてもらいたいのです」

缶の中に取りだされた油をのぞき込む人々の顔は、無言でうなずいていた。

ではこの油ポンプ事故はなにか。パイピング不良による油温の上昇のためか、いろいろな原因が、みなの頭のなかにえがかれ、意見として発表されてきたが、原因としてこれというものもなく、日が経っていった。

しかし、油ポンプの設計不良または、試験運転不確実ということばは、私には聞かされなかったが、これが紫電改への一つの原因ともなったことと思われる。紫電の短い生命も細長い脚によって終わりをつげた。

# 最後の完全局戦「紫電改」設計の秘密

## 二転三転かくして零戦をしのぐ重武装戦闘機は誕生した

当時 川西航空機設計技師　足立英三郎

紫電改はその名のごとく紫電の一部改造型のように思われるが、その内容を詳細に見ると、まったく異なったものといってよい。

強風から紫電に変えるさい、なぜ中翼のまま陸上機に変えたかという疑問がある。この点については、われわれはなにも好んで中翼を採用したのではなく、改造を最少限度にとどめ一日も早く戦力化させることと、前にも述べた強風の材料、部品を紫電に活用するという方針をとったもので、後日、かならず低翼式に変え、脚も簡単なものにしようという下心を持ったうえで、実施したまでであった。

ところが紫電の試飛行がすすんで、一月たち二月たつと、予期していた欠点がクローズアップされてきた。また中翼としての欠点も現われてきたし、その他いろいろと改造すべき点が出てきた。そこへもってきて、エンジンのトラブルのため、いつ解決するとも見とおしがたたない日がつづいた。われわれが最初主張していた、ただちに戦力化という野望は完全にノックアウトされた。

実をいうと、自分自身でも最初から、中翼のままで進むことに気乗りはしなかったのであるが、早く戦力化させるという一事のみに支えられてきた気持ちは、ここで大きく動揺した。

こんなにエンジンが手間どるなら、いっそのこと、いまのうちに低翼に変えたほうが将来のためだと考えた。しかし、紫電のテスト中にいい出すのも士気に影響するし、いままで主張してきた手前もあるし、いい出せるものではなかった。さいわい菊原静男技師とも意見が一致し、低翼にふみきることに決意して、各方面の気運をもり上げるように苦心した。そして昭和十八年二月、紫電改の試作決定にまでこぎつけた。

最初は、エンジンが解決するまでの短期間に仕上げてしまう予定であったが、やってみると次からつぎへと欲が出てきた。紫電と共通に、できるだけ生産準備の労力を軽くしようとする気持ちは消えなかったが、将来の量産ということを考えると、徹底的な設計変更をおこなうほうがよいと考えた。

すなわち紫電は強風から転化したもので、構造上ムダなところもあった。また改造、改造で複雑化した点もあった。紫電はもともと部品点数が多く、多量生産むきではなかった。このさい部品点数をへらし、あわせて重量の軽減に重点をおき、これにくわえて紫電では実施できなかった改造事項を、ぜんぶ満足させようとして設計がすすめられた。

その結果、後日の調査では、エンジン、プロペラおよびボルトナット、鋲をのぞいて、約六万六千個の部品を約四万三千個にへらすことができた。そして重量は脚が短く簡単になったせいもあって、自重で一〇〇キロ以上も軽くすることができた。これも設計課員の人の和のたまものと深く感銘したしだいである。

## 生まれ変わった理想の局戦

改造個所の概要を述べると、まず胴体は誉エンジンの外径にあわせて、やや小さくし、胴体内の七・七ミリ機銃をやめて、座席ふきんの断面を紫電の円形から三角形にちかい形として、低翼と相まって前下方の視界はいちじるしく改善された。

主翼と胴体の結合部分を工夫して、フィレットの形を非常に小さくした。これらの改造で、速度も多少増したようである。胴体後部は幅を細くして長さをいくらか延ばし、方向舵を変えて離着陸時の方向安定を改善した。胴体内タンクは、低翼になった関係で多少大きくできたので、防弾タンクのためにへった容量をおぎなうことができた。

主翼は中翼から低翼に変えても、外形だけは紫電とおなじである。翼内機銃は七・七ミリを廃止したかわりとして、二〇ミリ機銃を従来の一型のかわりに二型（長射程）に変更した。ちょうどそのころ、二〇ミリ機銃のベルト式給弾装置が空技廠兵器部で完成したので、すべてを翼内におさめることができた（紫電では二門は翼下面にぶら下げていたので空気抵抗にもなった）。

携行弾数は紫電の各銃七十五発（または九十発？）が、紫電改では内側二五〇発、外側一

昭和20年10月16日、九州大村基地から横須賀へ空輸準備中の三四三空「紫電改」

五〇発、計八〇〇発という、戦闘機としては驚異的な兵装となった。爆弾は紫電とおなじく、六〇キロまたは二五〇キロを左右一個ずつ搭載可能にした。

低翼になったため、脚は短く、しかも縮める必要がなくなり、構造も簡単でブレーキを踏んでもあまり心配がなくなった。同時に重量が一〇〇キロ以上も軽くなったことはありがたかった。また車輪間隔も普通ていどにせばめられたので、地上滑走でひっかけられる心配も少なくなった。

空戦フラップは包絡線(ほうらくせん)型を装備し、かんじんな部分を操縦者の手のとどくところにとりつけ、いざという場合には取って捨てるように、機密の保持を考えておいた。

この型の空戦フラップをつけた紫電改と零戦との空戦では、紫電改にいくぶん腕の上の者が乗るならば、ほぼ互角の勝負ができるということであった。

零戦は敵方では〝ゼロライター〟などといって、これに火をつけに出かけようなどと冗談がでたくらいタンクがねらわれ、実際その冗談どおりに多くの犠牲を出した。

これは最初の要求で防御を考慮していなかったのでやむをえなかったが、さいわい紫電改はぜんぶ防弾タンクにできたし、また操縦者に対しても防弾楯をもうけた。これがため重量は増したが、一方、脚その他で軽くなるところがあって、兵装強化にもかかわらず、差引総重量一〇〇キロの増加におさえることができた。

紫電改の特徴をあらためて要約すると、
(一) 速度は零戦より一五〜二〇ノット大きい
(二) 兵装は二〇ミリ長射程機銃四門、携行弾数八〇〇発
(三) 理想的空戦フラップ装備
(四) 防弾タンクならびに防弾楯装備
(五) 操縦装置に、腕比変更装置があり、低速時、高速時の操縦性良好
(六) 爆弾二五〇キロ二個装備可能
等で、海軍の虎の子戦闘機と異名をとどろかすにいたった。

## 月産一千機を目標に

このように性能がはっきりしてくると、海軍では次つぎに新しい要求を出した。その一つは艦上機の案であって、空技廠の手でフックがとりつけられ、実際に航空母艦「信濃」でテ

ストされ、成功をおさめたが、まもなく信濃は撃沈され、艦上機の案は立ち消えになった。

私は川西入社いらい設計課に籍をおき、各種の試作機にタッチしてきたが、最後に強風、紫電ならびに紫電改の担当者として「まとめ役」をつとめてきた。そして昭和十八年、紫電改の設計図がいちおう終わって、試作のできるのを待つばかりの某日、浜田栄部長からつぎの要請をうけた。

「川西の生産はいっこうに上がらない、この不振をなんとか打開するように、ぜひ現場に出てやってみてほしい」というのであった。

私としては、十三年間設計で飯をくってきた今日、いまさら現場に出る気持ちもせず、いま紫電改の設計は終わったとはいえ、これが飛び出せば必ずまた問題も起こるであろうし、現に海軍からも、次つぎ要求がきている際でもあったので、「出てくれ」「出ない」の押問答が四、五日つづいたある日のことである。ＪＯＢＫ（大阪放送局）が臨時ニュースを放送するといって、イタリアの無条件降伏をつたえた。この放送によって、私の心境は一変した。そして、いまでいう生産管理の方法などを工夫し、半年後には川西での最高記録を打ちたてて、期待に応えたのである。

昭和十九年十二月には、紫電改の大増産計画がたてられ佐世保、広、高座など、海軍の三工廠と、戦闘機では先輩の三菱、それに愛知、昭和の三会社と川西とによって、昭和二十年秋、月産千機生産を目標にすすめられたが、時すでにおそかった。昭和二十年にはいってからは急に生産資材が涸渇（こかつ）し、熟練工は徴兵され、内地の各地は連日の空襲をうけて生産量は日に日に低下していった。

こうした憂うつな三月のある日、突如として朗報がはいった。それは松山の紫電改部隊（三四三空部隊）が、呉軍港を空襲した敵艦上機五十数機をことごとく撃墜し、ために瀬戸内海は浅くなったと。手塩にかけた飛行機が初めてあげた戦果に、思わず心のおどるのを禁じえなかった。そしていまさらのように紫電改の威力が確認された。

そのためか後日、川西の鳴尾、甲南、姫路の各工場は完膚（かんぷ）なきまでにB29の爆撃をうけた。私は昭和二十年四月十五日から、京都府福知山市近郊の山間疎開工場に、従業員三千人をひきいて疎開作業をしていたので、爆撃の惨状は経験せずにすんだが、敵の伝単（印刷ビラ）あるいは放送では、七月の終わりに福知山疎開工場をかならず訪問するとつたえてきた。

こうした不安のなかに置かれながらも、八月十五日までに、この疎開工場でノックダウン五機を組み立て、仮設飛行場で一機飛び上がらせて終戦となった。

## 思いがけないトラブル

この福知山工場ではいろいろな思い出があるが、そのうちの一、二を紹介してみよう。

昭和二十年五月のある日、工場疎開作業が緒につき、海軍の予科練の手でさかんに道をつくり、トンネルを掘って、建設作業の真っ最中のところへ、軍需省の藤井少将という方がみえた。困っていることがあればなんでもいえというので、現在までの疎開状況と、輸送による困難な状況をくわしく説明した。できることなら輸送に力をかしてほしいという気持ちであった。

　ところが、かの少将は声も大きく高姿勢で、「明日からここで飛行機を組み立てるんだ」と怒鳴った。

「そんなことは絶対不可能だ」と答えると、

「軍に協力できないのか、いいわけは聞かん、作るんだ」という。

　まったく虎の威を借りる、小わっぱ役人とはこんなものか、なにをかいわんやと、あとは黙って相手にしなかった。

　まったく陸軍さんは話のわからぬ連中が多い。腹が立つやら馬鹿らしいやらで、おとなしく引きさがってきたが、翌日、現場に案内して、海軍士官から疎開工場の進行状況をきいて、まだなにやら不満をいいながら福知山を去っていった。

　もう一つの思い出は、仮設飛行場が海軍工作隊の手で完成されたときである。この飛行場は、その地方で広くもない水田を強制的に買収してつくられたもので、われわれとしては関係市町村の協力を感謝する意味から、開場式と銘うって関係各方面に案内状を配布した。もちろん監督官とも協議のうえであったが、さっそく舞鶴海軍鎮守府から呼び出しがあった。

　監督官に同道ねがうわけにもいかないので、鳴尾本社の中村正清部長に同道をねがって鎮守府に出頭し、私の責任でやったことで、まことに申し訳ないと謝罪した。

　ところが、某大佐からこっぴどく叱られた。いわく、

「軍の施設を勝手に公開するとはなにごとだ、軍の機密をなんと心得とるか」

と。そして約一時間にわたって小言をくった。

飛行場のようなものをどうやって秘匿できると思うのか、と反発したい気持ちになってみたものの、海軍にも、こんなわからず屋がいたのかと、ほうほうの体で引きさがったが、このときばかりは中村部長に気の毒なことをしてしまった。

# 紫電改の至宝・鴛淵大尉 豊後水道上空より帰らず

## 五〇〇機対二十一機、七月二十四日の空戦

当時 三四三空戦闘七〇一飛行隊分隊長・海軍大尉 山田良市

三四三空強し、紫電改恐るべし――わが三四三航空隊は、昭和二十年三月十九日の初陣以来、幾多の戦闘に参加した。その結果、戦局の挽回をねがう味方の期待を満身にあつめ、また連合軍パイロットたちからはその存在を恐れられ、名実ともに日本海軍きっての精鋭航空隊としての地位をきずきあげた。

しかし、そのかげには祖国の興隆を念じながら消えていった、数多くの尊い生命があった。あたら若い生命を散らして得た名声の代償は、あまりにも大きなものであった。だが、散華した級友や部下たちに涙する間もなく、われわれは日本近海に遊弋（ゆうよく）する米機動部隊から飛びたつ艦載機の捕捉撃滅と哨戒に、ほとんど連日のように出撃し、やがて七月を迎えた。

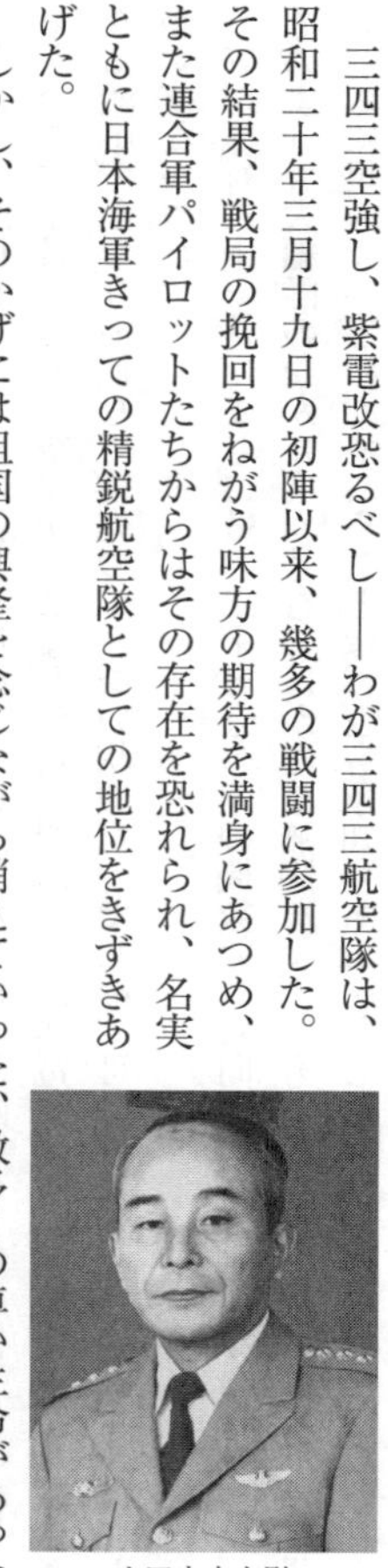
山田良市大尉

この頃になると大村基地での生活もすっかり身につき、いつ米艦載機が姿をあらわしても心身ともに余裕をもって出撃できるようになっていた。しかし、米艦載機も大編隊で堂々と豊後水道を北上し、呉などの軍事重要拠点を攻撃するまでになっていた。

七月二十四日——この日の朝、土佐沖まで進出した米機動部隊から、艦載機五〇〇機以上をもってする呉方面の大空襲がおこなわれた。だが、わが紫電改部隊はといえば、たびかさなる激戦でかなり消耗し、補充のつかない状態だったため、可動機はわずかに二十一機にしかすぎなかった。

五百機対二十一機、まさに敵の二十五分の一の機数で立ち向かわなければならなかった。そのような大編隊のなかに突っ込むのはかなり無謀なようでもあり、また、あげられる戦果もとるに足らないものであろうことは、百も承知である。むしろわが三四三航空隊の犠牲が大きくなることも考えられる。だがしかし、

「敵を見て戦わないという手はない」

と、内心のもろもろの葛藤を克服した源田実司令は、ついに発進を命じた。

可能なかぎり通信設備を整備したと同時に、紫電改の無線送受信機を整備して地上指揮を可能にさせ、また寸分の狂いのない作戦を立てて部下の信頼を一心にあつめていたこの名軍師・源田司令の命令に、だれも異存のあろうはずがなかった。

三四三空が開隊されてはや七ヵ月が経過して、司令の心中はいたいほどわかっていた。

「見つけた敵機をかたっぱしから撃墜して敵の航空部隊にひとあわふかせたい。この部隊を

戦勝の突破口として、怒濤のような敵の進撃を喰いとめなければならない」

これはいつしか部隊全体にひろがり、一兵にいたるまで敵機の撃滅に燃えていたものであった。

## 豊後水道上空に敵大編隊発見

三〇一、四〇七、七〇一の三個飛行隊あわせてわずかに二十一機の紫電改をひきいた最先任者であるわが隊長鴛淵孝大尉（戦闘七〇一飛行隊長）は、午前九時四分に大村基地を離陸して豊後水道に向かった。やがてわれわれは九州東北部に達し、旋回をつづけながら情報と指示をうけていたが、いよいよ目標をさだめて十時二十分、豊後水道に進入した。

鴛淵大尉は、私が海軍兵学校に第七十一期生として入校したときの最上級生徒であった。すなわち六十八期の大尉は一号生徒で、私は四号生徒であったときからのおつきあいである。それ以来、四号のわれわれは一号に鍛えに鍛えられた。一号と四号の仲は、ただ単に先輩と後輩という単純なものではなく、師匠と弟子の関係に似たものがあった。

したがってこれまでの戦闘でもそうであったように、この日も隊長鴛淵大尉と私との間柄は隊長、分隊長という職務上の関係を度外視し、一号と四号との関係であった。そのため呼吸がぴったりと合っていたし、また、たがいに信頼し合っていたものである。

事実、鴛淵隊長ほど上官からも部下からも愛された人物はめずらしい。それは大尉のみごとな部下の統御によるところが大きい。このため隊員たちも、「隊長と共に死す」ということに誇りを感じていたものであった。

作戦面からみた隊長も、じつに頼もしいものがあった。性質は温厚な武人であったが、ひとたび戦闘となれば、その温厚さもふっとんでしまうほどの闘志をかきたてた。いかなる場合にも、つねに先頭に立ってすすんだものであった。

たとえば、七月頃になると燃料の制限もあって、いつも可動の全機を出撃させるとはかぎらなかった。ときには十二機程度しか発進させられないこともあったが、このときは三個飛行隊からそれぞれ四機ずつを割りあてられた。この場合、隊長はまっさきに、「七〇一はおれの区隊(四機編隊)でやる」といいだしたものである。

また、先任隊長であるため三個飛行隊の全機が出撃する場合など、四十機、五十機という大編隊を集合から会敵、戦闘、そして帰投までうまく誘導しなければならないのであるが、鴛淵隊長の指揮誘導はほとんど文句のつけようがなかった。三四三空がわずか五ヵ月のみじかい戦闘期間に、約一七〇機を撃墜(わがほうの損害はパイロット七十四名)したが、その裏には鴛淵隊長の卓越した空中指揮に負うところ大なるものがあった。このように戦上手であり、しかも指揮能力が抜群とあって、私たち部下にも絶大な人望があり、隊員たちはこの隊長を誇りにおもって、ことあるごとに自慢していた。

したがって今、五〇〇機からなる敵の大編隊を前にしても、ふしぎに怖いとか、恐ろしいという気持ちはわいてこなかった。命のやりとりというものは、何回経験しても恐ろしく怖いものである。だが恐ろしくとも、怖くとも、これに負ければ負けたほうが地獄行きである。

しかし敵とやりあうときは、怖さというものは吹きとんでしまい、無心になるから妙なものである。そしてぶじに帰着して生命の危険がなくなってから、はじめて怖さを感ずるのであった。

## 源田司令発案の〝秘密戦法〟

鴛淵大尉が指揮する二十一機の紫電改は、豊後水道上空において大編隊で接近する米艦載機の捕捉につとめた。各機に装備した無線機からは、さかんに地上から指示をあたえている源田司令の声が飛びこんでくる。まもなく敵影が目に入るはずである。

われわれは旋回しながら、一分間に三～四マイルの速度で南下した。やがてゴマ粒を散らしたような無数の黒点が目に飛びこんできた。あれこそ今日の目標である米艦載機群であろう。黒い点はすこしずつ大きくなり、まもなく敵機であることが確認できるまでの距離に近づいた。

敵機群は、まだ気がついていないのではないかと思えるほど、ゆうゆうと編隊を組んで南下をつづけている。呉方面の爆撃を終えて、土佐沖に待機する母艦に向かって、ぞくぞくと避退しつつあった。三十機あまりの編隊がわずかの間隔をおいて、ひきつづいてやってくる。たぶん今日は約五〇〇機との情報が入っていたから、十数個梯団にもおよんでいるはずであるが、私の目にうつるのはそのうちの約半分である二五〇機ほどだ。

それにしても圧倒的な兵力である。そこにいかに精鋭をほこる紫電改部隊とはいえ、わずか二十一機がまともに立ち向かってもかなう道理がなかった。まして敵の先頭にいる編隊に挑みかかろうものなら、あとからあとから押しよせる後続の編隊にとりまかれて、なぶり殺しにあうのが関の山である。

そこで源田司令の作戦どおり、後尾の編隊を攻撃目標とした。

すなわち敵が空襲を終えて引きあげにかかるときは、米艦載機の陣形も乱れているし、また搭乗員たちの気分も帰途をいそぐ状態にある。そのためこの最後の編隊が引きあげかかるところに襲いかかれば、先行した編隊が後続編隊の急を知って引きかえして戦闘に参加するとしても、時間がかかる。その間に目標の編隊を料理してしまって、電光石火のごとくわが部隊が引きあげれば、最小の犠牲で最大の効果をあげることができる、というものであった。

だが、最後尾の編隊をねらうとなれば、紫電改の航続力の関係から必然的に発進時機を遅らせなければならなかった。といって発進時機を遅らせるならば、われがまだ地上にいる間に、敵の先頭部隊はわが基地の上空に来襲する公算が大きかった。そのためには敵の先頭部隊の到着以前に離陸させ、最後尾の編隊が引きあげをはじめてから着陸させるようにしなければならないが、保有している燃料だけではこの作戦ははなはだ困難なことであった。そこで間隔をあけて南下する一編隊だけに上空から攻撃をしかけ、後続の編隊がこないうちに引きあげる戦法がとられた。このような理由から、迎撃戦の指揮にはよけいな知恵もむりに絞らなければならなかった。

やがて先行している編隊と、後続の編隊とのあいだが若干ひらいている一編隊に向かって、鴛淵隊はねらいをつけた。敵機にさとられないように、ジリジリと上方より近づき、敵編隊のほとんど真上に位置をとった。その瞬間、鴛淵隊長機は機首を下げた。高度六千メートルからの後方急降下攻撃の開始である。これを合図に、七〇一、四〇七の両飛行隊が突撃し、ただちに激戦のウズをまきおこした。

私も隊長機とならんで第一撃の姿勢にはいった。オーバースピードになるのを懸命におさえ、高度差を一気につめるように降下し、編隊のなかの一機をめがけて二〇ミリ機銃弾をあびせた。しかし、〝みごと〟に第一撃は失敗した。そこで上昇し、ふたたび態勢をたてなおして第二撃目にはいった。ならんで飛んでいる隊長機も、私とおなじように第二撃目の態勢をとっていた。そしてまたもや機銃弾を発射して、まず一機を撃墜した。

## 名隊長鴛淵大尉散る

このころになると敵の編隊もみだれ、またそれまで上空掩護の任務についていた三〇一飛行隊は、敵の後続編隊が近づいてきたのでこれに攻撃を指向したため、またたくまに乱戦となってしまった。このため隊長機にぴったりとくっついていた私も、いつしか鴛淵機とはなれてしまった。

それでも戦闘のあいまをぬって、隊長機をさがしてみた。そして鴛淵機には二番機である初島二郎上飛曹が、一糸乱れずぴったりとついているのを確認してまずは安心した。なにしろ初島上飛曹は、まじめでおとなしく、戦も強く、ほんらい四機編隊長の実力もあったほどの技量をもっていたので、鴛淵機の二番機につけていた。

「初島がついているから大丈夫だろう」とおもっている間にも、いりみだれた彼我の機が交差していた。私はなおも敵機にねらいをつけると、機銃弾をあびせつづけた。こうなると、敵に後ろを見せるわけにはいかない。なにしろ機銃は前向きに発射するようにできているので、つねに敵対していないとこちらがやられる。そのため敵に向かっていく以外に生きる道がなかったのである。

長年の経験と訓練されたカンによって機銃を射ちつづけているうち、ふと隊長機が心配になり、あたりを見まわすと、初島機がついたままかなり離れたところで善戦していた。「深追いしなければよいが……」と私は思いながら、機銃の発射把手をにぎりつづけた。だが、これが隊長機を見た最後であった。

まもなく私は四機のＦ６Ｆにかこまれ、夢中になって射ちつづけた。松山に着任してすぐに猛訓練にはいったが、このときの重点課目は編隊戦闘であった。そこでつちかった技量をいまここで発揮すべきだと、けんめいに戦ったが、十分間ほどの戦闘ののち燃料や機銃弾がこころぼそくなり、ほうほうのていで戦域を離脱し、大村基地に着陸した。

だが、いつまで待っても鴛淵隊長と初島上飛曹は帰ってこなかった。また、宮本武蔵とまでいわれた武藤金義少尉もついに帰ってこなかった。こうして、この日の空戦であげた戦果は十六機ということであり、その後の調査でさらに二、三機増加された。しかしその代償として、鴛淵隊長以下六機が未帰還となった。

三四三空は、三月十九日の戦闘以来、感状や祝電などをいろいろもらったが、この日の戦闘にかんしては陛下からご嘉賞のおことばをたまわり、隊員一同ひじょうに感激したものであった。しかし、なぜか戦闘七〇一飛行隊員の胸にはポッカリと大きな穴があき、飲む酒もまずかったのをいまも忘れることはできない。

# 戦闘四〇二飛行隊「紫電改」対B29新戦法

## 荒武者たちがみせた海軍航空隊の真骨頂

当時 戦闘四〇二飛行隊・海軍上飛曹　竹田　恵

日本をはなれて二回目の正月を上海で迎えた昭和二十年一月、とつぜん航空隊司令によばれ、私は横須賀海軍航空隊に転勤を命ぜられた。

横空に出頭してみると、転属飛行隊は四国の松山にて目下編成中の三四三空であると知らされた。私は汽車で赴任の途についたのであるが、二年ぶりに乗った内地の汽車の旅はじつに軽快で、戦場の苦しみを忘れて楽しい旅行だった。

竹田恵上飛曹

三四三空〝剣〟部隊。司令は源田サーカスで勇名をはせた源田実大佐である。まもなく各地から実戦経験搭乗員がぞくぞくと転勤してきた。三四三空は海軍の新鋭戦闘機紫電二一型、すなわち紫電改の飛行隊で本土防衛の制空隊である。飛行隊も四〇一飛行隊、四〇二飛行隊、四〇三飛行隊、四〇七飛行隊に編成され、戦闘指揮所には各隊ののぼりが立ててあった。四〇一、四〇二は三四一空として比島に進出した紫電隊で、全滅して引き揚げて再編成中であった。

紫電改とは、海軍の局地戦闘機として水上戦闘機強風（きょうふう）を基礎に陸上戦闘機に設計がえした、川西航空機の野心作である紫電を改造した型で、昭和十七年十二月に初飛行した紫電との大きな違いは、主翼が中翼式から低翼式となり、脚が短く、機体がわずかに長くなったことなどである。

発動機は誉二一型を搭載、二〇ミリ機銃を四梃とロケット弾を装備し、突っこんだ時は四〇〇ノットのすばらしいスピードを出す戦闘機で、自動的に速力を調整する空戦フラップも装備していた。そして一般性能もさらに向上して、とくに空戦性能は米軍の新鋭戦闘機にくらべてもあきらかに優秀で、海軍最後の量産戦闘機として特急製造が計画されたが、空襲のため生産がすすまなかった。一時、米軍は日本に恐るべき新鋭機あらわるとして、とくに本機に注目したことがあり、これで発動機さえ順調であれば、あらゆる点で完ぺきに近い最新鋭戦闘機であったといえよう。

さっそく翌日から飛行場に出て、慣熟飛行である。使用機は紫電一一型で、失速が早く当時、殺人機といわれた中翼の戦闘機である。比島から帰った同期生に性能、長所、短所を教わり、慎重を期して離陸したが、零戦や雷電とは大分勝手がちがう感じである。

しかし毎日、訓練を重ねているうちに零戦より使いやすくなった。雷電での空戦はむずかしかったが、紫電での空戦は面白いくらい機がいうことをきいてくれ、そのうえ空戦フラップの作動によって零戦や雷電をはるかに上まわる性能をもつ飛行機だった。

編隊訓練、単機空戦と、どんどん訓練飛行はすすみ、ある日、同期の三浦と単機空戦に飛び上がった。彼は比島において紫電で敵と交戦したことのある経験者であり、私は零戦、雷電での経験をいかして、同位戦からスタート、飛行場上空の海岸線を目標に高度四千メートルで、反対方向に別れて飛び、反転して空戦をはじめた。機首を下げ、スピードを増しておいて高度をとってまわった。

三浦も懸命に引っ張っている。数回まわった時には八百メートルぐらいの高度差がついた。反復攻撃の応戦で、この間二度、照準器にぴったり入れることができた。だいたい戦闘は互角だったらしい。

紫電改の空中性能は、スピードにおいては雷電におよばないが、空戦フラップの作動で、単機空戦では零戦をはるかに上まわり、雷電とは格段の差があった。紫電改のすぐれた性能に驚嘆し、はげしい闘志を燃やし、この優秀な新鋭戦闘機に大きな期待をかけ、敵との交戦を待ちながら編隊訓練は毎日のようにはげしく続行された。

三月も十日すぎ、敵機動部隊近づくの情報に警戒警報が発令された。四十余機の紫電改は、松山沖の瀬戸内海を眼下に見て、高度三千メートルに達したとき、とつぜん高角砲の弾丸がわが編隊をかこんで炸裂した。後でわかったことだが、出撃を前に待機中の戦艦大和を中心とした水上艦艇が、紫電改をグラマンとまちがえて射撃してきたのであった。一時間あまりの上空哨戒後、敵襲もなく全機が帰投した。

## 撃墜六十機という大戦果

三月十九日の昼すこし前、空襲警報が発令された。松山基地の四十数機の紫電改は砂けむりをたてて一斉に全機が離陸した。全速上昇、高度五千メートル。少し雲はあったが、海上は晴れていた。まもなく〝敵機を発見〟——約一二〇機のグラマンの大編隊だ。敵との高度差は一千メートルで、幸いわが方が優位である。

紫電改は隊長の合図とともにグラマンの編隊を、真上から攻撃にはいった。私は編隊を離れないように最大の神経をつかいながら、区隊長と二機で四機のグラマンに二〇ミリをいやというほどあびせた。四機の編隊は簡単にくずれた。左右入り乱れての死闘である。敵味方の曳痕弾がはげしく飛び交う。高度をとって右下方のグラマンめがけて戦いをいどんだ。青黒い翼と胴体に描かれた米空

紫電改。紫電を低翼化、速度320ノット、空戦フラップによる運動性能は抜群

軍の星のマークが、ぶきみなくらいに私の目にはいってきた。

後上方からF6Fに喰いつくように迫って、どんどん距離をつめていった。五百メートル——一五〇メートル、ついに、照準器に捕捉した。今だ！ 思いきって二〇ミリをあびせかけた。命中！ 二〇ミリの一斉射でグラマンはぐらりと傾き、黒煙を吐きながら海面に激突した。

敵の編隊はチリヂリになって命からがら、逃走してしまった。日本の上空でこんな大空中戦をやるとは、今日の今日まで考えてもみなかったことである。本日の撃墜数は約六十数機におよぶ大勝利だったが、わが方も六機の未帰還機を出してしまった。

九州地区の空襲も日毎にはげしくなっていった。サイパンの米軍基地が活動を開始したのである。関東地区も艦載機とB29の攻撃がくり返されるようになった。戦局は不利であった。このころから搭乗員は自分たちの特攻攻撃によってこの惨状を救おうと、各航空隊から特攻隊の出撃が多くなっていった。

ここ数日間は敵襲もなく、上空哨戒飛行と編隊訓練がつづけられた。それもつかの間、三四三空に出撃命令が出た。と同時に飛行隊の編成替えが発表され、四〇三飛行隊は徳島空に、四〇二飛行隊は六〇一空に編入されることになり、私は百里原基地へ移動したのだった。

司令杉山利一大佐のもとに戦闘三一〇飛行隊、戦闘三〇八飛行隊の零戦四十機、攻撃第一飛行隊の彗星艦爆三十余機、三四三空から編入した戦闘四〇二飛行隊の紫電、紫電改十二機がくわわった。そして、沖縄に進攻してきた米軍撃滅のために九州の国分基地に進出したの

昭和20年４月10日、松山から九州へ基地移動のため発進準備中の343空の紫電改

だが、途中エンジン不調で不時着機が続出した。わが四〇二飛行隊もばらばらになり、途中、野口上飛曹、岩田飛長が墜落戦死した。けっきょく国分基地にぶじ到着したのは、零戦三十八機、彗星艦爆十八機、紫電改八機であった。

到着後まもなく、菊水作戦が実施されることになった。敵攻略部隊はすでにこのとき沖縄本島に上陸作戦中で、敵機動部隊は沖縄の南方および北方にそれぞれ一群あって、沖縄および九州方面からのわが空中攻撃を阻止する態勢をとっている。私の六〇一空は敵の北方機動部隊に対しての攻撃命令を受けた。

四月三日午後三時、零戦三十二機、紫電八機、彗星艦爆十九機が順序よく発進、一路南をさしてすすんでいく。戦闘三一〇飛行隊長香取穎男（かとりひでお）大尉の指揮にしたがって高度七千メートルで薩南諸島上空を南下中、喜界島を銃爆撃中の戦爆連合の三十機余を発見した。

四〇二飛行隊は上空掩護の任にあたり、零戦隊は敵の油断に乗じて優位の体勢から攻撃を開始、数機を逃がしはしたがそのほとんどを撃墜した。しかしわが方も、自爆二機、未帰還六機の犠牲を出してしまった。

出撃のない日は、国分基地上空の哨戒飛行任務につき、戦闘機隊は発進をつづけた。この間、特攻機による敵輸送船団攻撃を連日敢行し、十数機あての九九艦爆、九七艦攻が戦果をあげた。菊水一号作戦に参加して、沖縄ふきんの船団攻撃にあたったのは九九艦爆四十七機、九七艦攻四十八機、零戦爆装一〇八機であった。そして、その中の半数以上が突入に成功したものと判断された。

八日の菊水二号作戦、十四日には菊水三号作戦が実施され、零戦爆装二十四機に銀河特攻十機が新しくくわわり、沖縄攻略部隊にたいして攻撃を決行した。国分基地に進出してから二週間あまりの間に、日本全国から九州地区に集中した飛行機は、それぞれの能力を出しつくし、ほとんどの航空機が敵艦船に突入したのであった。

飛行機の搭乗員はまったく呆気ないものだ。つい先ほど笑って飛び立った人間が、ひとたび空中に散華すれば、影も形も見ることができなくなってしまうのだ。こうして、搭乗員室に安置された祭壇には、毎日ふえるばかりの白木の箱が苛酷な空中戦のきびしさを物語っている。

このころになると、沖縄作戦の特攻隊の編成は、比島方面のころとは多少変わって、いままでの志願制度では実情にそわないものとなった。そうなると、一時の感情にかられて志願する者も多くなり、また周囲の雰囲気のために志願とは形式で命令に近いような志願によって、特攻隊員となった搭乗員も一部にはあった。

彼らの気持ちも以前とは違ってくるのが当然であった。攻撃すればふたたび帰ってくることのない特攻隊員となった当座の心理は、しばらくは本能的な生への執着と、それを乗り越えようとする無我の心とがからみ合って、かなり動揺するのだ。

しかし時間の長短こそあれ、やがてはそれを克服して、心あるものを把握した状態にもどってくる。こうなると何ごとに対しても、にこにこした温顔と美しく澄んだ目にも、どことなく底光りのする眼光がそなわるようになり、これが悟りの境地であろうか、彼らのすることがなんとなく楽しそうに、おだやかな親しみを他の者に感じさせるのである。

## 紫電改による背面攻撃

五月になると戦闘四〇二飛行隊は、隊長藤田怡与蔵少佐、宮崎大尉らとともに筑波航空隊に転進した。搭乗員宿舎は隊外の集会所があてられて、戦闘指揮所に通うのがたのしい日課となったが、サイパン基地からのＢ29による本土空襲は日ましに激化してきた。

硫黄島飛行場が完成してからは、Ｐ51の行動範囲は関東一円にまでおよび、沖縄基地の完成によってその行動範囲は日本全国にまでひろがった。Ｂ29の攻撃目標は都市と生産施設に集中され、Ｐ51は飛行場にも攻撃にきて、ロケット弾を投下し、銃撃までして飛び去るのがつねだった。

敵襲も毎日、過激の度をくわえ、Ｂ29、Ｐ51、グラマンＦ６Ｆ、Ｆ４Ｕなども本土上空に堂々と侵入してくるようになった。このB29攻撃に対し、厚木空の夜間戦闘機月光が最新兵器の斜銃をもって喰いさがり、出撃のたびに二機、三機と撃墜し、その名を全国にとどろかせた。

ちょうどそのころ、横空でもB29にたいする新戦法をさかんに研究していた。それは、従来の二〇ミリ機銃が四梃あっても、B29の撃墜は容易ではなかったので、敵編隊に向かって一撃でB29を撃墜するには、ロケット砲弾を直接敵編隊に射ちこむことが、戦果拡大にもっとも有効だと考えられた。三〇口径のロケット砲を紫電改の両翼下に各一発ずつ取りつけ、機銃と同方向に軸線を合わせ、照準器でねらってボタンを押せば、電導発射ができるという仕掛けであった。

慎重な試作の結果、ようやく威力に自信がもてるようになり、横空で実用実験に成功し各戦闘機隊で使用することになった。このロケット砲は三番三号爆弾にロケットをつけたものだった。地上に三点姿勢でおかれた紫電改の操縦桿のボタンを押すと、ロケット弾は真っ赤な火をはいて射ちだされた。そして発射四秒で爆発、黄燐がきれいに飛びちった。B29の編隊なら一発でかならず撃墜できるし、二発を同時に発射して、うまく命中すれば数機は完全に墜とせると心強く思った。

しかし、実際にB29を攻撃してみると、前上方でも前下方攻撃でも、射った弾丸はどうしても後落してしまうことがわかった。それは飛行機には「浮き」というものがあるので、正常に突っこんで射った弾丸は、機銃弾でもみんなヤマをえがいて飛んでいく。これが後落の原因となるのだ。

それを防ぐためには、攻撃方法を研究しなければならない。今までにやったことのない背面飛行で、目標に向かって発射することだった。そうすれば弾丸は逆にすくい上げるかたちで、前へ前へと飛ぶのである。三四三空が研究実施していた背面攻撃法である。

高度差一千メートル、目標の前方約一五〇〇メートルで紫電改は背面になり、そのまま目標に突っこんでいく。そうすると弾は実によく当たるが、問題は避退方法だった。弾丸を発射した後の避退方法が実にむずかしかった。背面で突っこみ、ものすごい速力で避退するのだが、機体は地上に向かって垂直降下となる。それをじりじりと引き上げるのだから、その時には相当の無理が機体にかかる。そのために紫電改が胴体の真ん中から二つに折れて、空中分解したのもあった。

## 功を奏した新兵器の威力

そうした訓練の日でもＢ29の空襲は定期便のように、午後二時から三時には必ずやってくる。待機していた戦闘機隊は空襲警報発令と同時に、一斉に離陸する。

高度一万メートル、目を皿のようにして見張りをつづける。厚木空、百里原空からの零戦、雷電も、ぞくぞくと飛び上がってくる。

「敵戦爆連合の編隊八丈島西方を通過、見張りを厳重にせよ」と無線電話で敵情が知らされ、緊張する。つづいて敵編隊下田沖上空が知らされた。やがて敵の編隊が点々とゴマ粒のように見えはじめた。約六十機、高度七千メートル、横にひらいた堂々たる編隊だ。一番機の光本卓雄大尉は敵の真正面に針路をとり、静かにバンクした。すかさず戦闘隊形をひらく。みるみる敵との距離がちぢまってきた。一番機は前下方攻撃の態勢に入っている。私も隊長機よりやや右に機首を向け、同様に前下方攻撃に移った。五百メートルの射程距離に肉薄し、B29の二番エンジンを照準器にがっちり入れ、前下方からロケット砲をぶっ放したが、「ズン」とにぶい発射音を出しただけだった。

不発だ。もう間に合わない。あっという間にB29の巨大な機影が照準器の前に立ちはだかった。無意識のうちに右足をけとばし、急反転する。運よく離脱することができたのである。しかしロケット弾は四機の紫電改のうち、二機が不発だったのには驚いた。兵器の分隊長が徹夜で再点検して、明日にそなえることになった。

翌日、空襲のサイレンとともに紫電改四機が一発ずつのロケット弾をだいて発進する。編隊を組みながら、高度六千で九十九里上空にさしかかると、B29約七十機がP51約三十機をひきつれ侵入してきた。小隊長宮崎大尉を一番機に、外側のB29六機を目標にえらんだ。攻撃方法は前上方背面攻撃である。距離一五〇〇メートル、高度差八百メートル。ガッチリした編隊はびくともしない。

一番機がきりかえし攻撃に入った。その瞬間、ロケット砲が六機の敵機めざして発射された。二機が煙を吐いた。そして編隊がくずれ出した。

私は離脱した一機をめざして慎重に接敵、左胴体へB29を見ながらきりかえし背面となった。距離三百メートル、二番エンジンを照準器にがっちり入れて前方から二〇ミリを流し射ちし、背面のまま操縦桿を引きながらボタンを押した。

発射、赤い尾を引いてロケット弾はＢ29の巨体にすいこまれた。命中だ！　夢中で下方に避退し、無理のないように機体を引き起こし、水平にもどそうとした。そのときである。ガーンと数発の敵弾を喰った。Ｐ51が真上から降ってきたのだ。機がぐらっと前にのめった。左肩が痛い。風が勢いよく入ってきた。風防がわれたのだ。顔に汗が流れたと思ったら、白いマフラーが真っ赤に染まった。初めてやられたと気づいた。

スロットルレバーがふっ飛び、エンジンが止まり、プロペラが空転している。高度がぐんぐん下がる。真下は海だ。Ｐ51から離脱するために、そのまま横滑りで逃げた。敵は引きあげたのか、誰かに墜とされたのか、Ｐ51の姿はすでになかった。

海面への激突寸前で機を水平にもどし胴体着水、海面にいやというほどぶつかった。しかし脱出しようにも風防がひらかない。もうこれまでか！　とあきらめかけたとき機が逆立ちになり、やっと風防がひらいて海中に投げ出された。

愛機は深く海中に沈んでいった。頭がズキンズキン痛む。左手が動かない。ライフジャケットをたよりに海面で顔を上に向けていると、しだいに眠くなってきた。

横須賀海軍病院で十日間を過ごした。すべてかすり傷ていどだった幸福を喜びながら、ふと仰いだ夏空は、多くの戦友をのみこんだのもそ知らぬように、あくまでも青く、広く一片の白雲すら浮かんでいなかった。

# 夜戦の白眉「月光」と双発戦闘機「天雷」

設計主務者がつづる至難の重戦に秘められたメカニズム

当時　中島飛行機設計技師　**中村勝治**

三十数年にわたる帝国海軍の航空史には、数々の戦闘機が登場してくるが、双発機はきわめて少ない。双発戦闘機（双発戦）として本格的に設計されたのは「十三試双発陸上戦闘機」と「十八試局地戦闘機」（天雷）の二機種だけではなかろうか。しかもこれらはいずれも試作だけに終わって、量産されなかったので、実戦記録もほとんどなく、世間の人びとには名も実態もあまり知られていない。

ただ、十三試双発戦を改造して、これに斜銃（ななめじゅう）という特殊装備をほどこした夜間戦闘機（夜戦）が、「月光（げっこう）」の名のもとに今次大戦末期の日本の夜空で大活躍し、一躍有名になった。しかし一般には「月光」が十三試双発戦の改造でなく、「二式陸上偵察機」の改造として知

中村勝治技師

られているから皮肉である。

これら三種の双発戦は、いずれも中島飛行機で製作されたものである。そして私は、たまたまこれらの試作初期の設計主任となる機会にめぐまれた。そこで、この三機種の生まれた環境と計画とを、設計者の立場から回想してみたいと思う。

## 過酷な要求に爪をもがれた猛鷹／十三試双発戦闘機

戦闘機といえば、軽快小型の単発単座機が一般通念であるが、大正の末期ごろから英、米、仏の各国では「前方に固定銃、後方に旋回銃」をもつ複座戦闘機の研究がおこなわれたし、それがしだいに双発化の傾向をもつようになった。

昭和十二年ごろになると、各国は急に二〇ミリ以上の機銃をもつ、双発重戦の試作に力を入れだした。このムードにくわえて、わが国では昭和十二年八月、支那事変勃発直後の中国大陸渡洋爆撃の成功をきっかけとして、渡洋爆撃機の前衛として、あるいは護衛として、みずからも長駆大洋を越え、敵地に達するや敵防空戦闘機を蹴落とし得る「進攻掩護戦闘機」という、新しいカテゴリーの機種が必要になってきた。

昭和十三年の末に、中島飛行機に試作を内示した「十三試双発陸上戦闘機」（J1N1）は、このような環境のなかから生まれたのである。したがってその要求は、主な点をひろっても、三座、栄（さかえ）発動機二基装備の状態で、

（1）速度は零戦よりも速く二八〇ノット以上

（2）航続力は一式陸攻なみに正規一三〇〇カイリ、過荷二〇〇〇カイリ以上
（3）空戦性能は零戦なみ
（4）航法兵装と、通信兵装は陸攻なみ
（5）射撃兵装は、前方に二〇ミリ×一、七・七ミリ×二の固定銃、後方に七・七ミリ二連
装×二の旋回銃

という、すこぶる欲ばったものであった。

この機体の設計主任を命ぜられた私たちは、これらの要求をみな呑み込んで、むずかしい設計にとり組んだが、相反する条件の調和点を見い出すのに苦労した末、飛行性能と装備要求を満たして、翼面積四〇平方メートルという大型戦闘機としたため、空戦性能にシワが寄せられることになった。この大型機に、いかにして零戦なみの軽快な操縦性をあたえるかが第一の設計ポイントであった。

これに対しては各種の補助翼実験、空戦フラップ、スラット、左右プロペラの対称回転など、いろいろな空気力学的努力がはらわれたが、最後まで合格点に達するにはいたらなかった。

## 零戦に勝る空戦力

第二の設計ポイントは、動力旋回銃架の艤装であった。

銃架は後部胴体の上方にあり、射撃時にはカバーがあいて、中から軍艦の砲塔を思わせる二段がまえの連装旋回銃が現われる仕掛けになっていた。中席には同じような旋回照準器が

あり、油圧操作でリモートコントロールするようになっていた。

この銃架も照準器も、海軍空技廠が設計を担当していたが、わが国最初の動力銃架試作だというのに、その設計が機体の設計と並行して進められていたのだから、機体側は中部胴体も後席まわりも、構造・形状・艤装配置、その他がなかなか決まらずに難行したものである。

J1はすぐれた操縦性能にくわえて、もし敵機が背後にまわれば、この旋回銃で打ち落とすことが狙いであった。中島の太田飛行場上空で零戦と空中戦をやったときも、一見、敗けたように見えたにもかかわらず、パイロットの判定は、零戦の方が旋回銃でさきに撃墜されたから勝ちとのことであった。

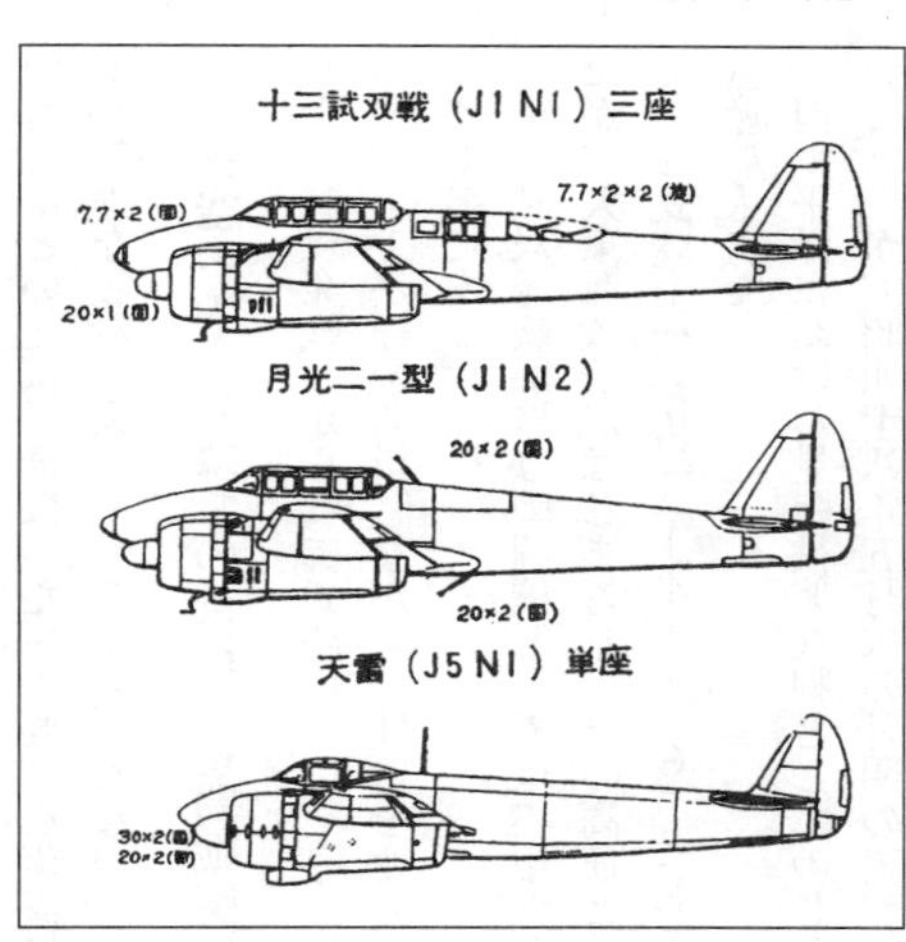


残念なことに、動力銃架の試作はついに成功せず、試作の二機に装着しただけで、あとは中止となってしまった。こうなれば双発戦も爪をもがれた鷹とおなじで、はじめの意図を失って試作二機、増加試作五機（動力銃なし）計七機の試作をすませたところで、取り止めとなってしまった。
結局は動力銃架と心中したのであるが、そ

のもとはといえば、欲ばった軍の要求を素直にみな受けいれて、無理な設計に入ったからかもしれない。

## 夜空のエースたちの乗機／夜間戦闘機「月光」

十三試双発戦闘機は戦闘機としては実用性なしと判定されたが、大東亜戦争がはじまるや、その高速と航続力を買われて「二式陸上偵察機」（J1N1-C）として制式採用され、量産に入った。

「十三試双発戦」から「二式陸偵」へ、さらに夜戦「月光」へと、J1が紆余曲折しながら、性格を変えていった話はすでに有名である。

南太平洋における見張役兼飛脚としてのじみな働きがつづいていたが、昭和十八年五月末の月明の夜、ラバウル前線の航空隊司令・小園安名中佐発案の斜銃を装着した二式陸偵は、夜襲のB17を二機撃墜するという殊勲をたてた。

斜銃戦法というのは、胴体中席上面から前上方に斜めに二〇ミリ固定銃をつき出して、敵爆撃機の射撃死界にあたる後下方を平行して飛行しながら、撃ち落とそうというアイデア

出撃する月光。20ミリ機銃４梃を胴体上下に斜銃として装備しB29迎撃に活躍

である。斜銃つき戦闘機の構想や実例は、すでに第一次大戦後のイギリス・ソッピース「ドルフィン」や、第二次大戦初期のイギリスのブラックバーン「ロック」などにも現われていたが、日本において斜銃をつけた夜戦が爆撃機をうち落としたのはこれが最初である。

さっそくそれから後につくる二式陸偵はすべて、斜銃を装備するということに決まり、夜間戦闘機「月光」（J1N1-S）という正式な呼び名があたえられた。その後、夜戦専門機の月光二一型（J1N2）が陸偵の後部座席をとりのぞいて、スマートなサイドラインとなって造られるようになった。

夜戦「月光」はB29を十数機撃墜して、撃墜王とうたわれた遠藤幸男大尉をはじめ、数々の夜空のエースを生みながら終戦まで、本土防空の護りとして活躍したのであった。

## 四千馬力で挑む超空の重武装機／局地戦闘機「天雷」

十八試局地戦闘機「天雷（てんらい）」の試作内示が出されたのは、昭和十八年の一月早々のことであった。太平洋における戦局が、緒戦の勝利つづきから攻守ところを変えて、日本軍の撤退と防戦がはじまっていたころである。

新しい双発戦闘機の試作が中島に命ぜられることは、実計メンバーの「N二〇」とともに、二、三年前からわかっていたが、このような戦局下にあっては、その性格がはっきりと侵攻爆撃機をうち落とす防空戦闘機一本にしぼられたのは当然である。仮想敵機も当時それとなくうわさにのぼってきたB29と想定された。

中島の設計陣は設計要素の検討に着手しながら、今度こそは四年前の苦い経験——十三試双発戦の試作の失敗を二度とくりかえすまいと考え、主目的達成のためには余裕をふくむ兵艤装要求などは、できるだけはぶくことを主張した。はじめの双発複座という海軍の構想を単座案に変更してもらったのも、その一例である。

かくして昭和十八年の四月には、計画要求書が本決まりになった。すなわち、

・型式は双発単座。

・エンジンは中島の誉（ほまれ）二千馬力を二基。火力は三〇ミリ機銃、二〇ミリ機銃を各二。性能は最高速力三七〇ノット以上。上昇力は八千メートルまで八分三十秒以内。航続力（正規）は最高速で三十分、巡航二時間。

当時としては、完全に世界のトップレベルを行く目標であった。

工場内には新しい設計スタッフが編成され、私は設計主任を命ぜられた。「月光」設計のメンバーであった大野技師（のち天雷設計主任）や高田技師、その他も天雷の設計に参加した。第一次木型審査が九月十七日、第一号機完成が昭和十九年六月二十日。要求書が出てからわずか一年二ヵ月の快スピードで、試作が完成したのである。

天雷は試作六機だけで中止となったので、これに関する記述はほとんど残っていない。そこで、本機の基本計画の一端を記して、その特徴を紹介したいと思う。

## 機体の小型化と性能

四千馬力という大馬力を投入して大きな成果（性能）を発揮するためには、機体を必要最

中島飛行機小泉工場の天雷。試作６機のうちの単座型。4000馬力、双発４翅ペラ

小限の大きさと重量に仕上げることが第一眼目であったので、強力な高揚力装置を研究して、翼面積をぎりぎりの三二平方メートルにきりつめた。

これは奇しくも当時、三菱で試作しつつあった単発単座の艦上戦闘機「烈風」にひとしい翼面積であった。両者はエンジンもおなじく「誉」二千馬力である。

ちょうど四年前、十三試双発戦が「零戦」と同じ栄エンジンを二基つみながら、乗員三人と、欲ばった重武装をしたために大型となり、空中戦でみじめな思いをしたのにくらべると、今度は翼面馬力が倍で、馬力荷重がはるかに小さいのだから、絶対に勝てるはずである。

当面の相手のＢ29のほかに、烈風との競走も設計陣の一つの興味であった。

天雷の馬力荷重一・八キロ／馬力という値は、おそらく日本軍用機の最少値であったかもしれない。

### 強力火器の集中と前面防弾

天雷の攻撃方法としてはまず高空に飛び上がり、Ｂ29の上方から突っ込みながら、強力な火力を浴びせかける方法が指定された。

三〇ミリ×二、二〇ミリ×二の機銃は、すべて胴体前方に集中装備された。パイロットの照準とほぼ同じ軸線に火力が集まっているから、照準も確実になる。

また敵を背部にまわすことはないとして、防弾はすべて前面のみとした。操縦席前面を二〇ミリ装甲鈑で防護し、前面防風には七〇ミリの防弾ガラスをもちい、翼内にある四つの燃料槽は、すべて防弾をほどこした。これで、敵の機銃弾を真正面から受けながら、敢然と突っ込んでいって弾丸をうちつづけるという壮烈な撃墜シーンが期待されたのであった。

操縦性

操縦性、運動性は戦闘機でもっとも重要なポイントであるが、天雷の場合はその目的からも、すぐれた格闘戦性能を要求されてはいなかった。

しかし月光よりもはるかに小型であるから、設計者としては空戦フラップ、スラット、バネ入りタブ操作桿などをつかって特殊飛行を容易にし、小さな馬力荷重と相まって、縦の運動性には他の追従をゆるさず、戦闘機相手の空中戦でも負けないとの自負をもっていた。

多生産量性と整備容易

戦時下の試作機として当然のことながら、工作の容易と取り扱いの簡単さには、設計上格段の努力がはらわれた。たとえば、

（イ）主翼の一本化と胴体の分離組立式

（ロ）厚板外板と縦通材粗配とによるリベット工作の減少

（ハ）発動機艤装の左右交換性など。

天雷の試作工数が単発機の「彩雲」よりも少なくてすみ、異例のスピード試作が完遂されたのはこのためであった。

試作一号機は、昭和十九年七月に試験飛行を開始した。操縦性能は予想どおりによかったが、誉エンジンの性能低下、振動、油もれなどでテストは遅々として進まず、重量が増したこともくわわって飛行性能は予想をかなり下まわった。

一方そのころの日本は、サイパン、硫黄島などをつぎつぎに失って、材料資源も乏しくなりだし、航空機の生産も下向きに転じ、試作機の機種規制が再検討されているころであった。乗員一人に、虎ノ子の誉エンジン二基をもたせる天雷は、昭和十九年秋の機種整理の槍玉にあがって、ついに生産とり止めと決定されてしまった。

# 夜戦〝月光式〟必墜戦法 教えます

## 劣勢下の実戦体験で会得したＢ29撃墜法

当時 横須賀航空隊搭乗員・海軍飛曹長 倉本十三

長距離護衛戦闘機として試作された十三試双発戦闘機は、その鈍重な格闘戦性能と最高速度の不足から、二式陸偵と銘うってラバウル方面へ進出した。そこで小園安名中佐考案の斜銃をもって、工藤重敏一飛曹がＢ17の迎撃に戦果をあげた話は有名である。

その二式陸偵が月光(げっこう)と命名され、夜間戦闘機として制式に登場した。そしてその搭乗員の練成は、三〇二空の木更津派遣隊でおこなわれていた。一方、これとはべつに横須賀航空隊においても、山田正治大尉を中心に、夜戦としての兵装や空戦法の研究がおこなわれていた。工藤兵曹以下ラバウル帰りの実戦経験者が、その主たる構成員であった。

倉本十三飛曹長

月光の兵装は、最初三座で機首に七・七ミリ二基、胴体中央上下に二〇ミリ各二基（弾倉九十七発）、あるいは胴体中央偵察席に二〇ミリ動力銃座を搭載したものなど、いろいろ研究された。しかし最終的には、上方斜銃（ななめじゅう）二〇ミリ三基（ベルト給弾各六〇〇発の型）を装備した月光一一型甲が完成された。

月光による空戦法の基本は、上方銃によるものと下方銃によるものがあった。しかし、下方銃の場合、地上銃撃などには効果があったが、夜間に限られた下方窓のなかに目標を捕捉することは、なかなか困難であった。したがって、のちには下方銃を装備しない機が多かった。

本機の訓練は、目標機の曳航する三メートルの吹き流しでおこなわれた。同航同速という安定した射撃姿勢であるため、比較的、短時間でその技術は修得でき、命中率も非常によかった。

## おそまつな電探の性能

前述の基本戦法による空戦は、B29の大編隊による来襲のときにおこなったが、その大略はつぎのとおりである。

横空基地を発進してから、静岡上空付近で御前崎方向にむかって北上中の編隊を発見した。ただちに追尾すべく先まわりをしようと、右旋回しながら上昇した。月光の上昇限は九四〇〇メートルである。二速でスロットルを全開にして、高度弁で発動機の調子をととのえながら上昇する。だが、排気タービンによる過給器を持つB29は、その性能を見せびらかすかのように、高度一万メートルで北上している。

こちらは、九千メートルの高度を失速しないように、性能ギリギリの飛行でふんばっている。が、悲しいかな追尾姿勢は文字どおりふらふらで、射撃姿勢がセットしない。仕方なしに、すこし突っ込んで、増速しながら編隊の一番機の前方に照準を合わせた。そして遠距離（一千メートル以上）ではあるが、一撃をおこなってみた。やはりふらついた。機体から発射された弾丸は威力なく、曳痕弾は残念ながら編隊の後方に流れて効果がない。ならば、また先まわりして一撃と、目標の進路に機首をまわしてみたものの、高高度（一万メートル）付近での迎撃は、月光をもってしてもとうてい不可能と判断し、無念ながら迎撃を断念することにした。

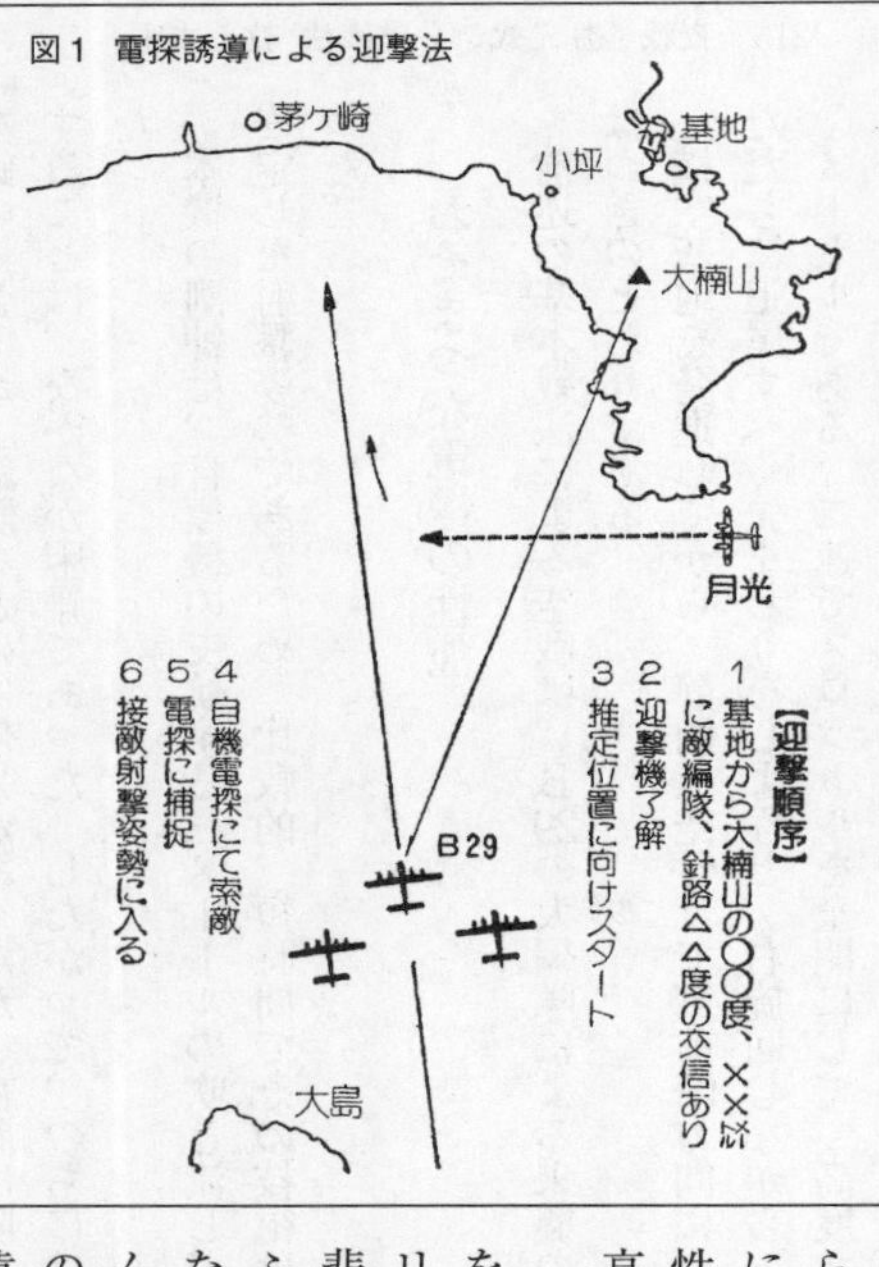

図1　電探誘導による迎撃法

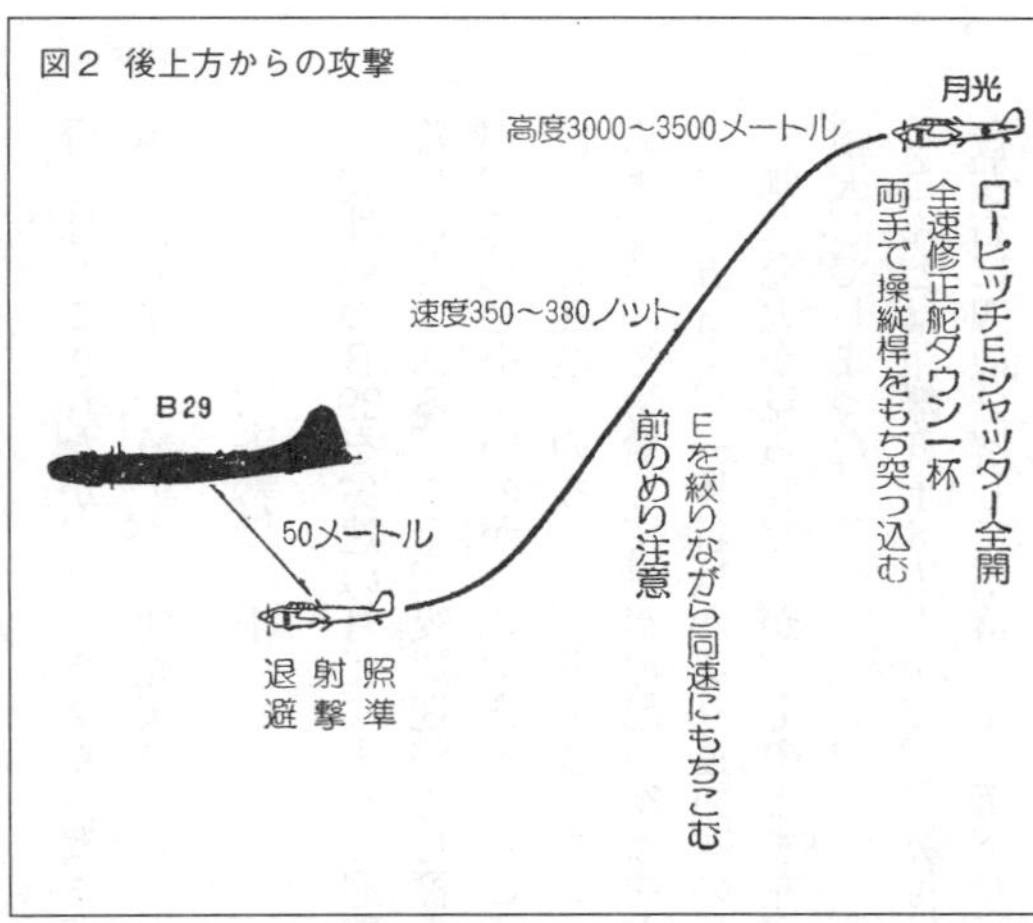

図2　後上方からの攻撃

やがて、月光に電探を装備して、地上の電探基地と無線電話で連絡をとりつつ迎撃する戦法が研究され、その実験が訓練をかねて実施された。その要領は［図1］のとおりである。隊長の山田少佐が非常な熱のいれ方で、空技廠の有田大尉が地上および搭載電探の開発指導をされていた。その方法は、目標機を地上の大型電探が捕捉して迎撃機に通報すると、あらかじめ待機地点に旋回中の迎撃機は、通報された目標機の予想位置に進出し、自己の電探でこれを捕捉して攻撃をするというものである。

地上の探照灯の照明なども並用されて、効果をあげるべく計画された。三浦半島の大楠山、小坪、茅ヶ崎などの基地と連絡をとりながら、訓練がおこなわれた。

だが、当時の電探は地上の器材も、機内装備のものも精度が低かった。また機上操作の未熟さもあり、なかなか期待された成果は得られなかった。機上電探も、八木式アンテナから銀河に搭載された円型指示方式の電探など、いろいろ試作された。搭乗員もそれにともなって、理論や構造操作の教育をほどこされたが、けっきょく終戦まで実験がつづけられ、あわせていくらか実用にも供された程度というのが、実情であった。

## ネライは主翼付け根

高性能のB29を劣速の月光によって迎撃することは、ふつうの基本的戦法ではとうてい至難なことである。また、夜間迎撃で目標を捕捉する場合、目標を自機よりも上方におくほうが、発見しやすいのが常識である。ところが高度の優位差はそれと反対で、低空からの追尾はよほど速度差のないかぎりでき得ない。五月二十三日の空襲のとき、私はそれに気づかず、ムダな時間を労費して効果の悪い空戦をおこなってしまった。

二十五日も、一機目はかなり遠距離の目標を長時間追尾してから一撃をくわえた。敵機の右側に発火が見られた。が、そのまま左方に退避してゆく。そのうち自動消火によるものか、鎮火してしまった。

こんどは距離五十メートルで、主翼付け根に一撃。胴体からパッと火がふいた。そして前後左右に四散分解して墜落した。落下傘降下する二名の搭乗員の姿が見えた。このときの状況から、射撃個所は主翼の付け根付近が最適とのヒントを得た。つぎは東京が爆撃で一面火の海となった場合で、このときは目標の高度がかなり高くても、発見が可能ということに気づいた。

以上のことからは、私は一千メートル以上の高さからの降下増速による急速接敵攻撃がもっとも効果的と判断した。その戦法は［図2］のようになる。以後、さほどの苦労なしに四機を撃墜した。

月光の水平全速は、二五〇〜二六〇ノットがせいぜいであったが、頑強な機体のおかげで急降下の制限速力は、四〇〇ノット（じっさいは三八五ノットぐらいしか経験なし）にものぼった。そのため、思いきって突っ込むことができた。

なお夜戦は、空戦中は紫外線灯で計器を照明するほかは、舷灯、尾灯などの照明はいっさい使用しなかった。

# 零戦をしのぐ宿命の翼「雷電」悲運の生涯

当時 空技廠戦闘機審査部員・海軍技術中佐 鈴木順二郎

支那事変の中期ごろまでは、戦闘機といえば空戦性能に重点をおいた艦上戦闘機に限られた感があり、これが中国をはじめその他の陸上基地においても、進攻、防空、攻撃掩護などの諸目的に使用されていた。

しかし、その間の戦訓により局地防空の重要性が痛感されて、新たに局地戦闘機という新機種を必要とするにいたり、この結果生まれたのが十四試局戦であって、これが後に「雷電」と称せられることになったのである。

鈴木順二郎中佐

また中攻隊の遠距離爆撃に随伴して、これを掩護する目的のため、当時の単座戦闘機をもってしては得られる見込みのなかった大遠距離に進撃可能であり、さらに重兵装をもった新機種が要望され、双発の掩護戦闘機として計画されたのが十三試双発戦闘機（後の月光）であった。

この間、十二試艦上戦闘機として発足した三菱の零式艦上戦闘機が完成された。そして、局戦および双発戦闘機が種々の事情からその完成がおくれている間に、大東亜戦争がはじまったのである。

このため、元来が艦上機たる零戦が前線基地で使用されるにおよんで、他機種の不成功も原因して、新たな陸上戦闘機が発想されたのである。すなわち、単座単発の型式であっても、これに艦上機であるための特殊の制限——速度、重量、着速、離艦距離などを除くならば、優秀な性能を期待することができるのではないか、との考え方が出てきたのである。

さらに、夜間来襲の敵機に対抗すべき夜間戦闘機の必要性や、基地推進の補助的役割を果たすべき水上基地防衛のための水上戦闘機の必要性も

| 機種 | | 主要性格 | 重点性能 | 使用高度 | 航続力 | 兵装 |
|---|---|---|---|---|---|---|
| 艦上戦闘機 | | 甲戦 | 空戦性能（格闘戦） | 中高度乃至高々度 | 全力〇、五時＋巡航二、五時 | 中 |
| 陸上戦闘機 | 遠戦 | | | | | |
| | 局戦 | 乙戦 | 最高速力 上昇性能 | 高々度 | 全力〇、五時＋巡航二、五時 | 大 |
| | 夜戦 | 丙戦 | 夜間行動能力（離着、保針、安定性） | 高々度 | 大 | 大 |
| 水上戦闘機 | | 概ね乙戦に準ずる | | | | |

（註）高度、中高度四〇〇〇—六〇〇〇米、高々度七〇〇〇—一〇〇〇〇米
兵装　中　二〇粍機銃×2、十三粍機銃×2程度
　　　大　二〇粍機銃×2、三〇粍機銃×2以上

強調されるにいたった。

かくして、戦闘機としては幾多の機種が要望される一方、試作能力には限度があり、できるだけ機種の統一を必要とした。

このため昭和十七年ごろから、ようやく用兵者側の活発な議論および研究が行なわれるにいたり、昭和十八年になって横空や空技廠などで検討した結果、戦闘機機種にたいする要求が統一されることとなった。これを表示すると前ページの表のようになる。

甲戦とは対戦闘機用で、とくに空戦性能に重点がおかれ、従来の艦上戦闘機の思想上のものである。

乙戦は対攻撃機用で、従来の局地戦闘機の思想を単純化し、射撃兵装、速力、上昇力ならびに高高度性能が重視されている。大口径砲が要望されるので、双発型式とか推進式あるいはエンテ式等の新しい型式が考えられねばならなかった。

丙戦は夜間戦闘機であり、航法通信の必要上、二座機が適当と考えられ、固定銃のほかに旋回銃が必要で、射撃兵装、高高度性能、航続力が重視され、また夜間行動能力（安定性、操縦容易）が要望された。

## 空戦性能の改善

海軍では伝統的に「戦闘機の生命は空戦性能にあり」といわれていた。空戦性能とは格闘戦性能、すなわち旋回戦闘、いわゆる巴戦（ともえせん）であると考えられてきた。

九六式艦上戦闘機（九六艦戦）以来、戦闘機搭乗員は、とくに翼面荷重を低くとることに決定的な意見をもっていたのであった。しかし逐次、大馬力発動機が装備され、それにともなって必然的に増大する燃料搭載量および兵装強化の要求は、戦闘機型態の大変化をきたし、従来の考え方を延長した程度では、要求性能を満足する設計を得ることはしだいに困難となってきた。

空戦性能は技術的に具体的な数字で表わすことができないので、その本質はつかみ難いのであるが、これは速力、上昇力、軽快性、旋回性、加速性などを綜合した性能で、とくに巴戦では主として軽快性と旋回性とが重要視されたのである。

軽快性とは飛行機の操縦性に関連するもので、諸舵の利きが良好で、これに対する飛行機の追従性が良好なことを意味する。このためには飛行機はできるだけ軽く、小型で慣性能率の小さいことが望ましい。

一方、旋回性能は、旋回圏を小にし旋回秒時を短くすることが有効であり、低速における有効馬力と必要馬力との関係で決まり、結局、翼面荷重を小さくすることが望ましい。翼面荷重を小さくするために翼面積を大きくすると、前述の軽快性と矛盾するばかりでなく、必然的に最高速度が低下する。ここで、最高速度と翼面荷重の関係が問題となってくる。これをある程度、両立させるための技術的対策として、いわゆる「空戦フラップ」なる考案が生まれてきたのである。

つぎに使用高度であるが、これは装備すべき発動機の高度性能によって完全に支配される。

強制冷却ファンの独特な金属音を出し離陸地点へ向かう雷電。最高速度612キロ時

したがって、初期の一速過給器から二速過給器付の発動機へと発展し、さらに二段二速過給器またはフルカン接手の採用から進んで、排気タービン過給器装備へと進展した。

しかし実用化されたものはわずかに前二者だけであって、それ以外は開発試験の域を出なかった。この点で、本格的な乙戦を産み出す基礎としての条件に欠けたものといわなければならない。

第三の要素は兵装であるが、戦闘機では機銃が主体であった。九六式艦上戦闘機までは七・七ミリ機銃二梃（胴体内装備）であったが、零戦でははじめて二〇ミリ機銃を主翼内に装備した。海軍ではスイスのエリコン社の二〇ミリ機銃を採用し、これに逐次改良をくわえ、初速の増大、ベルト式給弾法の採用による携行弾数の増大、油圧装塡、電気発射などによる被害性の増加等によって、その威力を増してゆき、一方、機体としては装備機銃の増加の方向をたどったのである。

## 十四試局戦の計画

前に述べたように、海軍として戦闘機機種の思想がほぼ統一の気運にむかったのは昭和十七年ころからで、これは太平洋戦争の戦訓によって肉づけされたものであったが、しかしこれより早く、支那事変の戦訓によって局戦なる考えが浮かんでいた。この考え方により昭和十三年にいたって、局地戦闘機の試作が三菱および中島両社に内示されることになった。中島は設計陣が手一杯のため取り止めとなり、けっきょく三菱だけで計画がすすめられ、十四試局戦（J2M1）の名称があたえられたのである。

零戦で脚の引き込み、ESD押出材の桁フランジ使用、可変ピッチプロペラ、翼内二〇ミリ機銃というような画期的な設計を全部もりこんだあとなので、新しい局戦としての性格を設計に反映させるため、三菱設計陣は非常に苦労したと思われる。

当時、局戦としては高高度性能のすぐれたものがよく、最高速力および上昇力がその主要な条件と考えられ、艦上戦闘機に比して視界、空戦性能、航続力についてはだいぶ緩やかでもよいという考え方であった。ところが、艦上機であるための制限を除くだけで、すぐれた速力、上昇力を得ることは容易でなかった。搭載物の重量がほぼ零戦程度であることから、まず馬力荷重、翼面荷重の選定が問題となる。

本機の計画にあたっては、要求性能を満足させるための発動機の選定に大きな困難があった。当時まだ中島系の誉発動機が出現していないため、候補としては水冷のアツタ（DB六〇〇）と空冷の火星が挙げられた。しかし水冷発動機について自信のなかった海軍は、ついに一五〇〇馬力級で性能向上を頼みとして、直径の大きい火星装備に決定せざるを得なかった。

## 順調な雷電の初飛行

これよりさき空技廠では、延長軸空冷発動機覆いの研究がすすんでおり、三菱はこの成果をとり入れて火星の延長軸採用を決め、同時に冷却を考慮して強制冷却ファンを装備することとした。

このため異常に太い胴体となったが、抵抗はほとんど増加しないで済むことになった。しかし極度に流線型化をおこない風防の高さも低く、かつ曲面風防ガラスを採用した。零戦の操縦席の幅は八〇センチ程度であるが、雷電では一メートル以上もあった。

主翼は翼面荷重一四五キロ／平方メートル程度と抑えて、主翼面積は約二〇平方メートル、翼幅一〇・八メートルで翼の厚さは根本で一四パーセント、翼端で八パーセント程度で、零戦よりかなり薄くなり、振り下げその他は似たものとなった。操縦翼面は九六艦戦や零戦の経験から同様のものを採用した。

脚の引込みやフラップの作動などは、零戦では油圧で油漏れ等の故障が多かったので、電気式が用いられた。プロペラは、住友がドイツから技術を導入したＶＤＭ式可変節プロペラを採用した。これはピッチ変更範囲や、変更速度などの見地から定められたものである。

兵装は胴体内に七・七ミリ機銃二梃、外側給弾で各五五〇発。主翼内に九九式二号二〇ミリ機銃二梃、丸型弾倉で各一〇〇発が主なるものであった。

だいたい以上のようなことで、三菱においては鋭意設計試作がすすめられたのであった。

ここで特筆すべきことは視界の問題である。木型審査でも、もちろん問題となったのであったが、審査関係の操縦者はもちろんベテランであり、曲面風防の工作が良好であるなら、高性能のためには止むを得ないとして、OKとなったように記憶している。

これは余談になるが、支那事変当初、九六式艦戦は開放座席であったので、この性能向上を目指して、零戦のような風防をとりつけた型を作ったことがあったが、戦地へ送るや、たちまち視界不良（この場合は空戦視界であるが）と称せられ、また逆戻りした例もあり、操縦者の視界にたいする要求はきわめて強いものがあることは明らかであり、後に大問題となったことを考えると、このような重大な事柄にたいしてはハッキリした審査規準が必要であったと思われる。

かくして本機は、当時の審査の方式にしたがって、型通り何回かの計画審査、木型審査、構造審査を実施して（このほかに0号機による強度審査があった）、昭和十六年に第一号機の初飛行をおこなった。

たしか初飛行の場所は霞ヶ浦だったと思うし、操縦者は三菱の名テストパイロット志摩勝三操縦士であったと思う。操縦性関係にはほとんど問題はなく、数回の試飛行後、鈴鹿航空隊（当時ここに三菱の飛行試験部門があった）に空輸され、本格的な試験飛行がはじめられた。

## 設計者の苦闘

鈴鹿での社内飛行試験と空試乗とは、熱意をもって開始されたのであるが、前述のとおり、操縦性安定性には大した難点はなかったものの、視界不良と電動作動の脚引込機構に不備の点が多く、これらの改修に手間どった。

一号機では、鈴鹿に空輸してから間もなく、社内飛行中に片脚しか出ないという事故が起こった。このときの三菱操縦士は若い人であったが慎重な人で、いろいろ手をつくしたが駄目なので、計器板にその経過を書きつけてそのまま不時着をした。さいわい操縦者は無事で、機体を小破するにとどまった。そのときこの操縦者の処置は非常に賞讃された。

また地上で試運転のときに、大馬力であるために全力運転をすると尾部がもち上がるので、団扇（うちわ）のような板をつくって試運転をしたが、たまたまこれを付けたまま飛行したことなどもあった。

はじめて装備したVDM式プロペラにも故障は発生し、あるときなどは着陸後逆ピッチとなり、接地後に非常な短距離で行き足がとまり、妙なことで逆ピッチの有効性を実験したかたちとなったりしたこともある。

性能試験の結果は、予定性能が出ないことが判明したので、ただちに搭載発動機を火星一三型から火星二三型に変更した十四試局戦改（J2M2）が試作されることとなった。この飛行機がのちに雷電一一型と命名されたものである。

本機は発動機の不調と動力装置関係の振動問題とのために、その解決に一年ちかくの日子を費やした。すなわち本機の最初の飛行は昭和十七年秋であったが、振動問題が片づいたのは昭和十八年夏すぎであった。

発動機不調の原因は、水メタノール噴射装置の不調と、発動機クランクピン締付ボルトの不適切が主なものと認められたのであるが、そのときの三菱の試飛行関係者と発動機研究関係者の涙ぐましいまでの努力は、高く評価されてよいであろう。ただこのように解決に長時間を要したことは、当時、拍車をかけられていた生産と試作開発との力の分配関係によったものであろうが、遺憾なことであった。

雷電の風防。前方も後方も視界が悪かった

発動機の調子が落ち着いてからは、プロペラ翼の剛性不充分から生ずる振動が残っていることがわかり、その改善によって実用上さしつかえない域に達することができた。

この長い実験の間には、振動研究関係者は胴体内に乗って、自ら振動状況を体験するなどの努力をつづけた。また飛行実験部の担当者である帆足工大尉の別の原因（機体関係）による殉職等いろいろな思い出がある。帆足大尉の場合は離陸直後、急に地面に激突したもので、当然、発動機や関連操作装置に疑問がもたれたが、決め手はなかった。

ところがその後、三菱の社内飛行で、高度をとって脚を引っ込める操作をおこなったところ急に機首の下がる機体があり、調査した結果は、着陸荷重のため尾脚引込機構の一部が湾曲していて、引き込むと昇降舵系統のレバーを押して下げ舵とすることが判明し、さかのぼって帆足大尉機の事故原因も明らかとなったのである。

## 次から次の大改造

発動機問題の実験をつづけている間に、軍関係から、戦訓により学んだものとして、機体側には兵装強化の要求が出された。

その内容は、丸型弾倉からベルト式給弾に変えることで、主翼の改造程度は大きかった。もう一つは機銃の増設であった。これまでの九九式二号銃二梃に、さらに一号銃二梃を増備してベルト給弾様式としたものが雷電二一型（J２M３）であり、九九式二号銃四梃装備、ベルト給弾様式のものが雷電二一甲型（J２M３a）である。

これらの機体が実施部隊の手にわたると、試作時代にそうとう改善された視界問題が再燃してきた。つまり、パイロットの養成訓練に時間がかかるのである。さらにもう一つの難は、航続力が短いので零戦と同一行動ができず、実用上困るという意見が出た。

視界の点は未熟な操縦者についてはある程度納得できるが、航続力の問題は局戦の基本思想に関係することで、いまさらこういう意見が出てくることはおかしい。

しかし長い実験期間に、生産準備は相当にすすめられていたので、生産打ち切りもできず、航本側としてはあらゆる実施部隊の要求改造を実施しても、生産続行に踏み切らざるを得なかったものであり、兵装強化、風防大改造とともに重量も増し、性能はそのつど低下するの止むなきにいたったのである。

二一型、二一甲型の風防その他を改造したものが、雷電三一型（J2M6）、三一甲型（J2M6a）であって、空襲激化の合間に、つぎつぎと生産されていった。この型は最高速度の低下のため、すでに二一型の風防に慣れたパイロットからは却って不評判だったことは、われわれにいろいろな教訓を与えるものといえよう。

ついで出た要求は、生産上の見地から発動機の減速比を〇・五から〇・六二五に変え、火星二六型を装備することであった。飛行機の名称は、二一型、二一甲型に換装されたのが二三型（J2M7）、二三甲型（J2M7a）であり、また三一型、三一甲型に換装されたのが三三型（J2M5）、三三甲型（J2M5a）である。

零戦はたしかに使いやすい飛行機ではあったが、この経験に慣れた使用者側から、雷電が使用困難で実用性が薄いという意見が出るようでは、戦闘機の性能も零戦程度に止まらざるを得ないのではないか、との感じが深かったように思う。ともかく、零戦より速度および上昇力はすぐれており、当時としては高性能の本機に、未熟なパイロットを乗せなければならなかったということのほうに、より大きな問題点があったのではなかろうか。

試作から開発、実験、生産、実用、補給、訓練の各段階について、適切な時期的配慮の必要なことがもっと痛切に考えられ、施策面に現われるべきであったろう。

雷電の実用価値は、決して当時としても満足すべきものではなかったが、太平洋戦争末期のB29の邀撃戦では、相当にそれも証明されたものといえると思うのである。

# 雷電一号機テスト飛行の思い出

## 日本海軍の代表的局地戦闘機の初飛行

元 横須賀航空隊搭乗員・海軍中尉　羽切松雄

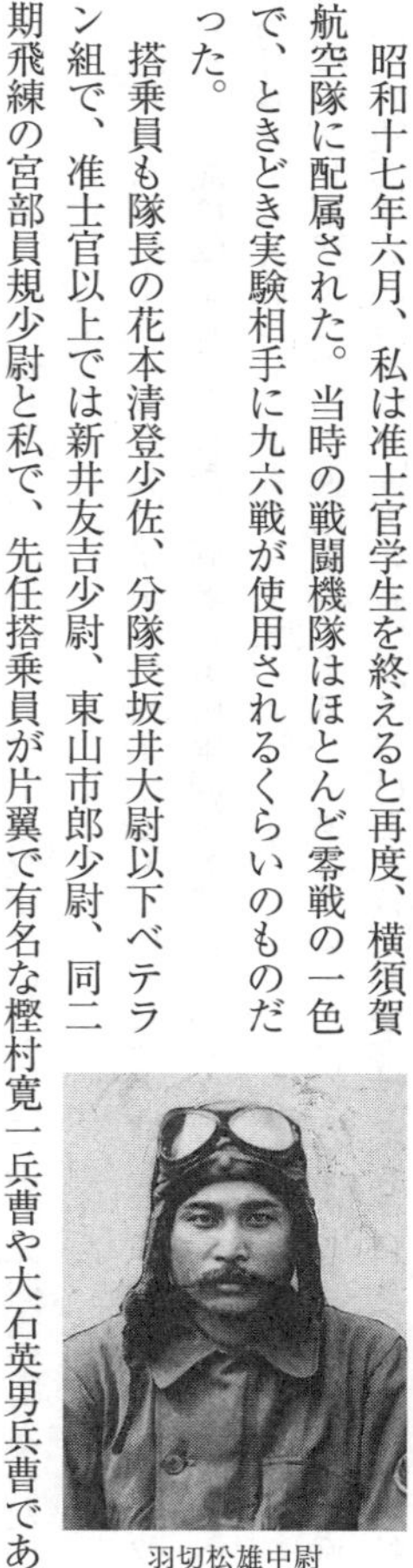
羽切松雄中尉

昭和十七年六月、私は准士官学生を終えると再度、横須賀航空隊に配属された。当時の戦闘機隊はほとんど零戦の一色で、ときどき実験相手に九六戦が使用されるくらいのものだった。

搭乗員も隊長の花本清登少佐、分隊長坂井大尉以下ベテラン組で、准士官以上では新井友吉少尉、東山市郎少尉、同二期飛練の宮部員規少尉と私で、先任搭乗員が片翼で有名な樫村寛一兵曹や大石英男兵曹であった。

新井、東山少尉は前にも横空、あるいは戦地で一緒にいたこともあり、二人とも練習生では恩賜の銀時計組で、人格技量ともに抜群、海軍搭乗員ではあまりにも有名な存在だった。

樫村兵曹とは戦地で二、三回、顔を合わせただけで、同じ隊で勤務するのはこの時が初めてである。彼は横空勤務も長く、各種実験にも参加しているので、下士官でもずば抜けて技量が優秀だった。とくに単機空戦が強く、いつも私の相手として一緒に飛び上がった。理論家であるうえに大の頑張り屋で、なかなかカブトを脱がない。たまには意見の衝突もあったが、さっぱりした好男子であった。

昭和十七年の十月、坂井大尉が南方に転出するや、樫村兵曹も准士官に進級し、同時にソロモン方面に転出していった。両名とも戦争経験も豊富で名パイロットであったが、現地へ着任後間もなく相ついで戦死してしまった。

零戦が長期間にわたって使用され、大戦果をあげているとはいうものの、米空軍にも零戦以上の戦闘機があらわれ、南方の戦雲急を告げるとき、わが海軍戦闘機にも三菱航空機会社が多年にわたって計画設計してきた雷電一号機が、昭和十八年三月に入ってようやく空技廠にお目見えした。見るからにガッチリとした雄姿はまことに頼もしく、かならずや戦争の役に立つものと期待されたのである。空技廠でひと通りの簡単な試験飛行がおこなわれ、間もなく横空戦闘機隊に配属された。

空技廠の技官から雷電についてのひと通りの説明をきき、最初の日は横空飛行場を使用して慣熟飛行がおこなわれたが、雷電の滑走距離が長いうえに、横空の飛行場が狭いので、翌日からは木更津飛行場を借りておこなわれた。このころ木更津飛行場は、中攻隊が南方に進出した後だったので、ときどき輸送機が発着するだけで慣熟飛行には都合がよかった。

まず隊長が飛び上がり、私は新井少尉のつぎで三番目だったと思う。若い搭乗員でも木更津飛行場では安心感がもてた。

外部から見た感じは、翼が小さいわりに胴体がうんと太くなっているので、搭乗員仲間ではいつの間にか「クマン蜂」という渾名(あだな)がつけられた。これまでの戦闘機にくらべて座席がうんと広いので、二人でも乗れそうである。

これなら長時間の操縦でも疲労を感じないだろうと思えたが、何しろ離着陸時の前方の視界が悪いうえに滑走距離は長いし、そのうえ空中での操縦性が悪いので、はじめは飛行機に乗せられているような不安があり、零戦のように簡単には慣れなかった。

少々エンジンの馬力は強くなっていても、速力は零戦と大差はなかったろうと思われたが、乗ってみると案外スピードがあり、上昇力もいい。高度四千メートルでは十七、八ノットも大きかったと思う。とくに深角度の速力と機体の強度には自信がもてた。

雷電に初めて空戦フラップが装備されており、空中での操作に興味があってむやみに荷重をかけてみるが、慣れないためか失速にしたり、ときどきオートルテーションを起こし、はっと思うことも再々あり、何となくむずかしさを感じた。

## 局地戦闘機への道

木更津での訓練の二日間に尾輪が折れ、その修理に案外時間がかかったので、分隊長は夕方になると分隊士頼むといって先に帰っていった。修理が終わったのはすでに夜八時を過ぎ、

増槽をつけ飛翔する雷電二一型。上昇力、加速力は抜群だが、航続力が短かった春の日もとっぷり暮れたころである。

東山少尉は夜間飛行は苦手だからということで、結局、私が操縦して横空に帰ることになった。私も二回乗っただけなのでもちろん自信はなかったが、上司の命令では仕方ない。風はほとんどなく、横空の飛行場は狭いので、とくに離陸前の滑走には充分ブレーキの効きを確かめた。

木更津飛行場を離陸して五分も飛べば、横須賀の飛行場が見えてくる。天気がよいので、遠くから夜間の照明装置が見える。風はほとんどないので、海岸の方から西に向かって着陸の照明が配置されていた。

滑走距離が長いので、思いきってアンダー気味に滑空して母艦に着艦するときのように、飛行場の沿道を過ぎると同時にスロットルを絞った。どうやら接地は上手にいったが、なかなか速力が減らない。ブレーキを思い切って使うが、それでも飛行場の端まで行き足が止まりそうもない。発動機のスイッチもときどき切ってやっとのことで止まった位置は、すでに飛行場沿道のわずか二、三十メートル手前だった。夜間着陸など何百回かの経験もあり、夜間着航も何十回となくやってはいるが、初めての飛行機でわずか三回目の着陸ではあるし、ほかにかけがえのない実験機だけに、神経を使わなければならなかった。

その翌日からも慣熟飛行がおこなわれ、古い搭乗員が五、六回ずつ操縦し、どうやら自信のついたところで横空に帰り、本格的な実験飛行がはじまった。

まず一万メートルまでの上昇速力の測定から最大水平速力、絶対上昇限度、巡航時、全速時の燃料消費量、急降下の最大速力過荷重にたいする強度試験など、ひと通りの試験を終わり、五月に入ると、零戦との編隊飛行空戦実験がはじまった。

搭乗員は零戦、雷電と交互に乗りかえて同じことを実験してみた。とくに単機巴戦（ともえせん）に入ると零戦が絶対有利で、少々高度の差があっても、速力が小さくとも問題にせず、雷電が空戦フラップを適切に使っても到底およばず、三〜五回も回転すれば、垂直面（宙返り）戦闘でも、水平面（垂直旋回）戦闘でも、容易に勝つことができた。われわれ戦闘機乗りは空戦が最終の要訣だから、空戦性能を過大に評価する傾向がないでもなかった。

各自の実験記録はほとんど一致した意見が書かれていた。零戦にくらべてエンジンの調子はよく、速力もまさっているし、機体の強度にも不安はないが、空戦性能が悪いうえに空中での操縦、離着陸のむずかしさや、航続時間がきわめて短いなどの欠点を指摘し、海軍戦闘機としては不向きで、局地戦闘機としての見通ししかないとの結論だった。

以後、若い搭乗員の操縦がしばらくお預けとなったのはもちろんである。

## 零戦すでに老ゆ

私は雷電二号機がきて間もない昭和十八年の六月、二〇四航空隊付を命ぜられてラバウルに着任した。翌日から前進基地ブインに進出し、ガダルカナルの転進作戦に参加、連日三、四回ずつソロモン群島上空で大空中戦がおこなわれ、彼我の消耗のおびただしさは言語に絶するものがあった。

とくに私の印象に残っている空戦としては、八月のベラベラ第一次空中戦闘がある。わが方は六個中隊の零戦四十八機編成で、私は左の最後尾の中隊長として参加した。

高度約七千メートル、今しもベラベラ上空に到達せんとしたとき、私は何気なく後上方を見張りした。するとまさにわが中隊をめがけて攻撃してくる敵機を発見したので、とっさに大きく左旋回で避退した。敵機は私の操作を見るや、ただちに前方の第三中隊に目標を変えて攻撃を加えた。この一撃で三中隊長機と列機が火達磨となって墜落していく。つづいてつぎの敵機数機が、一中隊めがけて降ってくる。

私はよほど前から敵機を発見しているので、大きなバンクをするが、いっこうに前方の味方機にはわからない。やむなく二〇ミリ機銃弾を二、三十発発射した。ようやく味方機も敵機来襲に気がついたらしいが、時すでに遅く、また三機が火を噴いて墜落していった。たちまち彼我入乱れての大空中戦となったが、奇襲をくったわが方の損害は大きく、十二機の自爆未帰還を出し、敵にあたえた損害はわずか三機の撃破に過ぎなかった。

私が着任して二ヵ月を経過した八月中旬には、二〇四空七十余名の搭乗員中、約八割が飛行機もろとも自爆あるいは未帰還となり、わずかに飛行機十機、搭乗員は十数名となってしまった。これでは内地の補充も及ばない。私は空戦の合間を見ては、内地にいるお偉ら方に、この生々しい空戦の状況をつづり、雷電の必要性を書いて、玉井少佐や手塚分隊長の検閲をうけ、横空分隊長の白根斐夫大尉宛に送った。

それから四、五日たつと、南東方面艦隊司令部の命令で、「各隊の准士官以上搭乗員は急遽ラバウルに集合すべし」との報に接し、私も玉井少佐や手塚隊長と一緒に出席した。席上には、南東方面艦隊司令長官をはじめ、航空参謀や各隊の司令、飛行長など約五十名近くが出席する大がかりな会合であり、議題は最近のソロモン方面の不利なる空中戦闘について、その対策研究会であったことはいうまでもない。

議題の劈頭、玉井少佐が私を指名し、先頃の意見書の朗読をするようにといわれた。私はやや躊躇したが、すでに横空白根大尉宛に発送したことを前置きして、大要つぎのような意見を述べた。

## 雷電征途につく

最近、敵機はすっかり零戦の弱点をつかみ裏をかいてくる戦法について、すなわち零戦の長所である単機巴戦には絶対巻き込まれることなく、つねに優位な高度を利用し、四〜八機を一隊として後上方一撃主義でつぎからつぎと降ってくる戦法については、二、三の実戦談を発表し、つぎに零戦の弱点を取りあげてみた。

搭乗員の技量低下もさることながら、零戦の燃料タンクには防弾装置がないため引火が早いので、敵機は操縦員よりもガソリンタンクを目標に射撃をしてくる。機銃弾も焼夷弾を重点的に使用している。とくに深角度の後上方一撃戦法は敵機が若干速力にまさっており、これは過速時の引き起こしにも強度に無理がきくからであることを説明し、こうした緊迫せる戦況から考えて、航続時間の短いという難点はあろうとも、速力が速くて無理のきく雷電こ

厚木基地に勢揃いした局地戦闘機「雷電」二一型と三〇二航空隊の搭乗員たち

そ大いに期待すべきであり、一刻も早く量産に移し、戦場に送るべきだ、と強く主張した。見わたすところ、雷電の操縦経験者は私が一人だけなので、司令長官や参謀も私の自論を高く評価された。

その後間もなく、私はブイン上空の空中戦闘で重傷を負い、病院船で内地に帰還した。一時は再起不能と診断された右肩も、約半年余の治療でほとんど全治していたある日、久しぶりに横須賀海軍病院から初めて外出の許可を得て、十ヵ月ぶりに横須賀航空隊に遊びにいった。

せまい飛行場には沢山の雷電が並んでおり、若い搭乗員の訓練がはじまっているらしい。指揮所に近寄っていくと、八木勝利司令が私を見つけ、懐かしそうに迎えてくれた。「なんだ貴様生きて帰ったのか、よく帰って来たなあ」とびっくりした様子である。

「身体はどうか」

「お蔭様で右腕の運動に多少の制限は残りますが、間もなく退院できそうです」

と答えた。

内地では私が戦死したというデマが飛んでいたらしい。司令は私の身体を心配して、充分に休養をとり、どこか楽なところにゆくようにとすすめられた。

ややおいて八木司令は、木更津の一〇〇一空輸送部隊と厚木航空隊でほしいというがどうか、ときかれた。私は希望としてもう一度、横空に勤務したいことを申し上げた。司令はその身体ではと一笑して何も答えられなかった。

いろいろ雑談しているうちに、近く八木部隊が雷電で戦地に出て行くことを知らされた。ここしばらくは横空飛行場を借りて訓練するという。司令もいつになく張り切っていた。間もなく飛行場から大石英男、坂井三郎、武藤金義飛曹長らが帰ってきた。彼らも珍客に驚いた様子で、みんな私の身体と勤務先のことについて心配してくれた。

それからちょうど一週間後の昭和十九年三月九日、私は願いかなってまた横須賀航空隊付を命ぜられて着任した。

## 雷電部隊の道険し

横空搭乗員メンバーも、わずかの期間に大分変わっており、准士官以上も全部変わっていた。隊長に中島正少佐、分隊長には塚本祐造大尉が着任していた。

南方の戦況もますます悪化しつつあり、支那事変当時からの古兵も何回目かの戦場に送り出されていき、前に一緒にいた新井、東山、宮部少尉らも相前後して出征し、すでに新井、宮部少尉は戦死したらしい（それから間もなく東山少尉はサイパンで玉砕している）。

今度は分隊士で私が一番先任で、その責務の重大さが痛感された。零戦、雷電の実験にくわえて、前線からの要請により反跳爆弾やロケット砲の実験もはじめられ、そのかたわら学生練習生を卒業したばかりの若い搭乗員の教育もしていた。

私はろくろく休養もとらず、若い搭乗員の訓練相手から身体を慣らした。一時は軍医官から戦闘機乗りは諦めるようにいわれただけに、感慨無量のものがあった。せまい飛行場に雷電部隊が割り込んできているので、飛行場はずいぶん錯綜している。

雷電部隊の訓練が熾烈になるにつれて、事故が続出してきた。われわれでさえ、はじめは木更津飛行場を使用したのだから、若い搭乗員には無理にきまっている。地上での事故は脚を折るか、翼端をつくかで大きな事故にはならなかったが、五月に入って四、五回連続して大きな事故がかさなり、原因の判明しない空中での事故で、わずかの間に三人の犠牲者を出してしまった。

別に空中分解をしたでもなければ、操縦装置の故障でもないらしいが、徹底した原因の探究もできなかったので、技量未熟として簡単に解決されてしまった。こう事故がつづくと生産が間に合わないらしく、なかなか補充が困難のようであった。

六月に入り、敵機動部隊は南洋群島に出没し、サイパンも再三敵機の洗礼をうけ、ついに六月十五日、島の一角に大部隊が上陸してきた。そして日本将兵の玉砕も時間の問題となってきているとき、内地では今度は硫黄島の番だなどと悲観的な観測をしはじめた。

そのころ横空では、戦爆連合の大部隊を編成して硫黄島へ進出することになり、隊内はその準備でにわかに殺気立ってきて、若い搭乗員は我さきにと志願して出た。総指揮官は三浦大佐だったと思う。戦闘機隊指揮官は中島少佐で、搭乗員も教育部隊を残し、ほとんど全部がいくことになり、士官では私と、下士官では大原亮治兵曹以下二、三名が戦地から引き揚げてきたばかりだし、健康もすぐれないという理由で留守部隊の教育を任ぜられた。

六月末のある日、進出部隊は勇躍基地を飛び立っていったが、約一ヵ月足らずで帰ってきた。連日、敵機動部隊との大激戦が展開され、わが方の損害も甚大で、戦闘機隊で無事帰還した者はほんのわずかであった。

当時、雷電隊も南方進出ということで、厚木航空隊を基地として最後の総仕上げの訓練をしており、私どもは今日か明日かとその出動に大きな期待をかけ、さらに木更津航空隊を最終基地として再三南方進出をこころみたが、天候に禍いされたり、途中で不時着したりして、とうとう南方進出は失敗に終わってしまった。

雷電はその後、大挙九州方面に移動していった。

# 私の運命をかえた愛児「雷電」と共に

果たして傑作機か駄作機か。主務担当者の回想

当時 空技廠飛行実験部 戦闘機主務担当者・海軍少佐 小福田 租

昭和十五年十一月、私は当時、中支の漢口に進出していた海軍第十二航空隊の戦闘機隊から内地帰還を命ぜられ、横須賀の「海軍航空技術廠飛行実験部」に転勤することになった。そして、戦闘機のテストパイロットとしての生活がはじまったわけである。

前任者からの申し継ぎを受け、いろいろ教えてもらったが、こんな仕事は生まれて初めてのことであり、まことに自信のない毎日であった。いくら戦闘機パイロットだからといって、いきなりこの仕事に初めての者を任命するのはどうかと思った。とにかく非常にとまどったことを思いだす。現在では、テストパイロットのための特別基本教育のようなものがあり、その点、合理的になっているようである。

小福田租少佐

私の場合、戦闘機の主務者として、前記のように仕事の要領もなにもわからないうちにまず第一発にブツかったのが、この十四試局戦の「木型審査」であった。たしか昭和十六年の春ごろであった。

飛行機は、その完成から実用になるまでの間に幾多の段階があるが、ここでは省略することにして木型審査にうつろう。

木型審査というのは、飛行機を机の上で設計したものを実物に移す前に、まず木で寸法や形状を実物とまったくおなじものに作り、これによって各部付属品の取付け場所や、座席まわりの配置はもちろん、だいじな視界（パイロット座席の位置からの外の見え具合で、これは着陸、空中の行動に重大な関係がある）など、じっさいに飛行機が完成したときの使い具合を検討するもので、非常に重要な意味を持っている。

私は着任して間もなくのことであり、審査などについてはまだ西も東も皆目分からない。そのまま木型審査の主務者として、名古屋の三菱の試作工場に行ったのである。

一般に木製の飛行機というものは、実物よりも大きく見える。それまで、海軍の戦闘機である三式戦、九〇戦、九五戦、零戦などのスマートな飛行機に乗ってきた私には、この十四試局戦の木型を初めて見たとき、ズングリした、まるで怪物か熊ン蜂のように見え、どぎもを抜かれたのをおぼえている。

従来の軽快でスマートな戦闘機の常識をやぶったもので、「ヘェーこれでも戦闘機かナー」と感心した。とにかく私としては、なんだか分かったような、分からないような自信のない審査であった。

## 国ほろびて〝銀河〟あり

その後、第二次、第三次の補備の審査があり、ついで構造審査、完成審査などが順を追って進められ、第一号機が完成した。われながら五里霧中で、主務者としての見識も自信もないままことが運んでいった。

後日『雷電国亡ぼす、国亡びて銀河あり』と、この飛行機にたいする批判や風当たりが強かったのも、一つには私にも責任があるような気がする。

『雷電国亡ぼす』は、べつに深い意味でのことではないと思うが、格闘戦に強い、視界のいい従来の戦闘機に慣れたパイロットたちには、この新しい構想による戦闘機に馴染みがたい気持ちがあり、このような言葉となったものであろう。また『国亡びて銀河あり』というのは、急降下も雷撃もでき、操縦性もよく、航続力の大きい優秀な双発機が出現して当時好評であったが、おしむらくはその完成がいささか遅すぎたという意味である。

ただ、このような批判があったその底には、局地戦闘機という、新しい兵術思想にもとづく新機種にたいする計画者、設計者、使用者の三者の間に、まだ真の思想の統一ができていなかったと私は考えている。さらにいえば、計画、設計者とパイロットとの考え方にズレがあったといってもいいかもしれない。

もともと戦闘機パイロットというのは天狗で、しかもあんがい保守的なところがあったよ

空技廠飛行実験部で審査をうける雷電一一型の初期生産機。搭乗員は小福田少佐

うだ。局地防空戦闘のために着陸性能、対戦闘機での格闘戦性能をあるていど犠牲にして、速度、上昇力、火力に重点をおいたのが十四試局戦「雷電」である。この雷電の特殊性に対し、軽快で、しかも敏捷な格闘戦に強いのが戦闘機だと思いこんでいた当時のパイロットたちには、この雷電はどうしても好きになれなかったようである。

その後、わが戦局は不利となり、敵のＢ29が連日のごとく本土爆撃に来襲するようになった。そこで防空専門の戦闘機の必要性を痛感し、あわてて（？）高高度迎撃の防空戦闘機を、陸海軍共同で試作することになった。私もなんどかその審査に三鷹に行った。また、「秋水」というロケット推進の迎撃機も、ドイツから技術を導入して急きょ製作されたが、戦局挽回には役にたたなかった。

話が少々わき道にそれたが、雷電の機体がズングリ肥満型なのは、発動機のせいである。零戦に装備した「栄」発動機の約一二〇〇馬力に対し、雷電は約一五

○○馬力の「火星」発動機を搭載した。そのため発動機の直径が大きくなり、どうしても胴体が太くならざるを得なかったわけである。

胴体が太いから座席も広くなり、従来の戦闘機にくらべると座席がゆったりとしていた。「雷電は座席で宴会ができるそうだ」などと冗談をいわれていた。しかしいま、当時の写真を取り出して見ても、機体の形状などはまことに洗練されたところがあり、あらためて見直す気持ちである。

とにかく胴体が太いと、座席からの視界が悪くなる。しかも高速をねらうと、翼面積は機体重量のわりに小さくしなければならない。そのため着陸速度や旋回性能などを、あるていど犠牲にしなければならない。

小回りのきく従来の戦闘機を刀にたとえるならば、速度と上昇力で「ダイブ・ズーム」のきく局地戦闘機は、さしあたり長柄の槍というところか？　刀しか使ったことのない者には、どうにもこの雷電という槍はとっつきにくい代物（しろもの）であったのだろう。

第一号機が完成し会社の社内飛行後に、私もこの第一号機の試乗を行なった。そのときの印象として、いまなお記憶にのこっているのは、鈍重に見える機体に似合わず、舵のききがよく軽快であったことと、前下方の視界がやはり悪くて気になることであった。

その後、雷電を横須賀に持って帰って正規の性能実験をつづけるうちに、妙なもので、この飛行機の欠点もあまり気にならず、かえって愛着さえ感じるようになった。そして、雷電の悪口をいわれると、なんだか腹が立った。身びいきというか、手塩にかけた飛行機への愛情というものであろうか?

新規開発の飛行機というものは、計画、設計にはいってから、それが量産にうつされ実用になるまでには、相当の年月を要するものである。たとえば米国のP47がちょうど十年を要している。三～四年ならば早いほうで、五～七年が平均のところであろうか。戦時中の軍用機となれば、一般にその期間がつめられるのは当然である。

雷電も性能試験の結果、だいたい所期の成果が出ることもわかり、制式機として量産に移され、日本防空の一翼をになうことになった。計画されてから足かけ四年目くらいであろうか。

## 三号爆弾と雷電の本領

太平洋戦争も日本側がジリジリ押され気味で、B29の本土爆撃が日ましに激しくなってきた。ちょうどそのころ、兵庫県の鳴尾飛行場にも海軍の防空戦闘機がおかれ、雷電部隊が阪神方面の防空の一翼をになうことになった。

当時、日本海軍には「三号爆弾」と称する秘密兵器があった。これは弾量三〇キロの空中爆弾で、戦闘機の翼の下に二個を取り付ける。そして敵の前上方から接近し、適当な距離でこの爆弾を落とすのだ。すると自動信管によって約三十度くらいの円錐角で、前方に向かってその爆弾の破片がとびちり、かなり広範囲の敵機に致命的な損害をあたえることができる。とくに大型機の編隊に対しては、うまくいくと一挙に甚大な打撃をくわえることができるもので、極秘にされていた。

ちょうど鳴尾にいた雷電隊が、ある日、例のごとくB29の来襲を聞き、急速に発進して紀州南端に向かった。サイパン島を基地として来襲する敵機は、中部日本にくる場合は紀伊半島の南端にある潮岬沖の上空、関東地方の場合は御前崎沖上空で集合し、緊密な編隊を組んだ後、本土に進入してくるのが常であった。紀伊半島南端に向かった雷電隊は、例の三号爆弾を搭載している。敵B29の編隊をまとめてたたき落とす意気ごみである。

やがて雷電隊が、予想地点に行ってみると、はたしてB29が三機ずつ集まって、潮岬沖上空をゆうゆうと大きく旋回しながら、全機の集合を待っている。雷電隊の赤松貞明指揮官は、日本海軍戦闘機界きっての名パイロットのひとりであり、歴戦古参の勇士であった。彼は土佐の生まれで、腕と度胸では決してひけをとらない猛者である。彼は部下の雷電隊を率い、敵B29の編隊に襲いかかり、三号爆弾を編隊の中に叩きつけた。おそらくB29のパイロットたちは驚いたことであろう。

それまで、日本本土に来襲するB29に対し、わが防空戦闘機は少数で散発的な攻撃となり、しかも七〜一三ミリていどの機銃攻撃では威力が少ない。敵は本土上空で数十機がガッチリ編隊を組んで防禦火力を結集し、なかなかわが戦闘隊を寄せつけない態勢をとっていた。だから、まとめて致命的な打撃をあたえることはむずかしかった。

ところが、このときの日本機の攻撃はまったく様子がちがっていた。敵はまだ完全な密集隊形を組んでいないうえに、雷電隊の奇襲を受け、思わぬ三号爆弾の洗礼と雷電各機の二〇ミリ機銃四門の猛射を浴びたのである。敵は大混乱を呈し、大きな被害を受けて敗退したのである。

この戦闘で、雷電隊はその威力を発揮したわけであるが、敵も当然のことながら、その後、戦法をかえ「高高度来襲」や「夜間攻撃」にかわってきた。私も実験の合間に、来襲するB29の邀撃に零戦であがって敵を攻撃していたが、当時、九千メートル近い敵を追っかけるのは大変であった。御前崎上空に敵編隊来襲の報に接して離陸し、高度をとりながら敵編隊にとりつき第一撃をくわえるのは、ようやく九十九里浜上空付近で、敵が帰路につくころであった。敵は高高度で富士山上空を通過し、強い上空の偏西風を利用して東京付近を爆撃し、太平洋上に退避するのがつねであった。

## 傑作機か駄作機か

高高度防空に対しては、わが国でも早くから着眼していた。そこで高度八千から一万メートルでの邀撃戦闘ができるように、雷電の高高度性能の向上が研究実験された。私も約半年のあいだ雷電の空中実験に全力をそそいだ。

飛行機は上空に行くにしたがい空気がうすくなり、エンジンの馬力が出なくなる。それをふせぐためにエンジンの排気を利用して、発動機の横に装着した小型排気タービンを回し、その回転によって吸入した空気を圧縮、加圧して、気化器に送りこむ。これが排気タービンによる過給気装置で、高空における馬力の低下を防ごうというものである。

当時としては、一つのいい着眼であったと思う。ただ、実験途上いろいろな障害があって、ついに実用化にならないで終わった。私は雷電と聞くと、いつも苦労したこの排気タービンの実験を懐かしく思いだすのである。

既述のように、この雷電はどうも一般のパイロットには評判がよくなかった。また、その他の理由で量産もそれほど多くなかった。しかし、その反面、この飛行機の理解者というか、雷電の真価を認めていたパイロットもあった。それはこの飛行機をマスターした人たちで、

「こんないい飛行機はない。速度、上昇力、火力、操縦性など防空戦闘機としては傑作機である」

とさえ激賞していた。

また、戦争末期に米軍が、比島でわが雷電を押収したものを本国に持ち帰り、性能テストをした結果、わが国で試験公表された性能を上回る成果が出たので、雷電をかなり高く評価していたという。彼らは、一〇〇～一二〇オクタンのガソリンを使用して実験したらしい。われわれのほうは当時、九〇～九二オクタンのものが最高であった。またそのほかにも雷電は座席もゆったりと広く、外人向きにできていたので、その点が彼らの気に入ったのかもしれない。

## 雷電の事故が運命をかえた

昭和十七年の夏、後任者を得て私は第一線の戦場に転勤した。当時、雷電はまだ性能実験

脚を収納しつつ離陸上昇する雷電。尾輪機構の欠陥が帆足大尉の殉職につながった

の途上であった。それから約一年、私の後任者である帆足工大尉は、雷電の実験のため鈴鹿飛行場を離陸、その直後に低高度のまま付近の田圃に激突、火炎につつまれ殉職してしまった。ところが、事故の原因はぜんぜん見当がつかなかった。発動機の故障のようすもなく、またパイロットの操縦上のミスも考えられなかった。

その後、偶然の機会にその原因が判明した。ある日、会社のテストパイロットが雷電の社内飛行のために飛行場を離陸した。上昇中いつもの通り「脚上げ」操作を行なったところ、急に飛行機の機首が下がりはじめた。何かの理由でパイロットの意志操作に関係なく、飛行機が勝手に下げ舵をとりはじめたわけである。

パイロットはあわてて強く操縦桿をひっぱり、上げ舵をとって機首を起こそうとするが、なにしろ物凄い力で下げ舵の方向にひっぱられる。そのままでいけば、この雷電もまた帆足大尉の場合とまったくおなじ運命をたどることは確実である。機首は地面に向かって突進する。落下傘降下しようにも高度はない。パイロットはもうなにも手段がなく、操縦桿を満身の力でひっぱりながら、脚出しの操作をした。おそらく脚を出せば、地面に胴体が激突する前に脚がふっ飛び、少しでもその衝撃が緩和されるかもしれない、と考えたのだろう。

ところがどうしたことだろう？　脚が下がりはじめると、スーッと急に舵が軽くなり、脚が完全に下がりきってしまうと、もう舵はなんの異状もなく、自由に動き出したのである。まことに不思議なことながら、パイロットとしてはホッと生きかえった気持ちであったろう。

地上に帰ってから調べてみると、つぎのようなことが判明した。

何回か離着陸をやっているあいだに、尾輪脚柱が強度不足のためにすこしずつ湾曲し、脚上げ状態になると、その湾曲したところが運悪く昇降舵の軸に接触して、舵を〝下げ〟の方向に強圧し、〝下げ舵〟をとらせてしまうのだ。

わかってみれば簡単なことだが、人の命をうばう、怖ろしい事態となるのだ。飛行機にはこのようなケースは昔から非常に多い。しかも、中にはその原因のわからないままに終わってしまう場合が少なくない。とくにテスト飛行ではなおさらである。

零戦の場合にも、テスト中に有能なパイロットが殉職したことがあり、後から設計上に重大な欠陥があることがわかった例がある。技術者もパイロットも真剣にならざるを得ないわけである。

前記の事故により、私の後任者である帆足大尉が殉職したために、即急にその後任を補職しなければならなくなった。当時、戦争はたけなわで、優秀なパイロットはほとんど前線に出はらっている状況であり、適当な人が見当たらなかったのか、あるいはまた経験者だから都合がよいと考えられたのか、私がふたたびテストパイロットとして、帆足大尉の後を継ぐことになった。そして終戦まで、雷電以降の各種戦闘機のテストを手がけることとなったのである。

帆足大尉の事故がなければ、私はふたたび比島方面の戦線に行くことに予定されていたそうで、どうせそうなれば激戦の中で私の人生は終わっていたかもしれない。雷電の事故が私の運命を変えたと考えると、なんともいえない感慨があり、雷電の名を聞くと必ず殉職した帆足大尉の面影が浮かび、胸の痛む思いである。

テストパイロットにとって、はじめから苦楽を共にしてきた飛行機というものは、まるで赤ン坊のときから手塩にかけて育てた子供とおなじように、情の移るものである。それが優秀傑作機であれ駄作拙劣機であれ、物というより生きもの、むしろ愛児にひとしい気持ちがわいてくる。

雷電は優秀機か駄作機か、見る人によってちがうであろうが、ただ私には、なにか薄幸の星のもとに生まれた飛行機のように思えてならないのである。

# B29初撃墜に三〇二空「雷電隊」奮迅す

## ズングリ肥満型、猛牛のごとき猪突猛進の新戦法と愛着の記

当時 三〇二空雷電隊分隊長・海軍中尉 寺村純郎

昭和十九年六月、戦闘操縦学生の課程終了を数日後にひかえた私たちは、課目のなかで、射場がないため残されていた射撃訓練を実施するために、筑波飛行場より神之池飛行場に移動して訓練をしていた。できたばかりの神之池飛行場はまだ芝生が育たず、風が吹くたびに赤い砂ぼこりを巻きたてていた。その神之池の飛行場のなかにテントを張ってつくった臨時指揮所で、自分の搭乗時間がくるのを待っていたある日、私は牧分隊長より、卒業後の行き先が厚木の三〇二航空隊であることを知らされた。

三〇二空に行けば、雷電(らいでん)に乗ることになる。この知らせを聞いたとき、私はすぐ、一年半ばかり前のことを思い出した。昭和十八年の冬、私は少尉候補生として航空母艦翔鶴に乗り組み、航海士として勤務していた。当時、翔鶴は南太平洋で受けた二五〇キロ爆弾の傷跡を修理するために、横須賀港の岸壁に繋留(けいりゅう)されていた。

その翔鶴の飛行甲板から、私はずんぐりした不格好な黄色い小型機が飛んでいるのを見た。横須賀航空隊で試飛行をおこなっている十四試局戦だと聞いたが、その特異な姿体は深く私の脳裏にとどめられた。そのときは約一年半後に、私がこの飛行機の搭乗員になろうとは夢にも思わなかったが、私がいま卒業後に乗ることになると聞いた雷電とは、この十四試局地戦闘機に後日つけられた名称である。

しかし、私たち戦闘機操縦学生につたわってくる雷電の噂は、あまり芳しいものではなかった。多くのパイロットたちがその試飛行で殉職したし、その不格好な姿のとおり前方視界はきわめて悪く、スピードは速いかわりに安定性も旋回性能も悪く、そしてさらに悪いことには、使用されている火星発動機はいろんな故障ばかり起こしている。こんな噂を聞いてきた私たちにとっては、雷電搭乗員になるということは、けっして嬉しいことではなかった。

昭和十九年七月上旬、真夏の太陽がギラギラと相模平野の緑に燃える日、私は一緒に卒業した他の五名の同期生とともに、厚木の第三〇二海軍航空隊に着任した。

厚木は赤土の基地である。古い航空隊である筑波空の緑の芝生と、青々としげった立木にかこまれたコンクリートの士官舎や学生舎、緑の芝生の土手につつまれたプール、テニスコート、一本の滑走路もなく飛行場一面を緑に敷きつめていた芝生、すべてが緑の筑波空にくらべて、ここはすべて殺風景で開拓地のようであった。

バラックの士官舎、そのまわりの掘り起こした防空壕、あちらこちらに積みかさねてある小石の山、風が吹くたびに砂ぼこりが舞い上がっていた。飛行場に着くと、飛行作業の最中

離陸滑走中の三〇二空の雷電。前方視界が不充分で、尾部を持ち上げている

であった。雷電が離陸すると、そのあとに月光が、彗星が着陸してくる。零戦の編隊が指揮所上空を通過して解散する。いきいきとして飛行場全体が躍動している感じである。

第一指揮所の屋上に上がって、隊長に着任をとどけると、第一飛行隊長の山田九七郎少佐に、

「貴様たちは、卒業して一人前になったつもりできただろうが、本隊においてはまだ学生の延長のつもりでやってもらう。いま各航空隊から数名ずつ、雷電の講習を受けにきているから、座学を一緒に受ける。講習がすんだら貴様たちの訓練に移る」

と申しわたされた。

これでいよいよ雷電乗りが決まったわけである。半年間なじんできた零戦とも、これでいよいよおわかれかと思うと、あの軽快な運動性能をほこる機体に、強い郷愁と愛着が心の底からわき出てくる。そして、あの不格好な雷電の機体、評判の悪いエンジンに対し、一抹の不安と、なじめないものが心の底に残って消えないのであった。

## 故障つづきの新鋭局戦「雷電」

着任した翌日から、私たちは日本全国の各戦闘機隊から二、三名ずつ集まっていた雷電の講習員と一緒に、その機体、発動機および操縦の座学を習いはじめた。

零戦には複座の練習機があったが、雷電には複座機はない。はじめから単独飛行である。座学も真剣にならざるをえない。そのうえ着任の翌日には、台湾からきていた講習員の下士

官の一人が、われわれの目前で雷電の操縦をあやまり殉職してしまって、雷電の恐ろしさを身をもって教えてくれたのである。

着任後一週間がすぎて、雷電の離着陸訓練がはじまった。雷電に乗ってみると、その座席は零戦とちがって広びろとしている。座席の前の計器板の広さも計器の数も、零戦の二倍はある。

全力で離陸すると、すぐ上昇力のすぐれていることがわかるが、左右の安定性の少ないことも知った。上昇姿勢における前方視界の悪さは、とくに甚だしいと思った。全力を出しているときの振動が気になるし、着陸のためにエンジンを絞ってグライドに移っても、なかなか規定の九十に減速できない。接地後、三点姿勢になると、また前方はほとんど見えなくなって保針に苦心する。噂どおりである。

しかし乗っているうちに、いままでの赤の他人であった雷電にたいする感じが、少しずつ変わってきた。できの悪い子供にたいする愛情のようなものが、だんだんと湧いてくるのであった。

私たちは離着陸訓練を一日で終わって編隊飛行、特殊飛行と進み、一週間もたつと、雷電隊のみんなと一緒の訓練ができるようになった。零戦にたいする郷愁はまだ残っていたが、雷電もまんざら悪いところばかりではないと思うようになってきた。ずんぐりした、まるでドングリに翼をつけたようなその機体が、スマートに感じてきたし、エンジンを全開して離陸するとき、猛牛が突進するように滑走路を走って行く姿、強制冷却ファンのキーンという音、すべてが勇ましく、強く、好ましいものに思われてきた。

訓練は空戦訓練、射撃訓練と進度をまし、雷電にたいする愛着は深くなっていったが、雷電の欠点が改良されたわけではなかった。最初にわれわれを悩ませたのは、プロペラのガバナーから油がもれて風防ガラスを黄色くよごし、前が見えなくなることがあった。

つぎには高高度で、油温が下がる故障が続発した。着陸時に脚が出ない故障、脚が出ても尾輪が出ないこともあった。あるときはプロペラピッチが逆になったらしく、格納庫前で試運転をやっている雷電が、あとずさりをはじめたことがあった。

五十機近くの雷電のなかから、訓練に使える可動機は約半数であり、それも一回飛ぶごとに種々の故障が起きてつぎつぎに使えなくなり、三回目の飛行ぐらいになると、訓練に使える飛行機が四、五機にへって、訓練を中止することが普通であった。

雷電は十四試局戦、すなわち昭和十四年に試作された局地戦闘機につけられた名称であり、わが海軍唯一の大型機邀撃用の戦闘機で、いまでいうファイターインターセプターであった。当時、日本一の上昇力と高高度における高速力をもち、その両翼の二〇ミリ機銃四梃は、爆撃機にたいする攻撃に偉力を発揮するものと思われた。

そのころ、雷電をもつ航空隊が日本内地に三つあった。厚木の三〇二空、伊丹の三三二空、大村の三五二空がそれである。私がいた厚木の三〇二空は、雷電二個分隊のほかに零戦と月光、彗星、銀河の夜間戦闘機隊をもっていた。これが東京地方を防空する海軍の主力であった。

七月中にサイパン、グアム、テニアンとつぎつぎに占領され、B29の内地空襲は必至の情勢になってきた。私たち三〇二空雷電隊には、敵が占領したマリアナ群島の飛行場を、B29の基地として使用できるように整備する間だけしか、訓練の期日は残されていなかったのである。

雷電隊の訓練は、少ない飛行機と、多い事故とになやまされながら、必死につづけられていた。

## 猛牛雷電によせる愛情と信頼

私たちの目標は、マリアナより来襲するB29の邀撃に、はっきり決まっていた。当時、雷電で敵戦闘機と空戦することは、不可能なことだと思いこまれていた。雷電には雷電なりに、その特色をいかした対戦闘機空戦の方法があったのだが、当時はみな零戦とおなじように雷電を使おうとして失敗していた。格闘戦をおこなうと、零戦には手も足も出なかったからである。

そのため、訓練はもっぱら爆撃機攻撃法に重点がおかれた。一三ミリ機銃十二梃に武装されたB29、おそらくそのどこにも死角はないものと思われていた。ただ後上方攻撃は、B29の編隊に対してもっとも危険であると思われたので、前下方攻撃をB29に対する最良の攻撃法として採用し、訓練の重点をこれに向けた。前下方よりの攻撃は比較的容易であり、問題はただ速力の大きいB29に反航で前下方から一撃すれば、つぎにおなじ目標を再度攻撃する

厚木基地の戦闘指揮所前に並ぶ三〇二空の雷電。搭乗員は右下のピストに待機

ことが非常に困難になることだけであった。

その点、直上方攻撃は高度差を約千メートルも高くとり、目標の斜め前方において、雷電を背面に近くして目標に突進し、その背後を垂直に近い角度でかわるため、攻撃運動は困難をきわめたが、降下スピードを利用して目標の直下よりふたたび攻撃することが容易であった。この直上方攻撃の訓練は、曳的機の高度をはじめ一五〇〇メートルとして実施したが、攻撃後の引き起こしで失神して、そのまま地面に突っこんでしまった殉職者を出してから、その後は高度を二千メートルに上げて実施された。

直上方攻撃で、ふたたび雷電の前方視界の悪いことが問題となってきた。すなわち速い速度で進んでいる目標を、その直上に近い方向から射撃するためには、目標のそうとう前方をねらって弾を射たねばならない。ところが、この射撃の修正角が大きくなると、目標がエンジンのカウリングのカゲに入ってしまうのだ。

　この欠点をなおすため、雷電の機銃は飛行機の軸線から四度上方に射軸を向けて取りつけられた。

　B29にたいする攻撃法の訓練とともに、防空演習にも参加した。防空演習の場合は、横須賀にある三〇二空の本部からの指令にしたがって行動し、敵を邀撃する訓練であった。この訓練ではつねに電話の感度が問題になった。戦闘機乗りが悪いのか、整備員が悪いのか、それとも無線機そのものの性能がおとっているのか、本部と明瞭に通話できることがほとんどなかった。

　電話の感度をよくすることは、その後ずっと努力がつづけられ、本部の送信機を大出力のものと交換し、雷電のほうは折り返し空中線の採用や、エンジン点火栓のシールドの完全な実施などをおこない、やっと不便を感じないていどの感度を得られるようになった。

　こうした訓練の間に、発動機の故障によって、あるいは操縦者のミスによって多くの殉職者を出したが、私たちの爆撃機邀撃の技量は徐々に向上した。

　また、雷電の欠点は一つ一つのぞかれていった。そして雷電は私たちの愛機となり、零戦にたいする郷愁は日々にうすれていき、雷電搭乗員であることを誇りに思うようになってきた。まだまだやらねばならぬことは山ほどあったが、いちおうは強敵B29を迎える準備ができ上がったのである。

## B29撃墜までの苦心惨憺記

昭和十九年十一月一日、B29一機が関東地方に来襲した。この日、三〇二空では午後一時から本部前の広場で、進級申渡式がおこなわれていた。式ははじまったばかりで警戒警報となり、つづいてすぐ空襲警報に変わった。

飛行場にかけていく私たちの頭上を、B29は白い飛行機雲をひいて西から東に飛び去っていった。これがB29が関東地方に来襲した最初の日であった。

私たちはただちに訓練を中止し、待機に移った。昨日までの猛訓練にくたびれはてた雷電は、夜を徹して整備され、増槽をつけ弾丸をつめて主滑走路にそって並べられ、いつでも発進できるように準備された。そうして、われわれの雷電によるB29邀撃戦がはじまったのである。

当時の防空組織もいまのように完全なものではなかったが、やはりレーダーをもっていた。関東地方のための最前線のレーダーは、父島、母島および硫黄島にあった。そして第二線が本州南岸の岬や島、たとえば大島や石廊崎にあった。そして最後は本州内の肉眼による見張りであった。これらのレーダーや見張りによる敵情は、われわれ三〇二空には横須賀の三〇二空防空指揮所に通報された。

そして防空指揮所から厚木に対し、待機している戦闘機の発進を命じ、離陸した戦闘機にたいしては敵情を知らせ、待機する場所と高度を命じていた。B29は予想していたよりずっと高高度で来襲した。とくに昼間はそうだった。爆撃のためには九千メートルで、単機偵察のためにはしばしば一万メートルの高度で侵入してきた。

上昇力をほこる雷電も、九千メートルまで上昇するのには、きわめて長い時間と、多くの燃料を必要としたし、その高度を維持して敵の来襲を待つためには、また多くの燃料が必要であった。そしてなお悪いことには、高高度においてはB29の速力と雷電の速力とはほとんど差がなかったし、雷電の航続力もきわめて短いものであった。

したがって、B29の邀撃が成功するかいなかは、ほとんどがその来襲を父島、母島のレーダーが発見し、離陸の時期が適切であることと、大島や石廊崎のレーダーや地上の見張りによって、B29の攻撃目標を察知し、事前に高度をとった雷電を、目標上空に待機させることができるかどうかにかかっていた。これは非常に困難なことであり、とくに単機偵察のために侵入してくるB29の捕捉は、絶望的に困難であった。そして電話の感度がいつも満足するほどよくなかったことが、ますますその成功のチャンスを少ないものにした。

私たちははじめ、しばしば失敗をくりかえしていたが、十二月三日、はじめてB29の捕捉に成功し、坪井大尉と中村上飛曹がそれぞれ一機を撃墜した。その後、B29は攻撃範囲を関東地方から東海地方までひろめていき、雷電隊もだんだん邀撃戦になれてくるとともに戦果をあげていった。

私も昭和二十年の二月十日、はじめてB29を撃墜することができた。これらの戦闘を通じて、私たちは雷電にたいする愛着をますます深めていき、いままでは零戦に乗ってB29邀撃をやりたいと思う者などは一人もいなくなっていた。

二〇ミリ機銃を四梃もっていることは、なんといっても雷電の強みであったし、座席の前にある大きな防弾タンクと厚い火星のエンジンが、私たちを敵の一三ミリからまもってくれていた。私たちは安心してB29に接近し、二〇ミリの弾丸を浴びせることができた。私はB29の弾丸を真ん前から受けたことがあったが、プロペラの間を通った一三ミリ機銃弾は冷却ファンをめちゃめちゃにし、エンジンのシリンダーの突棒を折り、その冷却片をけずりラジエーターをぶちぬいていたが、それでも燃料タンクには達せず、座席のはるか前で下の方につらぬいていた。

私たちはまた関東地方を襲ったグラマンやP51と戦って、雷電が決して対戦闘機空戦に使えないものではないことを知った。しかしなんといっても、その機数が少なかった。とくに沖縄戦のためにB29が九州方面の飛行場爆撃に転用されると、三〇二空の雷電隊は全力をあげて鹿屋に進出し、九州防衛の邀撃戦に従事した。そして約一ヵ月の戦闘ののち、雷電を三五二空にひき渡して、搭乗員だけが厚木に引き上げてきてからは、使える雷電が十機とそろったことはなかった。

雷電は最後までよく戦ったが、昭和十九年の七月、私が厚木に着任してから、翌年八月十五日の終戦まで、多くの搭乗員が事故や戦闘で雷電とともに死んでいった。私が着任したときにいた五十名ばかりの雷電隊の搭乗員のうち、厚木で終戦をむかえた者はわずか十名にみたなかった。

# 雷電〝空中殺法〟厚木空の不屈の闘魂

上昇力とスピードは凄い。乗れば乗るほど味がでる雷電の魅力

当時　三〇二空雷電隊搭乗員・海軍大尉　伊藤　進

昭和十九年十一月一日、一機のB29が東京上空に偵察飛行に現われた。おりからの進級申渡式に第一種軍装で整列していた司令以下、全隊員の頭上にたちまちけたたましいサイレンの響きとともに、

「敵B29らしき一機、東京上空一万メートル、戦闘機隊発進せよ！」

とスピーカーが告げる。

整備員は約三百メートル離れた飛行場へ、われわれ戦闘機操縦員は百メートル離れた兵舎へと、脱兎のように走り帰り、飛行服に着替えるのももどかしく、また飛行場へ必死にかけつけ、

厚木基地の雷電を背にした伊藤進大尉

愛機雷電に飛び乗るとわれがちに離陸していった。

さすが歴戦の古強者も不意をつかれると、その後の情報もわからないまま、七千メートルの上空まで飛び上がってしまったのである。ところが、われわれが東京上空に到着したとき、敵はすでに南方洋上に消えてしまった後だった。まったくおはずかしい結末であった。

しかし、この一機のＢ29出現を皮切りに終戦まで、関東上空でわれわれ雷電隊はＢ29爆撃機、Ｐ51戦闘機、Ｐ38戦闘機、はては艦載機のグラマンＦ６Ｆ、Ｆ４Ｕコルセアなどと死闘をくり返すこととなったのである。わが隊の名は第三〇二海軍航空隊――敗戦後にマッカーサー元帥が占領軍司令官として第一歩をしるした厚木基地が、帝都防衛に任ずるわが部隊の基地であった。

とにかく、そんな結末になるとは知る由もなくわれわれは空中戦に明け、空中戦に暮れる毎日をくり返したのであった。うちつづく敗退につぐ敗退で戦意低下のなかにあっても、三〇二空は司令小園(こぞの)安名大佐の指揮のもと士気はきわめて高く、全員死物ぐるいになって敵機を迎え撃っていた。

この厚木飛行場も小園司令の手によってつくられた、といっても過言ではない。厚木飛行場の滑走路をつくるのに海軍施設部が三ヵ月を要求したのに対し、司令はそんなことでは戦争に間に合わぬといって、兵員二千人を動員してツルハシとシャベルだけで昼夜兼行、なんと一週間で完成させてアッといわせ、また同時に、東京防衛の最前線であるこの基地に、日本で一番大きな地下兵舎を完成させた。

飛行場や兵舎の地下十メートルくらいのところに、二千人分のベッドを持ち込んで居住できるトンネルをつくり、べつに事務室、地下工場までもつくり上げてしまったのだ。そして、さらに食糧の自給自足のために米や野菜をつくり、三千羽の鶏、二十頭の乳牛、二百頭の豚まで飼い、三浦半島の武山には漁船をチャーターして魚の自給まで考えた。まるで南方最大の基地ラバウルが厚木に引っ越してきたみたいであった。

この猛将のもとに集まった連中はみな、日本海軍に名を知られた歴戦のパイロットの生き残りが多かった。

飛行隊長は水上戦闘機出身の山田久七郎少佐、中国成都飛行場敵前着陸いらい撃墜二〇〇機以上を誇る赤松貞明中尉、豪傑で知られる磯崎千利中尉。そして第一分隊長には頭脳明晰（めいせき）、ファイト満々の宮崎富哉大尉、零戦を夜間戦闘機に仕立てて鹿屋基地から沖縄に連続奇襲をかけた美濃部正少佐、夜戦月光でB29撃墜王となった遠藤幸男大尉などがおり、このころの遠藤大尉はいまだ時いたらず、鈍重な月光をもてあましながら夜間戦闘機の分隊長をつとめていた。また、敵弾のために手首をとばされた身で、片手ながら零戦をあやつって終戦まで敵機になぐり込みをかけた森岡寛大尉など、一くせも二くせもある人たちが新設の航空隊の仕上げにけんめいであった。

新設の飛行場は滑走路も不完全で、飛行機が離着陸するたびに土煙りをまき上げるというひどいもので、もし付近に椰子の木でもあればラバウル航空隊そっくりである。

厚木基地の第三〇二航空隊には雷電、および零戦隊と夜間戦闘機月光を主力に彗星艦爆、銀河陸爆隊など、総数一五〇機をこす戦闘部隊があり、そのいずれもが帝都防空を主任務としていたのである。

## 雷電の上昇力とスピードは凄い

さて厚木基地に着任して私が配属されたのは〝悪名高き雷電隊〟——職名は雷電戦闘機隊第二分隊長であったが、なにぶんにも乗機は〝殺人機〟と異名をとる雷電である。それは、戦えば必ず敵機をやっつけるからではない。日本海軍の戦闘機のなかでも操縦が一番むずかしく、離着陸の速度もまた一番速く、もし不時着でもすれば九〇パーセントは死亡または重傷を負うといわれていた機種であった。

なにしろ接地速度は八十ノット（約一五〇キロ）に近いのだから、万一にも畑の中あるいは松林の中でも突っ走れば、まずは命に別状が大ありで、それに雷電は零戦にくらべて故障率は十倍も高く、不時着時の操縦の未熟による事故も多かった。殺人機の名称をたてまつられるゆえんも十分にあったわけである。

雷電の最高速度は高度六千メートルで三三四ノット（六〇〇キロ）、上昇力は一万メートルまで二十八分、二〇ミリ機銃四門または三〇ミリ機銃二門をもち、急降下のさいに舵がかるく強度が強い長所をもつと同時に、航続時間が短く旋回圏が大きくて操縦がむずかしいという欠点があった。

さて、雷電をあたえられてみて驚いた。もちろん戦闘機は一人乗りであるから、最初から単独飛行である。しかし、これまで私が経験した約三十種類にのぼる飛行機とはまったくちがった凄さがあった。いままでの飛行機は翼に乗って飛んでいる感じがしたが、雷電はエンジンにまたがってかけめぐる感じであった。なにしろ星型空冷十八気筒二千馬力のエンジンをつんで、ずんぐり胴を引っ張り上げるのだからそんな感じがするのも無理もない。

とにかく、着任の翌日から訓練を開始し、手ごわい荒馬にはじめて乗るような気持ちで初飛行をする。凄い、上昇力にまかせ五千メートルまでは数分で到達してしまう。まず手ならしに宙返り、横転などをかるくこなしてみる。操縦はかるくて敏感であるが、旋回半径が大きくて格闘戦にはきわめて不向きであることを知る。

ついでエンジンを全開にして、大きく宙返りをうってそのまま全速で垂直降下をこころみる。速度計の針がぐんぐん上がり、やがて四〇〇ノット（七四〇キロ）をさす。それ以上は空気抵抗のために速度がふえない。

高度三千メートルで水平飛行にもどしはじめ、千メートルで水平飛行にうつり、ふたたび急上昇して、三千メートルに上る。これまで操縦したどの飛行機よりも上昇力、速度がすぐれている。ただ、これに零戦の旋回性と信頼性がくわわれば〝天下無敵〟の戦闘機だが、これは相反する要求でもあろう。

だが、不肖の子ほど可愛いものである。私もやっぱり雷電が可愛かった。暴れん坊のくせにすぐ病気をする。喧嘩をすればなかなかすばらしい喧嘩もやってのけるが、意外にもろく負けたりもする。こんな感じの雷電であった。

厚木基地の駐機所に整然と並べられた雷電二一型と三〇二空の搭乗員たち

B29を迎撃するため十五機ぐらいで離陸すると、編隊を組むまでに必ず二機程度は故障で引き返し、五千メートルくらいまでにまたも二機、ないし三機が腹痛をおこして引き返す。九千、一万メートルになって八機も残っていれば、まずまずの成績である。敵にやられたのではない、みな故障で引き返したものである。

しかし、これは雷電だけの責任ではない。操縦者のエンジンの使い方の未熟さも大いにあった。それは古参パイロットの搭乗機は故障で引き返す率がきわめて少なかったことからもわかるし、彼らは戦果を着実にあげていたのだ。

## 雷電乗りのみが知る悲しみ

昭和十九年も十二月に入ると、北九州や東京にも爆弾がふりはじめた。米軍が予告していた大空襲の舞台の幕がいよいよ上がったわけである。

われわれもこの日にそなえて猛訓練に打ち込んできたのであるが、かんじんの飛行機は訓練で毎日のように壊されていくので、二十機以上にはなかなかふえない。パイロットの腕が上がってくると他の部隊に次々にとられてしまうし、それでなくとも事故の犠牲者がつぎつぎに出て、実戦に使えるパイロットも二十名以上にはふえなかったのである。

一月、二月もすぎ、三月十日にはB29の焼夷弾による夜間大空襲が行なわれた。相模湾から一機また一機と侵入して東京に焼夷弾をばらまき、南方に消えていく。同期の撃墜王遠藤幸男大尉が夜間戦闘機月光で活躍したのも、この時だった。一夜明ければ東京の半分は灰になっていた。戦果偵察に現われたB29を追って東京上空に飛ぶと、黒煙をあげてまだ燃えているところ、燃えつきて灰になり白く見えるところ、花の都であった東京も見る影もなくなっている。

だが、雷電が飛び立ってB29を迎え撃つのは、昼間だけであった。昼間の来襲のさいはもちろん、雷電も必死に防衛戦をしたけれども、二〇〇機対十五機では敵の蹂躙（じゅうりん）にまかせるほか手がなかった。

彼らはつねに富士山上空で右変針し、高度も九千から一万メートルくらいで偏西風に乗って、矢のように東京上空を過ぎ去りながら爆弾をばらまいていった。しかもきわめて正確に目標を捕捉してである。さすがの雷電の性能でも、一万メートルの上空ではB29にまともな攻撃はかけられない。わずかに前下方からすれちがいながら、一瞬の攻撃をかけるのがせいぜいで、それも運よく彼らに向かい合えたときだけである。

地上からはB29の大編隊が銀色に光りながら、

命令一下、搭乗員たちは駆け足で「雷電」にとび乗りB29迎撃に発進していく

富士山上空から東京上空に侵入してくるのがよく見える。それなのに味方戦闘機は知らぬ顔であさっての方向に飛びつづけている。なにを逃げまわっているんだと非難されたこともたびたびであった。

しかし、高度一万メートルでは、空気は地上の五分の一、酸素マスクがはずれればそのまま一コロになるし、気温が零下四十度の悪条件では、視力も極度に減退して、地上で二・〇を誇る戦闘機乗りの視力でも、地上の何分の一しか見えないのだ。それで巨体をほこるB29の大編隊でも、目の前に現われるまでは視界に入ってこないというありさまで、まことにふしぎな現象であった。

それともう一つ、無電機の不備があげられよう。米軍機は自由自在に電話で話して連絡していたが、わが雷電隊はもちろん、零戦隊も連絡手段はモールス符号の電信と手まねによる以外は、以心伝心だけであった。

東京上空一万メートルに上ると、伊豆の大島が左下に、佐渡おけさの佐渡が右下方、富士山も前下方に平面のように見え、広うござんすの関八州も箱庭のようにしか見えないありさまでは、『B29はただいま武蔵野の上空を東進中』といっても、まるで見当がつかないのだ。自分が千葉上空やら、横浜上空にいるのやらもわからず、そんなありさまで敵を捕捉することがいかに困難であるか、雷電乗りだけが知る苦衷であった。

一方、B29にも泣きどころはあった。サイパンに帰りつくためには燃料を節約しなければならないので、東京上空をすぎると急速に高度を下げ、速度を落として九十九里浜から太平洋に離脱する。ここが雷電隊のつけ目でもあった。このときをねらって洋上に追跡して、敵の息の根を止めたこともたびたびあった。

## 朝日に映ゆる桜花すでになし

沖縄の戦況が日ましに悪化した五月はじめ、厚木雷電隊は二十機をそろえて急きょ鹿児島県鹿屋基地に進出することになり、さらに岩国の十機、大村の六機がこれにくわわって三十六機の雷電隊ができ上がったが、悲しいことにはこれが全海軍の雷電隊のすべてであった。着いてみた鹿屋基地には、無数の爆弾穴のあとがあった。そして毎日のように出撃する特攻機があり、決戦場沖縄の対岸という緊迫した空気が、シビレるように感じられた。

その間にもＢ29は本土を空襲するかと思うと、一転して南九州の軍事基地を急襲してくる。南九州は東京、大阪にくらべ距離が長いせいか、来襲高度は七千メートルをこえなかったために、比較的に戦いやすいものがあった。

空中戦は科学の戦いであり、これをより高度に発揮するのが精神力である。鹿屋上空におけるわれわれの戦場はつねに第五航空艦隊司令部の上空であった。あえて鹿屋上空をえらんで戦ったのにも、それなりの理由があったのだ。

敵は飛行場爆撃にくるのであるから、爆撃目標に侵入するときは水平爆撃のつねとして必ず等速度、等高度の直線飛行をする。このときがわれわれとしていちばん攻撃しやすいチャンスである。いま一つは、戦果が地上から確認してもらえるし、被弾してパラシュートで飛び出しても陸上に降下できる公算が大きい、などがその理由である。

しかし五月初旬、鹿屋に進出した三十六機の雷電隊も約二週間の戦闘で使用にたえるものわずか二機になってしまった。これでは空中戦にもならないうえに、東京方面も手薄になっているので、生き残ったパイロットたちは厚木基地に引き揚げることになった。これまでの防空戦で、地上から確認された戦果は、撃墜破B29五十四機とのことであった。

さて厚木に帰ってみると、戦局の様相が大きく変わっていた。五月二十五日の横浜空襲から、敵はP51戦闘機を百機、二百機と護衛につけて来襲するようになった。硫黄島を占領した敵ははやくも、戦闘機の大基地を建設したのである。

B29とP51がそれぞれ百機、二百機の大編隊でつぎつぎと来襲するようになったのにくらべ、わが雷電十ないし十五機に、零戦七、八機で迎撃してまともな戦闘ができるわけがない。万事休す、勝算まったくなし、というのが本音であった。終戦までのそれからの三ヵ月間は、文字どおりの悪戦苦闘の日々であった。目の前に自分たちの戦死がぶらさがっているようなもので、昼食の途中で迎撃に飛び立った同僚たちが、夕食のときには半分にへっている。

そして八月十五日がやってきた。まったく予期しない平和の到来である。そして雷電隊は、一機もなくなった。朝日に夕日にかがやいた桜花であらわした胴体の撃墜マークも、うたかたの夢のように消えてしまったのである。

# 三〇二空「彗星」夜戦隊　B29との死闘

祖国防衛のため二〇ミリ斜銃を装備した夜間迎撃戦闘機「彗星」

当時　厚木空彗星分隊・海軍上飛曹　山本良一

木更津基地にあった三〇二空陸上偵察機隊が厚木基地にうつってきたのは、昭和十九年の六月に入ってまもなくだった。同隊の機種は海軍機の彗星（すいせい）、彩雲（さいうん）と、陸軍より借りうけた一〇〇式司令部偵察機などの精鋭機があつまっていた。厚木にはそのほか雷電、零式戦闘機と、零式および月光夜間戦闘機の各戦闘機隊、銀河攻撃隊、輸送機隊などがあり、関東一の航空基地を誇っていた。

当時、南方に長くのびた戦線を偵察するため、南方各基地の要請によって、内地でとくに偵察専門の一個分隊が編成された。そして単機、または数機ずつ進出するこ

厚木基地の愛機「彗星」と山本良一上飛曹

とになっていた。

予科練習生の岩国、三重時代、飛行練習生の大井時代にひきつづき、ここでも私たちは練成員とよばれ、あいかわらず厳しい訓練の明け暮れだった。地上訓練が一応終わるとようやく、第一線はひいたが華々しい戦果をあげた九六艦爆に乗れるようになった。飛練当時の赤い飛行機と別れることができたのは嬉しかったが、対空観念のできていないわれわれは失策の連続であった。

六月から九月まで、炎熱のさなか鍛えに鍛えられ、自信をもちはじめたその秋、私は一等飛行兵曹にすすんだ。弱冠十八歳である。十二月には入隊いらい満三ヵ年の軍隊実績をしめす山形の線が一本、くっきりと袖につけられた。

そのころ南方戦線は日一日と、容易ならぬ様相をしめしつつあった。われわれ偵察機隊は、南方進出部隊として訓練されていたのであったが、当時の戦況では進出はむずかしいというより、その意義自体がうすれてきた。

昭和十九年十月末、ついに陸上偵察機隊は解散となってしまい、われわれは彗星夜間戦闘機隊へ編成替えを命じられた。彗星夜戦隊とはB29の空襲にそなえて、これまでの艦上爆撃機彗星（すいせい）の背中に二〇ミリの斜銃をとりつけ、攻撃機を戦闘機として使用する部隊である。

これまでの戦闘機の機銃は、機軸を目標にむけなければ射てなかったが、胴体の背中のまんなかに三〇度の角度をもつこの新構想による斜銃は、B29の死角につっこむことができれば、敵機と平行に飛びながら、敵からはぜんぜん攻撃をうけることなく、思うままに射撃ができるというすばらしい妙案だった。

## B29の侵入しきりとなる

北上をつづける米軍の圧倒的な物量攻勢の前にサイパン島はすでに陥落しており、昭和十九年十一月になると、とうぜん予想される大型機の本土空襲にそなえ、訓練も夜間攻撃にかわってきた。そのころ南方戦線の補充のため、先輩は一人かけ二人へり、若輩だった私も分隊の上位にあがり、練成員から第一線要員となっていた。

分隊は交替攻撃の必要から四個小隊にわけられ、私は二小隊の一番機をうけもつことになった。操縦員は犬丸隆次中尉、偵察員は山本上飛曹である。かくして内地練成部隊だった厚木航空基地は、ここに戦地部隊の様相をしめすにいたった。

B29による偵察は単機または二機で、九千メートルの高空に飛行雲をひいてあらわれるようになった。秋も日一日とふかまり、紺碧の空がいよいよさえわたったある日、はじめての哨戒任務を命じられた。

「B29二機北上中、高度九〇〇〇、一一〇〇」八丈島の電探基地の通報により、関東航空基地に非常警戒が発せられ、各隊は二機、三機ずつ哨戒および邀撃に飛びたつことになった。指揮所の旗竿(はたざお)にするするとZ旗があがった。

発進！　機はぐんぐん高度をあげる。六千メートルあたりに幕をはったように層雲、これをつきぬけると眼下はただ真っ白な雲の海である。酸素吸入をはじめる。江ノ島上空九千メ

夜戦型に改造された彗星一二戊型。手前の機体の風防後部に20ミリ斜銃が見える

ートルに達する。この高度までのぼると、激しいエンジンの音響につつまれていても、恐ろしいほどの静寂におそわれる。神秘境にでもさまよいこんだ感じだ。温度計はマイナス五〇度をさしている。指先は電熱手袋をはめていても、まるで凍ったようになっている。

「山本兵曹　補助翼が凍りつきそうだから、少しふります」

操縦員の坪井飛長は、方向舵と昇降舵を動かしてふせぐ。そのたびに機はグラグラとゆれる。両翼を見ると、翼端よりすこし後ろに白いものが尾をひいている。振り返って見ると、二すじの飛行雲が、しっぽのように長くつらなっている。

哨戒飛行二時間あまり、ついに敵影を発見できず、高度をさげはじめた。期待に胸おどらせた初の任務飛行、ようやく一人前としてあつかわれた誇りと嬉しさをないまぜた、感銘ふかい飛行であった。

## 赤い尾を引いて命中

十二月にはいると、B29による本土空襲は本格的なものになってきた。ある日午前十時、八丈島電探基地は大型機編隊の北上中を、けたたましく通報してきた。いよいよ空襲である。初の邀撃戦にあたって、おもわず武者ぶるいの出るのをとめえなかった。

犬丸中尉とともに愛機に乗りこむ。ふたたびあがるZ旗を合図に十一時三十分、全機が発進、一路、名古屋上空へむかう。飛行場がしだいに小さく遠ざかってゆく。箱根連山にさしかかったとき、右手に富士山を背にして、陸軍の鍾馗戦闘機の三機編隊が、おなじ方向にすすんでいる。頼もしいかぎりだ。

駿河湾に達すると、はるか右下になつかしいふるさと、静岡の町が箱庭のようにかわいらしく見える。心の中でつぶやいていた。「故郷の人々よ、われ今、邀撃の初陣にむかいつつあり」

御前崎（おまえざき）をすぎ、基地から飛びたって四、五十分、いよいよ名古屋にちかづき、伊勢湾へとさしかかった。機上のわれわれは緊張に頬をひきしめ、目を皿のようにして前方の空を見つめる。

「山本、敵機だ！」伝声管を通して、犬丸中尉の叫び声が聞こえる。返事も緊張のあまり、ノドにつかえそうになる。私の視野にも敵影がはいってきた。B29の九機編隊が名古屋方面より伊勢湾上空を洋上にむかっている。すでに爆撃を終わって帰投するところらしい。

「われ敵九機発見、伊勢湾上空、高度八〇〇〇、一三〇〇」ただちにふるえる手でキイをたたき、報告をすませつつ攻撃態勢にはいった。敵機との距離は二千から三千メートル、高度は約千メートルくらい敵機のほうが高い。

機速計は二〇〇、二三〇、二五〇ノットとあがってくる。高度差をつめながらの追跡は不利だったが、わずかずつ高度距離もちぢまってきた。写真で見るB29とちがって、本物は塗装がなく、軽合金の機全体が白く光り、なにか冷たい感じをうける。

距離差七百から八百メートル、高度差三百から四百メートルに近づいた。B29の巨体が頭の上にのしかかるような感じだ。いよいよ攻撃の時はきた。

「山本、スイッチをたのむ！」

私は機銃のスイッチをいれ、キイをつかむと「われ攻撃す」を基地におくった。通信連絡を終わった私のあとの仕事は、機速と高度を読み、操縦員の照準を助けることだった。全速で追いつづけるものすごい振動のなかにあって、機は照準をさだめる。ぴたりと静止したようになった瞬間、背中の二〇ミリ機銃が火をふいた。

最初の一掃射だ。おもわず手に力がはいり血が逆流するようだ。機速も高度も読むことをわすれ、夢中で弾丸のゆくえを追う。五発に一発くらいの割合ではいっている曳光弾が、赤い尾をひいて敵機のつばさに吸いこまれてゆく。

万歳、当たったぞ！　つぎつぎと翼に命中している。しかしB29は火もふかなければ煙もはかない。悠々として巨体をはこんでいる。エンジンに当たらないからだ。銃身も焼けよとばかり射ちまくる。後席は機銃に近いのであたりはかなり硝煙くさい。

九機編隊の左はしの一機を狙(ねら)っているのだが、敵はまったく気づかないのか、それとも、応戦の弾丸を射ちつくしたのか、ぜんぜん射ってこない。ちょっと小馬鹿にされたような感じだ。ついに全弾を射ちつくしてしまった。依然として敵機は煙を出さない。

残念ながら撃墜できなかった。無念さは犬丸中尉もおなじか、そのまましばらく平行に飛んでいたが、やがて右に反転して高度をさげはじめる。B29の編隊は轟々と大空を圧し、洋上を遠ざかってゆく。西日をうけた海上には、白波がわずかにたっていた。しばらくの間、私の胸は初の実戦に興奮がさめやらなかった。

## 指揮所にひるがえるZ旗

昭和二十年二月十日、紀元節を明日にひかえた午前十時、八丈島の電探は敵大型機編隊の北上をとらえた。このころは敵の空襲はほとんど毎日といってよいほど熾烈(しれつ)だった。

邀撃にむかうわれわれの手順も、すっかり板についたものとなっていた。私は犬丸隆次中尉とともに彗星二一四号に搭乗して、待機する。午前十一時半、指揮所の旗竿にZ旗がするとあがった。一機また一機、列線をはなれる。

「二マ一、二マ一……」電信受聴器に指揮所の呼びだしが聞こえる。ただちに答えると、

「敵は九十九里より太田にむかう、一二〇〇」

哨戒地点変更の命令である。太田は群馬県の航空機工場のあるところだ。機首を北にむけ

る。敵の侵入方向である右前方を警戒しながら北上すること五分、双眼鏡になにかキラッと光るものがうつった。焦点をあわせ凝視（ぎょうし）すると、たしかに飛行機だ。敵機か、友軍機か、やがて彼我の距離がしだいに近づくにつれ、視野にはいってきたのは、まさしくB29の編隊だ。

「犬丸中尉、右前方に敵機！」

伝声管で叫ぶ。わが機は敵編隊の針路にたいして直角に北上している。もう肉眼でもはっきり見える。敵は本土上空にはいるやロケットらしきものを噴射し、白い尾をひきながら侵入してくる。九千メートルの高空には地球自転の偏西風があり、対地速度はきわめて速い。基地に敵発見を打電する。

機銃の試射をおこなう、調子はすこぶる上乗だ。もう編隊の一機一機の尾翼の番号がわかるほど近づいた。機体がギラギラ光っている。敵機のほうが五百メートルほど高い。

敵編隊につきあたるように、敵の針路前方にむけて飛んでいたが、予想より早く千メートルくらいの距離差に近づいたとき、敵機は左へ出すぎたようなかたちになった。

はなれまいと敵機にくいつくように飛ぶ。そのためわが機は左旋回し、敵と同航して飛ぶ格好となった。これは名古屋上空での初陣のときと同じで、不利な攻撃態勢である。目算のあやまりだった。B29の防禦火器は尾部の機銃が一番大きい。その方向へ彼我の機速差だけ近づくのだから、敵からはきわめて照準しやすい。

しかし態勢の不利は、もはやいかんともすることができない。とうとう高度差四百メートル、距離差八百メートルまで近づいた。九機は頭の上をのしかかるように飛んでいる。そのとき編隊の左翼三機の尾部の機銃二門ずつ計六門がわが機にむけられた。瞬間、六門の砲口から赤い火がはきだされた。曳光弾であろう六発の真っ赤な線が、私の眼にとびこんできた。おもわず前にある電信機のかげに、反射的に身をかくすように身体をかがめた。すぐ頭をあげて敵機を見る。つづいて二弾、三弾と赤い弾丸が尾をひいてむかってくる。ぐっと身体がひきしまる。いずれも機の両側すれすれを流れる。

## 愛機に被弾二十七発

犬丸中尉はぐっと機首を下につっこみ、敵弾をかわす。瞬間、赤い矢がすーッと後方へ流れてゆく。

いちどは敵弾をかわしたが、敵はすぐ照準をあわせて射ってくる。機の両側を火の矢が雨のようにふりそそぐ。一方的な攻撃を受けながらしだいに距離をつめ、ついに射程圏内にはいった。背中の二〇ミリが猛然と火をふいた。いままでの押さえつけられていた思いが、いっぺんにはれた気持ちである。もう夢中だった。敵の射ってくる弾丸は眼にはいらず、火を吹くわが機銃の曳光弾のあとを追うだけだ。

最左端を飛んでいる敵機をねらって送りだされた曳光弾は、その翼にすいこまれてゆく。命中している。だが敵は火を吹かない、まだエンジンには当たっていないのだ。全速をもってくいさがる機の振動、寸刻の休みなくふりそそぐ敵弾の雨、すさまじくほえる機銃音、身体にぐっぐっとこたえる衝撃、機内に硝煙がたちこめる。

同航攻撃の彼我の射ち合いは、たがいに全精力をつくして、すでに十数分は経過した。そのとき発射音とちがった妙な音がした。

「山本、機銃がおかしい、見てくれ」切迫した犬丸中尉の声に、はっと後ろをふりむくと、二〇ミリ機銃のバネがのびきっている。その間にも、敵機は容赦(ようしゃ)なく射ってくる。

「山本、だめだ、避退する！」

機を左下方に旋回し、敵弾から逃がれようとしたとき、ものすごい音響と振動がおこった。同時に私の左足が、ぐーッとしびれ、後席はもうもうたる煙につつまれた。やられた、とおもった瞬間、

「山本、山本、風防をあけろ」

と犬丸中尉のどなる声が聞こえた。

右足に力をいれ、伸びあがるようにして前席を見ると、エンジンから煙が吹きだしている。風防をあけたのは、落下傘降下のためなのだ。とうとうだめか、墜落するのか、という思いがふっと脳裡をかすめた。犬丸中尉は風防をあけたまま、エンジンの火を消そうと、機を左へすべらせている。エンジンの燃える煙は、風防の上におおいかぶさって流れる。

いよいよ落下傘降下かと思うと、不安と愛機とのわかれの辛さから、機から離れたくない、このまま機とともにいたい、という気持ちから把手をしっかりにぎっていた。そのうち風防をすぎる煙はうすくなってきた。なおも機を左へすべらせていると、煙は完全にとまってしまった。燃料ではなく、電気系統がやられたらしい。

機が大丈夫とわかると、現金なもので足首が痛みだした。犬丸中尉が心配してなんども様子を聞くが、診にくるわけにはいかない。ようやく気持ちが落ちついてきたので、そっと左足を動かしてみる。動く、痛むが血は出ていない。たいした負傷ではないと安心した。

座席を調べてみると、すぐ右前の胴体に穴があいている。ほんのわずか前だったら犬丸中尉に、また後ろだったら私に、弾は直撃したことだろう。この運命の誤差は秒単位では計算できない。たがいに全速力の飛行機と、それよりなお速い機銃弾である。まったく紙一重、間一髪の差で、私は命拾いをしたわけだ。

基地に連絡しようと、電信機に電源をいれたが灯がつかない。よく見ると電信機の後部がくだけ散っている。胴体をつきぬけた銃弾は電信機にあたり、炸裂したものとみえる。ここでも、運がよかった。もし電信機がなかったら、私の左足を直

終戦後、厚木基地に集められた彗星夜戦型。まだプロペラも斜銃も付いている

撃し、ふっとばされていたかもしれないのだ。
その日、邀撃にあがった金沢久雄中尉、中芳光上飛曹機は、われわれと同地点で攻撃し、B29一機を撃墜した。これは彗星隊における初の戦果だった。その夜、初戦果を祝って会食がもよおされた。分隊員の合唱する歌声は、ベッドに寝たきりの私を激励するかのように高らかに聞こえてきた。

〽純白匂うマフラーに　燃ゆる闘志をなびかせて　新雪の富士仰ぎつつ
　行くぞ吾等が彗星隊　行くぞ吾等が彗星隊

## 夜間邀撃戦はじまる

一月より三月まで、白昼堂々と侵入してきたB29の編隊にたいし、内地の陸海航空部隊は果敢なる攻撃をくわえ、そうとう大きな損害をあたえていた。その被害の甚大なのにおどろいた米軍は、昼間の大挙来襲をあきらめ、夜間空襲へと戦法をかえてきた。その後は夜の九時、十時および深更にかけての侵入である。われわれの邀撃態勢もまた変わらざるをえなかった。

くる日もくる日も戦闘に明け戦闘に暮れた。そのうち一人二人と戦友が欠けてゆき、東京の町はしだいに焼土と化しつつあった。一ヵ月の負傷もすっかりなおり、分隊偵察員のなかにあって、次席の立場にあった私は、当直小隊でなくても飛行機さえあればいつも飛びあがらなければならなかった。

こんな夜間邀撃戦をくりかえしていたある日、当直小隊の一番機である犬丸中尉と私は邀撃命令をうけた。午後九時、雲ひとつない空だが、あいにく月のない真の闇夜だ。離陸点につき、オルジス発光信号を指揮所との間でかわし、暗黒の空に舞いあがる。

飛行場周辺の建物にそなえつけられた障碍灯(しょうがいとう)の見えるうちはよかった。五分もすると、あたりには眼にうつる光はひとつもない。前も後も、右も左も、上も下も、ただ墨をながしたような空間があるだけだ。

焦点を合わせるものがないと、機が右へかたむいているのか、左へかたむいているのか、上昇しているのか地上めがけて突っこんでいるのか、ぜんぜん見当がつかない。汗のにじむような不安におそわれる。ただ高度計と機速計、それと水平儀だけがたよりである。

犬丸中尉も不安はおなじらしい。地上との衝突をふせぐために、高度計に注意し、機首を上げすぎて失速しないように機速計に目をくばり、機位の判定も羅針盤と機速と時間とで測定しなければならない。いらだたしい思いで飛ぶこと二十分あまりのころ、機の右手にあたってポッと赤い灯が見えてきた。近づくにつれて、その赤いものはだんだん大きくなった。あッ火災だ！　B29にやられた東京の町である。先をこされたのだ。地団駄ふんでもおそい。あとはお返しにB29を喰うだけだ。

さて、火が一点見えたので機の位置はわかったが、水平の線はまだ不明なので、姿勢は計器にたよるほかない。とまた別なところに火が燃えだしたので、ほっとする。この二つの火によって、ようやく水平の線をつかむことができた。だいぶ左へかたむいていた。

## 探照灯に浮かぶB29群

探照灯が二条、三条、四条と数をましてゆく。左右にうごく二条の光の交叉したところを見ると、B29一機がガッチリと捕捉されている。それ行け！　高度四千メートル、わが機は敵機の腹をめがけて接近する。

距離差五百メートル、光芒(こうぼう)の中にうきあがった巨体に一連射をあびせる。この敵機は東京の中心よりだいぶはずれたところだったので、探照灯は捕捉をうちきり、別な敵機に光をうつしてしまった。

思いきりよくあきらめて反転、東京上空を見ると五、六機が光の中を飛んでいる。敵を追うこと二、三十分、このころには火災地域はその広さをまし、紅蓮(ぐれん)の炎は天をも焦(こが)さんばかりである。すこし高度をさげると、赤黒い硝煙に機はあおられそうになる。地上砲火も猛烈に射ち上げてくる。ときどき高射砲弾がまぢかで炸裂し、機はぐらっとゆれる。味方高射砲弾に尾部をうちくだかれ、墜落した友軍機もあったが、この場合どうにもさけられない悲運の出来事だった。

わが機の前方に捕捉された一機があらわれた。よし今度こそ喰ってやるぞ、と近づく。三百メートルくらいのとき、電探でわかったのか、尾部の機銃が火を吹きはじめた。だがこちらは暗闇という隠れ蓑をきているので、とんでもない方向へ射っている。

さらに、距離をちぢめ二百メートルまで近づいて照準、まちがいなく墜とせる、とまさに射たんとしたとき、どうしたことか頭上にのしかかっていたB29の左エンジンから、真っ赤な火が猛然と吹きだした。ついで巨体はグラリと左にかたむき、つばさ全体が火につつまれつつ赤い線をひいて落ちていった。数秒早く射っていたら初の撃墜ができたものを、まったく手の早いやつがいたものだ。

この日、私たちの記録は出なかったが、彗星分隊だけでも金沢久雄中尉、中芳光上飛曹の撃墜二機を筆頭に、多大の戦果をあげたのである。

# 最後の艦上戦闘機「烈風」誕生始末

## 十七試艦上戦闘機の知られざる最後

当時 海軍航空本部領収監督官・海軍大尉 山田 晋

昭和十九年五月六日、三重県の鈴鹿飛行場において十七試艦上戦闘機「烈風(れっぷう)」の初飛行がおこなわれた。操縦桿をにぎるのは、製作会社である三菱の芝山栄作操縦士だった。

三菱鈴鹿整備工場に駐在して領収監督官をつとめ、零式艦上戦闘機や局地戦闘機「雷電」などを見なれた私の目には、この烈風が異様なほどの大型機にうつった。全幅十四メートル、全長十・九九メートルという機体寸法は、中島の半田工場でつくられていた三人乗りの艦上攻撃機「天山(てんざん)」にほぼ近い。当時すでに米海軍の艦上戦闘機グラマンF6Fヘルキャットは二千馬力級エンジンを搭載して、速力、上昇力ともに零戦をしのぎ、日本海軍としても二千馬力級艦戦の出現を一日千秋の思いで待ちのぞんでいた。

烈風一号機は四月末に完成していたが、熟練工の不足や最終段階での突貫作業がわざわいして、脚引込機構や油圧系統などに不具合がのこった。しかし、五月三日におこなわれた空技廠飛行実験部長らの立ち会いのもとの完成審査では、全体としては良好ということであった。

そして、試験飛行――。会社側操縦士の試験結果の報告は、

一、振動すくなく、着陸操作は零戦以上に容易である。

二、低速における操縦性、安定性に癖はない。

三、つり合い、据りおよび視界は良好。

というものだった。これは海軍側テストパイロットの志賀淑雄少佐も、

「零戦にほぼ近い軽快性が得られるものと思われる。その他の操縦性、安定性には癖がなく、非常に操縦しやすい。空戦性能についても有望である」

と所見をのべていた。

このことは、そのころ量産型雷電(らいでん)の二次震動問題に悩まされていた私にとっては、うらやましいかぎりであった。これは、設計主務者・堀越二郎技師による完璧に近い機体設計によるものだった。また、堀越技師も烈風にはなみなみならぬ努力と愛情をそそいでいた。

こうして、機体関係に関するかぎりはなんら問題もおこらず、順調にテスト飛行がつづけられた。しかし、どうしても海軍側の要求を満足させるだけの飛行性能を発揮することはできなかった。装備した「誉」発動機の不調から、あるていどの低性能は予想されていたものの、最高速度三〇〇～三一〇ノット／六千メートル、上昇力十分／六千メートルしか発揮できず、最高速度三四五ノット／六千メートル、上昇力六分以下／六千メートルという要求に

は、とてもおよばなかったのである。テスト飛行をおえた海軍の小福田祖少佐は、このままでは烈風はものにならないという感想をのべ、それを聞いた堀越技師の落胆は大きかった。

折りしも六月十九日におきたマリアナ沖海戦で、われは新鋭艦大鳳(たいほう)をはじめ三空母をうしなうという危機に直面していた。また、守勢にまわった日本海軍では、実用に成功した二千馬力級の局地戦闘機「紫電改」の生産に全力をかたむけており、烈風は試験飛行における低調な成績により、海軍にとってこれ以上の開発継続はあまり意味がないと結論づけられたのは当然だったかもしれない。

だが、烈風の機体設計に絶対の自信をもつ堀越技師の血の出るような努力が、この時からはじまった。そして、この堀越技師の執念がついに実をむすび、名機烈風はよみがえったのであった。

## 鈴鹿へ赴任した異色の監督官

第二期予備学生の技術将校として海軍少尉に任官した私は、約十ヵ月の予定で鹿島航空隊の教官をつとめ、その後は退役するはずだった。ところが、昭和十六年十二月八日に太平洋戦争が起こったため、そのまま四年間を海軍ですごす結果となってしまったのである。

私の最初の実戦体験は、ミッドウェー海戦であった。海戦の直前、私は蒼龍(そうりゅう)艦爆隊の整備将校として乗り組んだものの、乗艦はあえなく撃沈されて海を泳ぐはめとなった。内地帰還後、こんどは商船改造空母隼鷹(じゅんよう)の艦攻隊付となって、南太平洋海戦に参加した。太平洋戦史をひもといてみると、空母対空母の戦いは三回おこなわれており、私はそのうちの二回を経験したのである。

南太平洋海戦後、横須賀鎮守府から隼鷹にいた私のもとへ電報がきた。内容は、退役するか、航空機製造会社への監督官勤務のどちらかを選ぶべく、横須賀鎮守府へ出頭せよ、というものであった。さっそく艦長に相談すると、退役するようすすめてくれる。

大分入港を機会に退艦した私は、その足で横須賀へむかった。鎮守府へ出頭してみると、そこにはすでに監督官への辞令が待っていた。すぐに空技廠へむかうと、そこで三菱鈴鹿整備工場駐在の監督官補佐官に任じられた。

私の任務は、名古屋周辺にある三菱航空機の各工場で組み立てられた海軍機を、会社側がテストしたのちに、海軍側としてテストをおこなって領収し、おなじ鈴鹿飛行場内にあった第二補給廠へ引きわたすことであった。

しかし、会社側でテストした機体を、ふたたび海軍側でチェックするのでは、燃料も時間もむだであると考え、私が監督官に昇格してからは、海軍側のテストは問題のある機体いがい省略することにした。そして、名古屋南郊の港飛行場から鈴鹿への会社側パイロットによる空中輸送中に、任意抽出的に高空性能のテストをおこなわせ、その他の機体に関しては、鈴鹿へ着陸すればテスト合格とし、あとは操縦してきたパイロットの感想を聞くだけとした。

なにしろ、私が着任した昭和十八年ごろは、零戦の各型をはじめ、一式陸上攻撃機の生産が最盛期にはいっており、一ヵ月間に一式陸攻四十機、零戦一〇〇機の領収をしたこともあった。しかも、局戦雷電が量産に入ったものの、二次震動の問題が大きくクローズアップされ、ほとんど休みなしの毎日がつづいた。また、中島の半田製作所が新設されると、ここで製造された艦上偵察機「彩雲」や艦攻「天山」の領収テストも鈴鹿でおこなうことになり、監督官は私一人しかいないので、目のまわるような忙しさだった。

これら領収テストのあい間をみては、試作機のテストをおこなっていたが、あまりの忙しさに、私は仕事の合理化をはかることにした。その一つが先にのべた会社側と海軍側テストの統合で、さらにこれを拡大して第二補給廠の領収テストも、私の領収印だけですむようにした。

こうして、どうやら私の仕事も軌道にのり、三菱の堀越技師や本庄季郎技師ら会社側の人びととの親交はふかまり、その交流は戦後三十年たった現在でもつづいている。それは、私がコチコチの職業軍人ではなく、海軍へ入るまえは民間の軍需工場にいて、監督官の頑固な教条主義に苦労させられた経験をもっていたからであろう。

そのため鈴鹿においては、できるかぎり三菱側のやりたいようにさせ、なるべく干渉しないことにした。そんなことから、会社側からは「山田さん、あなたは三菱の人ですよ」とへんな感謝の言葉を頂戴したものである。

## よみがえった名艦戦

誉発動機を装備した烈風第一号機の低成績は、そのまま烈風の息の根をとめかねなかった。

事実、空技廠では烈風の開発をあきらめていた。だが、機体設計に絶対の自信をもつ堀越技師は、諦めきれなかった。この低性能の原因が誉発動機の高空性能の悪いことにあるとして、当時、三菱が試作していた二千馬力級エンジンＭＫ９Ａに換装して、ふたたびテストをおこなうよう空技廠に申し入れた。

堀越技師としては、烈風の設計当初から、このＭＫ９Ａを頭にえがいていたようであった。ところが、十七試艦戦に関する第一次研究会において、堀越技師のおすＭＫ９Ａは、すでに地上テストのおわっている中島る号ＮＫ９Ｈ（のちの誉発動機）のほうが確実性があるということで退けられてしまった。

堀越技師は、ＭＫ９Ａ換装の根拠を海軍側にしめすため、誉発動機のデータをあつめた。私も堀越技師の依頼をうけて、川西および中島の工場に駐在する監督官に、誉装備機の飛行データの調査をたのんだ。その結果、紫電改、彩雲とも、試作当時とくらべ最高速度が二〇～三〇ノットも低下していることがあきらかとなった。このことをめぐり、空技廠の松崎少佐と堀越技師との間で、大激論がかわされたと聞く。

しかし、空技廠では烈風の試験飛行はその必要がないという態度であった。また、ＭＫ９Ａ発動機を装備しての試験も認めなかった。そのため、堀越技師らの三菱関係者は、すべて三菱側のリスクにおいて、この新エンジンを装備した烈風六号機のテストをおこなうことにしたのであった。これは三菱が烈風にかけた執念以外のなにものでもなかった。

当時、燃料は極端に節約せねばならず、テスト飛行用の燃料も、すべて私の許可がなければば支給されなかった。三菱のこの執念にうたれた私は、できるかぎり協力することにした。また、空技廠のほうも烈風六号機のテストは黙認していたようである。

昭和十九年十月上旬、エンジンベッドを改造してMK9Aを装備した烈風六号機が完成し、十三日に港飛行場から鈴鹿に空輸された。このさい、誉装備機とくらべ、離陸および上昇力が格段に向上したという報告が操縦士からなされた。すなわち、新エンジンの馬力が誉よりも向上したことを証明したのであった。堀越技師はこれに元気づけられ、烈風実用化のために寝食をわすれての激しい努力をつづけた。

MK9A装備機は、十二月上旬まで十回の試験飛行をおこない、飛行性能、操縦性能などに関する社内試験がなされた。その結果、操縦性能は誉装備機とかわらず、最高速度三三七ノット/五八〇〇メートル、上昇力六分/六千メートルと、海軍の要求にちかい性能をしめしたのであった。そして、横空審査部(もとの空技廠飛行実験部)の小福田少佐が鈴鹿においてこの新烈風に試乗し、そのすばらしさに瞠目(どうもく)したのであった。

いまや烈風にかける海軍の期待は大きく、ポスト零戦の第一本命と目されるようになった。設計主務者の堀越技師はじめ、三菱関係者のよろこびは大きなものがあった。また、かげながら烈風の成長を見つめてきた私のうれしさも、ひとしおのものがあった。

だが、そんなとき烈風の前途にくらい影をさす事件があいついだ。

そのひとつは、十二月七日に東海地方をおそった大地震である。このため、機体製造の中心であった三菱大江工場が被害をうけ、約一ヵ月にわたって航空機の生産がストップした。

さらに、大幸の発動機工場をはじめ、つぎつぎに航空機工場が空襲されて、生産は極度に低下してしまった。

もう一つは、設計主務者の堀越技師が過労のため倒れてしまったことである。もともとあまり体が丈夫ではなかったところへ、雷電、烈風と心痛の多い機種をかかえていたため、無理に無理をかさねていたのが、烈風のよみがえりと同時に、その疲れが出たのであろうと推察される。

その後、堀越技師が復帰するまでは、曽根嘉年技師が中心となって開発がつづけられた。

いっぽう、整備は三菱はえぬきの整備員が主務となって担当していたが、熟練者はつぎつぎに徴用されて第一線航空基地にいってしまったため、人員確保が私にとって最大の問題となっていた。

戦局はますます悪化し、一機でも多く、一刻も早く第一線へ送らねばならず、試作機にばかり力をそそぐわけにはいかなかった。中学生五十人ばかりが鈴鹿へ派遣されてきたものの、生産工場から送られてくる機体そのものが粗悪になっていたため、整備には以前よりも苦労させられたのである。

## 烈風のかなしき埋葬

悪条件のかさなるなかで、烈風の試験飛行はつづいた。大幸工場の被災により、かんじんのハ43―11（MK9Aの制式名称）エンジンの製造が遅れ、試作第七号機が完成したのは昭和二十年五月二十五日であった。

烈風のテストは、空戦フラップの自動管制器の問題をのこすだけで、ほとんどトラブルもなくすすんだ。これはまさしく機体設計の優秀さを証明するものであった。

これより以前、私が鈴鹿に着任してすぐの昭和十八年六月十六日、雷電の試験飛行において、帆足工大尉が殉職するという痛ましい事故があった。原因は脚の上げ下げ装置の欠陥によるものだった。また、整備上の手落ちも多少あっただけに、私としては忘れられぬ事件となっていた。そんなこともあったので、烈風のテストにさいしては地上滑走のときから、できるかぎり慎重を期した。しかし、そんな心配も必要としないほど、烈風は問題のない機体であった。

こうして烈風のテストが順調にすすんでいた昭和二十年四月初旬、鈴鹿工場もB29の空襲をうけることになった。その日の昼間、名古屋地区を空襲した帰りと思われるB29が一機、鈴鹿方向へ飛来するのを私が発見した。危険を感じた私は、とっさに工場長とパイロットの三人で、ちかくの掩体壕にとびこんだ。つぎの瞬間、私たちの避退した掩体壕に直撃弾が命中した。

ものすごい爆発音と同時に、掩体壕の天井が私たちの上にくずれておちてきた。私は土砂とコンクリートにうまり、人事不省におちいった。すぐに人びとが駆けつけ、生き埋めとなった私たちを掘りだしたときには、すでに虫の息だったという。

私はすぐに第二補給廠へはこばれた。しかし、軍医がいないため、鈴鹿にあった三菱の病

長野県松本市に疎開した三菱の工場格納庫に残されていた「烈風」試作４号機

院で治療をうけ、そのまま入院したのであった。このとき吸いこんだ塵埃が肺をきずつけ、約一ヵ月ほどの入院生活をおくらねばならなかった。しかし、飛行機は滑走路から遠くはなれた現在の鈴鹿サーキト場のあたりへ擬装して隠してあったので被害はなく、烈風も無事だった。

一ヵ月後に退院はしたものの、とても通常の勤務にはたえられず、椅子にすわったままで仕事を処理していた。このときの無理がたたり、終戦後、数年間にわたる闘病生活を余儀なくされたのであった。

また、あいつぐ空襲のため、飛行機を疎開させることにし、第二、三号機を三沢にうつった横空審査部へはこんだが、両機とも不時着の失敗や空襲で大破してしまった。七月二十八日には、鈴鹿も米艦載機の攻撃をうけ、第一、五、六、七号機が損傷した。しかし、比較的に損傷が軽微だった第六、七号機と無傷の第四号機は、長野県松本にある三菱の疎開工場へうつされ、ここで飛行がつづけられるはずであった。

現存する数すくない烈風の写真のうち、垂直尾翼に「コ－A7－3」と書かれているのは第四号機である。この記号は、航空技術廠（コ）が領収した烈風（A7）の第三号機（3）をあらわす。こうして、鈴鹿には損傷のため飛行不能となった機体だけが残されたのである。

そして、終戦――鈴鹿には第一線へ送られるはずだった雷電をはじめ、零戦、一式陸攻などがのこっていたが、上層部からは烈風のみの破却を命じてきた。

終戦と同時に、三菱では軍用機に関する仕事をいっさい中止してしまったため、私たち海軍関係者だけで烈風の解体をおこなった。烈風はビス一本までバラバラに解体されて、火がつけられた。しかし、ジュラルミン製の機体はなかなか燃えず、燃えつきるまでかなりの時間を要した。そして、黒焦げとなった破片は、私が飛行場の片隅に穴を掘って埋葬した。現在、飛行場あとは道路が通り、民家が建ちならんでおり、烈風の墓地の位置はわからなくなってしまった。

終戦後しばらくして米軍が進駐してきたさい、烈風についていろいろと質問をうけたが、私はすべて「ノーコメント」で押しとおした。米軍もそれ以上の強い質問はせず、鈴鹿に残存する海軍機の調査にうつった。

そして、米国へはこぶため、雷電三機の整備を命じられた。三菱側の協力はえられないので、少数の海軍側整備員だけで、予備機一機をふくむ雷電四機を飛行可能にまで整備して、引きわたしたのであった。米国内に現存する雷電は、すべて私が最後に整備した機体ではないかと思う。

いっぽう松本に疎開した烈風三機のその後の運命は、さだかではない。現地で解体されたとする説がつよいが、米国へはこばれたという噂も聞いている。

# 烈風の空戦能力はこうして授けられた

## 空戦プラップの秘密を明かす技術レポート

当時 三菱航空機技術部技師 関田 力

烈風（A7）には原型、発動機換装型、性能向上型など、各種のものが計画された。しかし、つくられたのは原型のA7M1と、発動機換装型のA7M2であった。

A7M1は昭和十九年五月の初飛行いらい、試験飛行がつづけられていたが、予期に反して発動機の出力不足による低性能で、八月に入ると生産中止となり、試作の八号機で打ちきることになった。だが、局戦（A7M3－J）の予備試験ということで、当時、各種の補助翼が準備されていたので、この試験はおこなわれていた。

関田力技師

補助翼には、小型補助翼と大型補助翼とがあった。小型とか大型とかは、弦張の比の大小によった区別であったが、このほかに、大型に対しては内側のほうを切って幅を短くしたものとか、補助翼の前縁の形を変えたものとかがあった。これら各種の補助翼は、いずれも平衡タブとトリムタブとを持っていた。そして、どれもが平衡タブを調整することによって、効き、重さなどは大差なく、実用に適する状況であったが、けっきょく大型の、はじめの断面形状を持ったものが使われることになり、当時、非常によい補助翼だといわれた雷電に匹敵しうるほどの、良好な補助翼であった。

この試験が終わりにちかづいた十月十三日に、発動機を換装したA7M2の第一号機（A7M1の六号機を改装）が、試験飛行のおこなわれる鈴鹿整備工場に空輸されてきた。

## 心はずませテスト成功の第一報

A7M1で、補助翼とか昇降舵、方向舵などの試験をして、非常に各舵のつり合いもとれ、効きも重さも申し分のない状態にはしたが、いかにせん肝心の上昇力、最高速度などの性能が出ないので、暗い気持ちで毎日の試験をやっていたところへ、A7M2が送られてきたのであった。

こうして試験が開始されることとなった。

十月二十一日に、第二回目の飛行が柴山栄作操縦士によっておこなわれた。これは軽い慣熟飛行であったが、性能は格段によくなっていると操縦士は語った。

十月二十四日には、一速および二速の全開水平飛行がおこなわれた。二速全開では、最高速度が四五〇〇メートルの高度で時速三一二・六ノットを出した。まだよく慣れていなくて

三菱の松本工場に残された十七試艦戦「烈風」。下げ位置の空戦フラップがわかる

全開高度が低かったので、速度もまた出なかったのであろう。

明くる十月二十五日には、全力上昇の試験飛行をして、四千メートルまで四分五秒で上昇することができ、二十六日には六千メートルまで六分十五秒で上昇し、最高速度は高度五六三〇メートルで三三三ノットを出すことができた。

烈風としては、ようやく本来の力を出しはじめてきたのである。飛行試験の立ち会いに出ている私にとって、この成績はうれしくてたまらず、名古屋への報告にも、しぜん力がはいったものである。

昭和二十年の一月には、Ｍ１を改造したＭ２の二号機も鈴鹿にとどき、飛行試験にくわわった。私のノートでみると、最高速の記録は二十年五月九日に遠藤操縦士が一号機に乗って、プロペラはＰ２型をつけ、修正高度は五七六〇メートル、気温は零下九度という状態で、三三九ノットを出している。

なお、この日の上昇記録をみると、一千メートル

（一分五秒）、二千メートル（二分七秒）、四千メートル（三分五十四秒）、五千メートル（四分五十三秒）、六千メートル（五分五十三秒）、七千メートル（七分六秒）、八千メートル（八分四十五秒）、九千メートル（十分二十八秒）であった。

これは軽荷重（四三〇〇キロ）の状態であるが、正規全備重量（四七二五キロ）の状態でも、昭和二十年二月二日には六千メートルまで六分一秒で上昇している。これは当時としては、じつにすばらしい性能であった。

## 安産をはばんだ天災と戦災

昭和十九年十二月七日、Ａ７Ｍ２の一号機による第十回目の飛行試験がおこなわれていた。私はそのとき、鈴鹿工場の庭にいたのであるが、格納庫の前には、あちらこちらに数多くの飛行機が引き出されて整備がおこなわれていた。格納庫の広場は一面に、飛行機の整備のためにコンクリートで固められてあった。

そこに、突如として地震がやってきた。さいわいにコンクリートで固められていたので、大してひどい地震だとは思わなかったが、格納庫は高い建物だったためひどくゆれ、ゆれる方向によっては零戦が一機、左右の脚を交互にあげて、踊るようにゆれていたのが妙に印象にのこっている。

そのうちに工場に勤めていた人たちの家から、被害続出の報がもたらされて、これは大変な地震だったのだと、初めておどろくような始末であった。

ちょうどそのころ、名古屋もまた大被害をこうむったという情報がはいってきた。大江工場では「一機でも多く前線へ」と頑張っているさなかに大変なことになったとばかり、鈴鹿工場からはさっそく、たくさんの握り飯をトラックにつみこんで見舞いに駆けつけることにした。

トラックが四日市、桑名をすぎ、長良川をわたって木曽川までくると、近鉄の鉄橋がこわれて川におちていた。蟹江の街にはいるころから、基礎がしっかりしている橋と道路がくいちがい、段ちがいとなったデコボコ道が目立ち、そのたびにトラックはガクンガクンと揺れながら名古屋市にはいり、日暮れちかくになって、ようやく大江工場にたどりついた。

その工場のなかも、大波のように起伏していたが、いさましく復旧に立ち上がっていた。この人びとに〝おにぎり〟の見舞いをとどけて家路についたが、これで大江工場の生産は相当期間とまってしまうな、と暗澹としたものであった。

事実、この地震と、さらに引きつづいて起こった十二月十三日の大幸発動機工場へのB29による空襲、十二月十八日の大江航空機工場への爆撃とで、烈風としてはいろいろと予定されていたこまごまとした改修作業が数週間も遅延されるという悲運にあったのであった。

## 成否のカギは空戦フラップ

戦闘中に昇降舵を引いて、大きな迎角による大揚力を得ることによって小さな半径で回ろうとするとき、主翼は、ある揚力（または迎角）から失速してそれ以上、小さな半径で回ることをゆるさなくしてしまう。

　このような大きな迎角または揚力を出しているときにフラップを開くと、主翼は失速をまぬがれて、さらに旋回半径も小さくなり、空戦性能がよくなる。このような目的で使われるフラップを空戦フラップという。

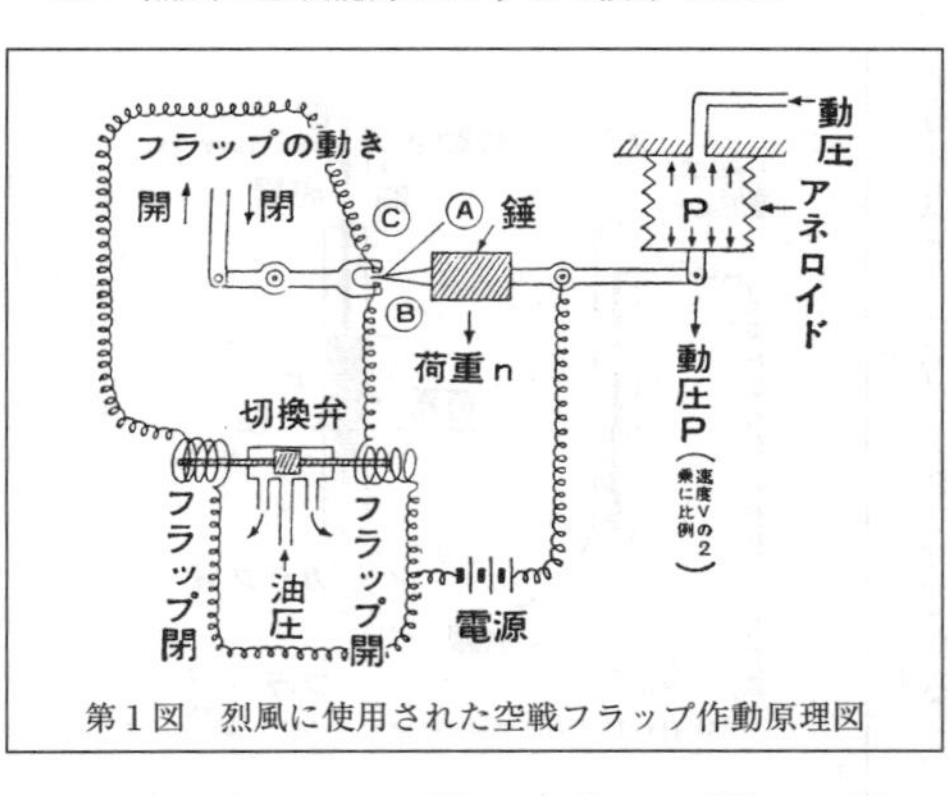

第１図　烈風に使用された空戦フラップ作動原理図

　ふつうフラップを大きく開いたままにしておくと、揚力はあまりいらなくて速力がほしいときに、どうしてもこれが邪魔になる。そこで空戦フラップとして使用されるものには、いろいろと考えられたが、理論上で理想的なものは、堀越二郎・奥宮正武両氏の著『零戦』に紹介されている包絡線式空戦フラップである。

　しかしこれは、自動管制を要するため、機構的には相当にめんどうな管制をおこなわなければならず、そこで一方に全開、他方にその半分、もしくは三分の一ていどの二段にして、この途中までの開度にフラップを開くことにより、戦闘時の格闘戦を有利にしようとした飛行機もあり、これはスイッチの操作等ですむので、機構的には非常に簡単である。

　さて、この包絡線フラップは揚抗力曲線になるよう

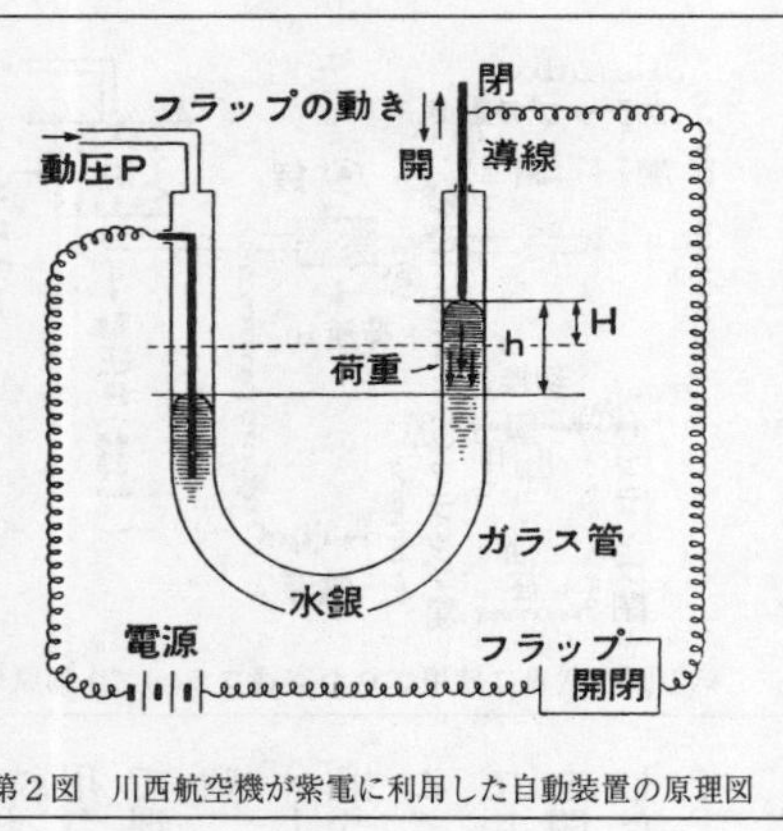

第２図　川西航空機が紫電に利用した自動装置の原理図

にフラップを開くということで、フラップはある揚力係数までは開かず、それ以上は揚力係数と、ある関係でフラップ角を開いてゆけばよいことになる。これは大体において直線関係と考えても大きな違いはない。

烈風にもちいられたものの原理について説明してみると（第1図参照）、いまここで荷重が大きくなるとA点は下へさがり、B点と接触する。逆に動圧がます（速度がます）と、A点は上へあがり、B点からはなれる。

これらの力と、それらが働く点までの長さとを適当にすると、$n/V^2$に比例してA点を上下させることができる。これにフラップ角に追随するB点と、C点をもうけてやると、あるフラップ角に相当するB、C点に対して、さらに大きく荷重がかかる（すなわち大きな揚力を必要とする）。すると、A点はB点に接して電気が流れ、この電気で油圧バルブを開いてフラップをさらに開く。つぎに、その開きに応じてB点は下にさがり、ふたたび接触がきれて油圧は止まり、フラップは望みどおりの位置に止まる。また、この状態で速度が増したとすれば、A点はアネロイドの伸びのため上にあがり、C点と接してフラップを閉じさせる。

川西航空機が紫電に利用したものの原理にかんたんにふれてみると、第2図のようになっている。$h$は動圧による分だけ高くなり、荷重がかかっている割合だけ短くなる。平均面からの$H$は$h$の半分なので、一定量の水銀をいれておくと、図の右側の水銀面の高さ$H$は、$V^2$／$n$に比例してくる。ここにフラップの動きと連動する導線をくだしておけば、水銀が電気の良導体であるため、この導線と水銀が接触すれば電気が流れる。

右側の水銀面の上下は、$V^2$／$n$に比例しているし、右側の導線はフラップの動きに連動しているので、これら両者の動きの数値を適当な関係になるようにえらべば、期待どおりの関係をうることができる。

この考えは非常にすぐれたものであったが、また多くの難点もあった。

## 空襲下、松本への疎開もままならず

昭和二十年二月三日、A7M2の第二号機が小福田祖少佐により試乗されて、領収がおこなわれた。これは二、三号機にとってはわずか五回目の飛行であった。明くる四日、この二号機は横須賀航空隊に空輸された。その後、激化する空襲の合い間をぬって、一号機によって試飛行がつづけられたが、試飛行の目的は、ほとんどが発動機および動力艤装に関するものであった。

五月のはじめにA7M1を改装したA7M2の三号機が飛行にはいった。この三号機は、二号機が横空から三沢に空輸される途中、松島で不時着大破したかわりとして、七月十九日に三沢に空輸されたのである。

結局、鈴鹿工場にはA7M1の四、五、六、七号機の計五機があったが、七月二十八日の米艦載機による空襲で、四号機をのぞいて他の四機はぜんぶ被弾してしまった。そこで当時、試作工場が松本の第一製作所にあり、しかも松本飛行場の一隅にあったので、比較的に軽傷であった六号、七号機をここに移してA7M2に改修し、試験をつづける計画がたてられた。

じつは、松本に第一製作所が移ったのは昭和二十年の四月であった。そのころからA7を松本に移して試験するほうがよいと考えていたのが、空襲の被害がだんだんひどくなるので、ぐずぐずしていることができなくなってきた。しかし輸送状況は極度にひっ迫しており、荷づくりすら困難なありさまであった。

したがって、これを整備する人たちとか、操縦士たちの家財の運搬はさらに困難をきわめ、A7が松本に到着したときはすでに八月十五日にちかく、梱包も解かれないままで終戦をむかえてしまった。整備士、操縦士の家財は、鈴鹿から発送すらされないうちに八月十五日をむかえるという始末であった。

## つつぬけだった烈風の秘密

終戦後、それもたしか九月二十三日のことだったと思うが、松本の疎開先の女学校の一室で、ある者はトランプをしたり、ある者はそこいらの整理をしたり、なんとなく三々五々集まってダベっていた。

松本から南へ六キロほど離れたところに飛行場があり、ここに三菱の第一製作所があったのだが、どうしても電話が通じないというので、一人の男が自転車をとばして汗ダクダクで、手持ちぶさたのわれわれのところへ飛びこんできた。そして息をはずませながら、いま米軍の飛行機が降りてきて、その隊長が、

「三菱で試作していた飛行機を説明しろ」

ということなので、すぐ来てくれといった。

当時の海軍戦闘機関係の設計課長は曽根嘉年さんで、その曽根さんから、

「烈風の状況は君がいちばんよく知っているから一緒に行ってくれ」

といわれ、私もお供をして出かけることになった。

それまで一緒にダベっていた仲間から、

「捕虜にされて沖縄あたりへ送られるぞ、お名残りに昼飯でも食っていったらどうだい」

などと冷やかされるので、

「そんな馬鹿なことあるかい」

と強がったものの、あまりよい気持ちではなかった。

そんなわけで曽根課長をはじめ、他の機種の責任者たちと自動車で駆けつけたのであった。

ところが驚いたことに、向こうはなんでも相当に知っていて、ずいぶん秘密にしていたこと

でも、すっかり間ぬけのかっこうだった。スパイの話はよく耳にしていたが、こんなにも知られていたのかと驚くばかりであった。

しかし、案ずるより産むがやすしとか、たいしたこともなくその場はすんだ。終わってから、飛行場には米軍の乗ってきた飛行機アヴェンジャーがいるので、隊長に見せてくれというと、気がるに〝ＯＫ〟といって先に立って案内してくれた。

そばに立って、まず尾翼をみると昇降舵がずいぶん重そうな感じだったので、その隊長の大尉どのに、

「この昇降舵は操縦するのに重くはないか?」

ときくと、大尉どのが、

「うん、俺もいろいろな飛行機に乗ったが、こんなに昇降舵の重いのは初めてだ」

といって、それからは座席にすわらせてくれるやら、武装の扉をあけてみせるやら、しまいには発動機のカウリングまで開けてみせてくれた。私たちは軍の飛行機などは厳重な秘密あつかいをするのに慣れていたので、いくら戦争が終わったからといって、そのフランクさには驚いてしまった。

それから幾日かして烈風の状況を調べるために、また曽根さんと名古屋へ出かけたことがあった。すでにそのときには、鈴鹿にのこしてあった烈風は始末してしまったという知らせがきていた。大江工場についてみると、量産機も一機だけは完成したが、終戦直後に工場脇の海へ放りこんでしまったとのことだった。

結局、烈風は試作機七、量産機一の計八機がつくられただけで終わった。もっともその中には、A7M1としてつくられたのちにA7M2につくりかえられたものもあった。

# 開発当事者が語る艦戦「烈風」の素顔

胴体、脚、武装、試験飛行にたずさわった苦心談

当時 三菱航空機技師・胴体担当 楢原敏彦
当時 三菱航空機技師・降着装置担当 森 武芳
当時 三菱航空機技師・艤装担当 畠中福泉
当時 空技廠飛行実験部員・海軍少佐 志賀淑雄

## 私が完成した烈風〝胴体〟の秘める魅力 楢原敏彦

三菱の技術部第二設計課――この課は海軍戦闘機の設計が専門で零戦、雷電、烈風などの一連の戦闘機はみな、この設計室から生まれたものである。

課長はもちろんチーフである堀越二郎技師で、課長代理が曽根嘉年技師だった。堀越さん

は零戦の生みの親として、今日ではあまりに有名であるが、曽根技師もまた構造設計のリーダーとして、堀越課長のよき女房役の責任をはたした。この御両人の部下として私（楢原）は、最後の艦戦といわれた烈風の胴体設計にたずさわったのであった。

いうまでもなく胴体は全体の一部で、ほかに翼、降着装置・発動機・燃料装備、兵装・無線・艤装・電気装備の係があった。これらの係が、チーフである堀越さんの指示のもとに有機的に設計をすすめ、全機の設計を成し遂げたのである。

烈風の設計陣は、堀越さんを中心としてほとんどが零戦の設計という試練を乗りこえた人たちから成っていて、当時この設計室では烈風の試作設計だけではなく、零戦のいろいろな改造設計や、雷電の設計変更などにも各係が忙殺され、これに全力をあげて奮闘していたというのが実情だった。

私の担当した胴体についていえば、零戦の胴体のさいにはあまり改造設計はなかったが、しかし今でもときどき思い出すのは、無線アンテナのポール（支柱）の特殊飛行状態における振動による折損問題（①発生件数は僅少。②このポールはプロペラの後流の中にある付け根で支持されている。③操縦席の後部風防を貫通する）であった。

これは机上で、理論的に解決できるものではないので、堀越さんの指導のもとに、ポールのいろいろな取り付け方法を試作して飛行実験をかさね、ついに解決した思い出がある。この経験はもちろん烈風にも生かされたのであるが、一方、雷電では特殊な機体であるだけに、多くの設計変更がおこなわれいる。

このような多忙のうちに烈風の新設計にとりかかったのである。しかし、いくら忙しいからといって、他の課よりの応援は求められるはずもなく、そのため全課員がまさに身心ともにオーバーロードで、冷静のなかに悲壮感さえただよっていた。しかし新設計に対する意欲はきわめて旺盛で、そのファイトは前線の将兵にも決して劣るものではなかった。

とくに最高責任者である堀越さん自身は、このほかにも大きな問題をかかえこんで苦心されていた。それは使用発動機の出力による性能問題で、この難問題は、私たちの設計作業が一応完了したあとまでつづいていたようである。

## 分割胴体にも神経は一本

さて、私の関係した胴体部門だが、烈風は零戦をスケールアップしたようなもので、設計が完了するまでの苦労は、それ以前の零戦でだいたい卒業していたともいえる。

その構造についていえば、ジュラルミン製モノコック（張殻）、一部がセミ・モノコック構造で、気流にさらされる鋲には沈頭鋲（ちんとうびょう）（表面に凹凸を生じない鋲）が使用された。これはさきの九試単座戦闘機（三菱）ならびに九六式艦上戦闘機（三菱）において初めて開発され、さらに零戦で高度化されたものであった。

胴体の分割方式も零戦とおなじく、生産、輸送、整備の能率を考えて、操縦席風防の直後付近で前後の胴体に二分されるようになっていたが、この分割も設計上ではなかなか困難なものがあった。強度上からみても欠かすことのできない、胴体を縦方向にはしる多数のストリンガー（縦通材）がここでぜんぶ切断されることになるので、横断面の胴体外板にそって強力なフランジ（ジュラルミン押出型材）をめぐらせ、これを外板に鋲でとめて胴体結合部をつくりあげ、そのうえで前後胴体に取り付けられたフランジを多くのボルトで結合し、一個の胴体とする方法がとられた。胴体部門でも、ここがもっとも重要なところといえよう。

しかもそこには、フィレット（胴体と主翼の付け根を空力的に整形する肉づけ）があるので、この断面形はきわめて複雑であった。供試体（実機と同様なものでエンジンや艤装などがなく、塗装仕上げのしていないもの）の強度試験で、もっとも注目する箇所でもあるのだ。さいわいにこの試験は好成績をおさめ、過不足なく、訂正もなしでパスすることができた。そのときの喜びは今でもわすれられない。

## 天下一品のスマートさ

つぎに、強度の過不足についてのべてみれば、強すぎ

終戦後、三菱松本工場で米軍に接収されプロペラを外した「烈風」の試作４号機

るということは余分の肉、すなわち外板が厚すぎるか部材が大きすぎるかのどちらかであり、ムダな重量をもっていることになる。

それに反して強度不足になると、飛行中あるいは離着陸中に破損するか、危険な状態におちいってしまう。そのさいに強度上の不安が生じたからといって、根拠もなしに厚い板を使ったり、鋲やボルトを大きくしたり、数を増したりすることはゆるされない。

軍用機、とくに高性能を期待する戦闘機においては、なおさらである。つねに必要の最小限に設計しなければ、良い設計とはいえず、わずかな重量増加でもただちに機の性能低下の原因ともなってしまう。

つぎに、胴体の形状についてみると、烈風はじつに美しいラインをもっている。私は〝芸術を意識しない芸術〟だとさえ思っている。これも零戦で経験しさらに一段と洗練された〝スマートさ〟をそこに感じさせる。この形は、堀越さんがフリーハンドで描かれたレイアウトのラインを私が拡大して、いくども書きなおし書きなおして、その後の承認を得て、ついに完成したものであった。

## 〝点〟と〝線〟のちがい

風防のカーブも、すばらしいラインを見せている。とくに印象的なのは、胴体の最後端が零戦とおなじく〝点〟で終わっていることで、そこには尾灯がこぢんまりとおさまっていて、まさに烈風の名にふさわしい高速形をしめしている。外国機を見てもわが国の他の機体を見ても、ほとんどのものが〝線〟で終わっているか、または方向舵に移行しているといったなかで、この烈風だけは燦然と異光をはなっている。

そもそも胴体の形は、エンジンの大きさ、操縦席の必要空間、視界の良否、収容する燃料タンクの大きさ、力学的なつり合い（主な尾翼等との関連）などの諸条件により、必然的にきまるものである。しかし、このようなすぐれた形は、単にリクツで割り出されるものではなく、堀越さんの非凡な設計力より出たものだと信じている。

こうして誕生した烈風も、残念ながら実戦にはついに間にあわなかったが、プロペラ機としてはおそらく世界最高の傑作機ではなかろうか。

その後、私は烈風の実機完成をまたずに、純ロケット戦闘機秋水（しゅうすい）の緊急設計に参加したため、烈風の完成実機は、わずか数度しかまのあたりにしたことがなく、それだけに本機にたいする憧れは人一倍強く、私にとっては思い出ぶかい〝まぼろしの名機〟なわけである。

## 脚つくりの名人「烈風」の脚を語るの記　森　武芳

いま私（森）の眼前には、烈風に関係した当時のことが、まるで昨日のようにうかび上がっている。そのとき私は働きざかりの三十五歳ごろで、第二設計課（海軍戦闘機関係）の脚係長として、烈風の降着装置の担当責任者であった。

森武芳技師

思えば、このころこそ私が航空機製作の一翼として、重要なる任務と責任を命がけではたした時代だといえる。それだけに烈風にはかぎりない愛着をおぼえるのである。ここに当時の一端をぜひ、お目にかけたいと思う。

さいわいに私は昭和十四年ごろ、零戦の降着装置を担当して脚引込装置の設計をしていた関係上、烈風の場合にもなにかと好都合であったが、しかしこんどは、あくまで脚担当の責任者としてであるから、真剣勝負そのものの心境であった。

もし、この機会に当然の義務責任をはたしえなかったとすれば、一本勝負待ったなしの決闘に敗れ去ることになる。このことは、とくに航空機設計者としてもっとも大切なことがらで、それにはあくまで必勝の確信と、事前に用意されなければならない綿密なる必勝への裏付けが必要なのである。

余談はさておいて、降着装置といえばまず第一に、これだけは欠かすことができないという絶対条件が一つある。すなわち、飛行中は脚引込装置が主翼内に格納されなければならないことはもちろんであるが、着陸のさいは絶対に安全であるといえるだけの強度と、耐久力がなければならない。これを満足させるために、われわれの苦心もあったのである。

まず設計計画として、脚引込装置の微妙な機構を主翼内に格納できるようにするために、脚引出、引込計画図を設計して、これをもとにして二分の一縮尺の木型模型をつくり、主翼内にはたしてうまくおさまるかどうか、つまり脚の格納ぐあいや、車輪カバーなどが完全な状態でおさまるか否かを、この木型模型でたしかめることからはじまる。

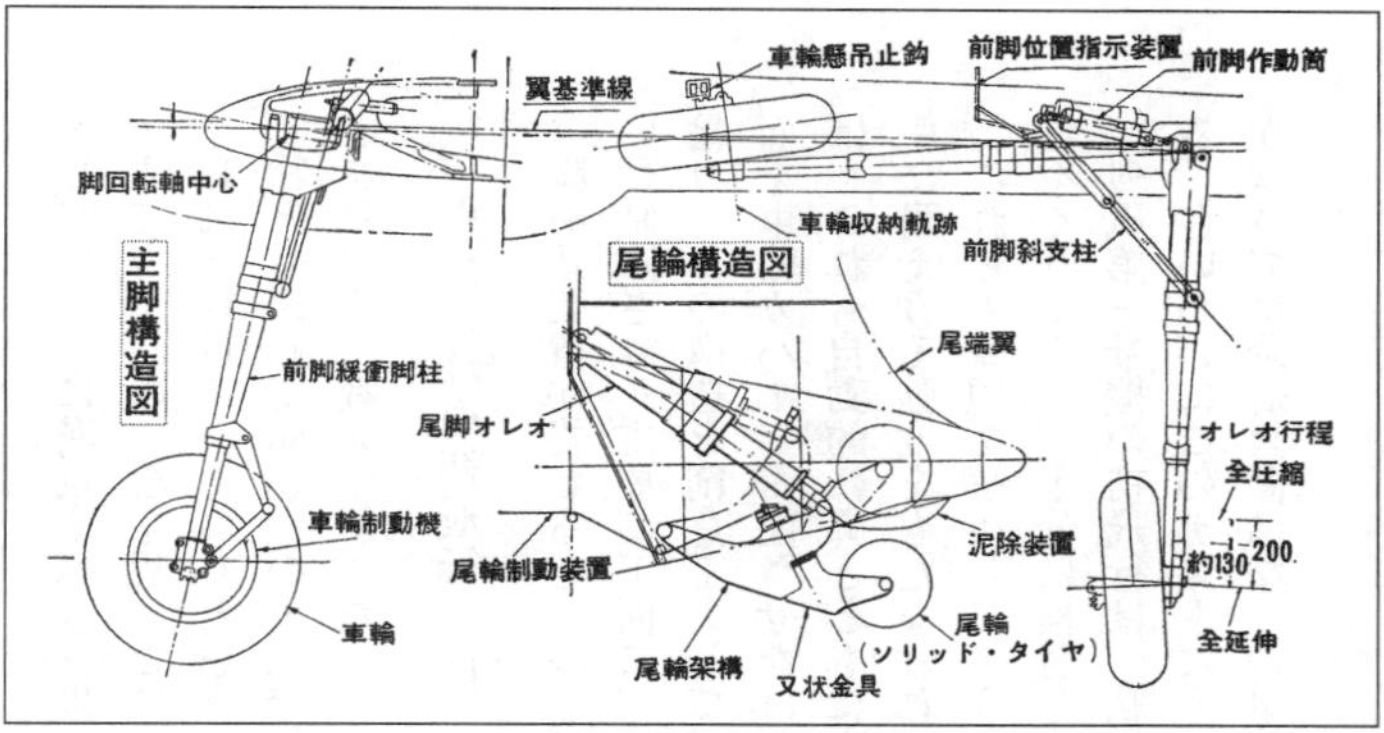

## 夢中で〝脚〟に喰いつく

つぎに、この結果から先の見とおしがたつと正式図面の設計にかかる。このさいは脚引込機構の強度と寸法に重点がおかれ、作業は念には念をいれて一発必中の心がまえですすめられる。

こうして設計計画がきまれば、こんどは連日連夜の突貫作業で、寝食をわすれて各部の具体的な設計に没頭したものである。寝食をわすれて仕事に没入することは設計者の生命であり、また使命でもあり名誉とも考えて、いくら働いても不平不満はなく、苦しみもあることはあったが、それを乗りこえ欲得をわすれた無我の境にあることに喜びを感じたものであった。

自分の設計したものが、しだいしだいに実現され、やがて部品の完成、組立とすすむにつれて、もう喜びは隠しきれず、組立が完全に終わると、たとえ脚引込装置の地上運転でいろいろとむずかしい問題が出ても、それを一刻もはやく処置してしまおうと、猛烈なファイトが湧き出てくる。

そして、ついに満足すべき成果をあげる。このときの喜びは設計者のみが味わえる痛快事で、いまでも当時の心境を思うと感慨無量である。

私はそれ以来つくづくと思うのであるが、なんとしても設計者は足しげく現場へかよい、実物と対比して問題点の早期発見とその対策処置をすばやくすることである。烈風はこのことを私によく教えてくれた。

## 忘れられぬ初飛行の日

脚引込装置が終わると、つぎには主翼下面の脚カバーで、自動的に密閉しなければならない。制限された主翼の下面に、つよい風圧にたえうる強度と、翼下面の曲線にあわせて、車輪カバーの構造を創意工夫して、脚引込の操作のあとただちに自動的に連動して、主翼の下面を車輪カバーで密閉させなければ、成功とはいえないのである。また脚を引き出すときには、これも自動的に脚とともに車輪カバーが主翼下面より離脱して、そのうえに飛行中の風圧に耐えうる強度をもたなければならない。

これらの難題を解決してようやく完成された降着装置を、つぎは地上において脚引出試運転をくりかえし、十分に検討してから初飛行となるのである。

烈風第一号機の初飛行は、私の記録するところをみれば、昭和十九年五月六日となっている。さいわいにこのテストにも、さらに後日おこなわれた量産のさいにおいても、私の知るかぎりでは降着装置はなんの事故もおこさず、ぶじ成功している。これは、担当者としてこのうえもない喜びである。

## 武装から見た烈風の真価　畠中福泉

烈風の艤装を担当した私（畠中）であるが、なにしろ相当な年月をへているうえに、適切な資料も手許に残っていないので、こまかな専門的なことはさけて、ただ本機の艤装はこんなものであったという、ごく平凡な回想をこころみてみたいと思う。

もともと烈風は単座戦闘機で、一人の搭乗員によってそのすぐれた速度と操縦性を利して、敵機にたいしつねに優位をたもちつつ、すぐれた攻撃力をフルに発揮できる性能をそなえているところが、本機の最大特徴である。

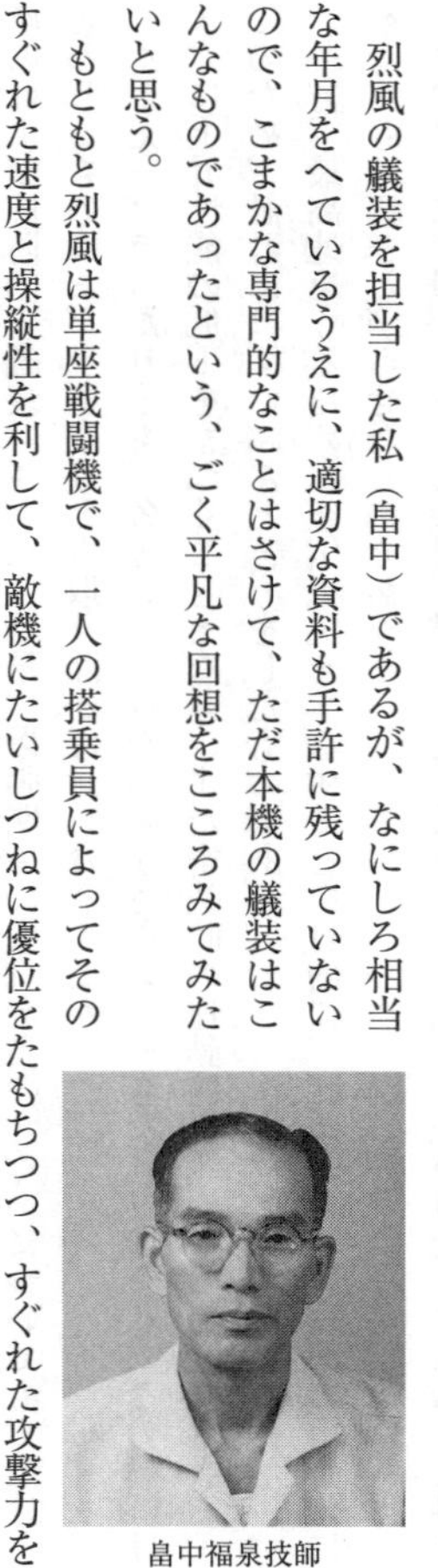
畠中福泉技師

本機の武装について一口にいうと、支那事変より太平洋戦争に参加して殊勲をたてた九六艦戦ならびに零戦の兵装を、戦訓によってさらに強化したものである。すなわち、主翼内プロペラ回転圏外に九九式二〇ミリ固定機銃四型を左右に各一梃、その外方に試製一三ミリ固定機銃を左右にそれぞれ一梃ずつ装備していた。これらはいずれも、給弾方式としてはベルト式を採用し、その弾薬は二〇ミリ機銃がそれぞれ二〇〇発、一三ミリ機銃は三〇〇発であった。したがって、その弾倉は給弾口より主翼の翼端にむかって細長い箱形となって配置された。
また爆撃兵装としては、六〇キロ爆弾二個が主翼下面に装備されたが、その取付位置については たしかな記憶はない。

以上のべた機銃および爆弾の照準には、操縦席前方風防内に九八式射爆照準器をそなえていた。

本機は計画要求が零戦よりもきびしかったために、機体設計者はあらゆる有害抵抗をのぞいたり、また重量の軽減に細心の注意をはらっているが、それと同時に艤装担当者としても、座席および風防内の艤装、さらには機銃、爆弾関係の取付金具のたぐいについても、余分と思われるものは一グラムたりとも取り除かなければならなかった。

たとえ一グラムたりとも、各部分にそれがつみかさなると相当な重量となり、この影響はすぐに上昇性能の低下をまねくこととなり、また空戦時の運動性を悪くすることにもなる。このため、設計にはずいぶんと苦心をしたものである。

一方、最高速をうるために空気抵抗をへらすことを目的に、胴体および翼表面の平滑化にもっとも神経をとがらせたものであった。

このように全員が一致して設計、試作した本機は、海軍側に領収されたのちも抜群の性能を発揮し、実戦での活躍が大いに期待されたのであるが、夢やぶれて量産機の第一号機がようやく完成したばかりのところで終戦となってしまった。まことに残念のきわみである。

## 私は烈風をこのように診断した　志賀淑雄

私が烈風とおつきあいをはじめたのは、すでに計画審査も終わり、性能審議会がはじまろうとしていた昭和十八年の暮れごろであったと思う。そして、空技廠から派遣されたテストパイロットとして初めて烈風に試乗したのは、しばらくたった昭和十九年七月から八月にかけてのころだった。

このあたりの記憶はあまり確かではないが、私がその後、九月に身体をこわして入院し、退院後まもなく新設の紫電改で編成された三四三空（源田実司令）の飛行長となって烈風から去ったので、前後の経過からみてもおよそ時期的にはまちがいはないと思う。

志賀淑雄少佐

とにかく私は試飛行をした。それもごく初期のこととて、一回か二回ていどの飛行をしただけであった。使用機はこれまた覚えがさだかではないが、一号機か三号機あたりではなかったかと思っている。

テストの内容をいえば、およそつぎのなものが飛行試験の項目としてあげられていた。①離陸性能。②上昇性能――これは一速の制限速度でのみ行なわれた。③諸舵の利き具合、クセをみる。④座席まわりの配置。⑤各部の機能の良否。⑥フラップの具合。

のちに零戦を相手とする模疑空戦などのはげしい性能試験が小福田祖少佐などの手によっ

ておこなわれたが、私のテストしたころは前述したように、試飛行の初期であったため、あくまで機体そのものがもつ大ざっぱなクセを調べるためのものであった。

さて実際に飛行してみてどうであったか。それを私の感じたままを述べてみよう。

まず、脚の引込みの様子、フラップの入るときの模様、諸舵の利き具合、操縦席からの視界の良否などについてはほぼ予定どおりにできていて、なんの不満もなかったように思う。

離陸、着陸の点についても非常にスムーズで、さすが零戦の後継者と思わせるような、クセのない飛行機であった。だが反面、零戦のような手軽さがみられなかった。これは進歩からきた大型化からの影響ではあろうが、ひさしく零戦になれしたしんだ者にとっては、いささか手ごわい相手といった感はまぬがれなかった。しかし、全般的にいって、これほどスジのよい飛行機もなかったのではないかと思う。

それでも、この点はもっと考えてもよいのではないかと思ったことが、二、三あった。

つまり、なにしろ大きい。はたしてこれで敵弾をさけることができるだろうか。防弾面もさほど考慮されてないし、機体が大型化すれば、それだけ被害面も大きくなることはわかりきっている。これを克服するには、身をかわす機敏性、シャープな運動性、それにもましてスピードがほしい。

私がテストした当時は、まだハ43発動機が装備されていなかったせいもあろうが、こんな疑問もあった。そこで、設計者の堀越氏によくいったものだった。「大きすぎはしませんか?」と。

すると堀越氏は「空戦フラップで十分におぎなえるよ」と私の問いに答えていた。

私はそれでも、空戦フラップと横の運動性とは違うんじゃないか、などとさかんに口にしたものだった。当時は私も若かったし、多分にそれまでの下駄で新しい下駄を履こうとしていたのであろう。

いまから思えば赤面のいたりであるが、あまりにもそれまでの既成観念で押しとおした感もあり、新しきものに対する心がまえに欠けていたようにも思え、いまさらながら反省をしている。

# ロケット戦闘機「秋水」に熱く燃えた夏

## 極秘裏に設計図をドイツから譲りうけた無尾翼戦闘機の開発秘話

当時 三菱航空機技師・秋水動力担当 **豊岡隆憲**

昭和十九年四月十六日、ドイツで開発されてようやく第一線に使用されだしたロケット戦闘機とジェット戦闘機の製造権を取得して、簡単な資料の提供をうけ、厳谷英一海軍中佐はドイツの潜水艦でフランスのロリアン港を出港した。そして大西洋からインド洋を経由、イギリスの対潜哨戒網を突破して七月十四日に日本勢力圏内のシンガポールに到着した。七月十七日、厳谷中佐は大切な資料を手に、飛行機を乗りついで日本にむかった。十九日さっそく航空本部に顔を出した。そのとき厳谷中佐にかけられた言葉は、五年ぶりの挨拶ではなくただ一言「Ｍｅ163を持ってきたか」であった。

七月二十日と二十一日に海軍空技廠で、陸海民合同会議がひらかれた。そこでは厳谷中佐が持ち帰った資料の説明と、ドイツの航空事情の報告があった。

二日目の結論は、ジェット機は陸海軍べつべつに開発する。ロケット機の機体は海軍指導で三菱航空機、エンジンは陸軍指導で三菱発動機、燃料は海軍指導で民間科学工場を選定する。またこの会議で、ロケット機の名称を通称「秋水」。陸軍はキ200、海軍はＪ８Ｍ１と決定した。

八月七日、海軍空技廠で機体製作に関する陸海民合同会議がひらかれ、つぎのような要求が指示された。

仕　様＝全備重量四トン、全幅九・三〇メートル、全長五・八五メートル、上昇性能一万
　　メートルまで三分三十秒、滞空時間七分、三〇ミリ機銃二梃、弾薬五十発×二。
製作日程＝座席木型八月末、兵装木型九月十五日、動力木型十月十五日、供試体十一月末
　　一機、重滑空機十一月末二機、試作機十二月中に一または二機。
量産計画＝昭和二十年三月までに一五五機、二十年九月までに一三〇〇機、二十一年三月
　　までに三六〇〇機。

なお、この指示にたいする結末は、後記の三菱重工の課長の説明と重複するので省略する。これまでの記事は、戦後いろいろな資料から得たもので、とくに記録として残したいものだけを選んだものである。

これからの記事は私の体験と、直接見聞した記録を集めたもので、五十年前の記憶を呼び戻すために、楢原敏彦、小佐弘、原君らの協力をえてまとめた。なお日時は三菱の秋水来歴調査資料ならびに事故当時、査問委員会の責任者である西村真舩氏の資料を参考にして、正確を期したつもりである。

## 陸海官民一体で協同開発

昭和十九年八月十日、疋田徹郎ほか七名が技術部長室に呼ばれて、河野文彦技術部長から「ロケット戦闘機を陸海軍で協同開発することになって、設計製作が三菱重工に命じられ、機体は名航（名古屋航空機）、エンジンは名古屋発動機が引き受けることになった。それで機体の設計を君たちに御願いする。十月末までに出図完了、十一月末までに二機を完成せよ」

との命令であった。

「そのために次のような処置をする。第六設計課を編成し高橋己治郎さんを課長とする。課の編成は高橋課長と相談すること。新しく設計室を八月中に完成する。二階を設計室、階下を現図場とする。

前記の日程を守るため、泊まり込み九時までの残業を強行してもらいたい。そのため仮眠室と寝具を準備し、健康保持のため栄養剤と、ビタミン剤を支給する」

引きつづき高橋課長から説明があった。

「八月七日に服部譲次、河野文彦、高橋己治郎の三人が空技廠に呼ばれ、ドイツで開発されたロケット戦闘機の製造権をえて、資料を厳谷中佐が持ち帰った。一万メートルまで三分で上昇可能であり、B29対策機としてぜひ必要である。

これを三菱で引き受けよとのことであったが、後退翼で無尾翼機の経験はなく、技術的にも納期的にも、要求に応じかねますので辞退したいと申し入れたところ、胴体および翼の線図は空技廠より支給し、仕様製作日程は後日、打合せ会議でおこなうとのことで強要された」

資料とはA４判の二〇〇ページぐらいのもので、縮小された三面図とエンジンの原理、燃料の成分、使用された材料名などであった。

さらに高橋課長は課の編成は早急におこなうが、現在手持ちの仕事は所属の課長と引継ぎ整理すること、またこの機種は陸海軍の極秘のもので特に注意することとのことだった。

そこで私は、ロケットエンジンとはいかなるものかと聞いたら、後日、名古屋発動機（名発）に説明を求めにいくとのことであった。

## 初めて知ったロケットの正体

昭和十九年八月十八日、課の編成が決まった。

疋田徹郎は主翼、尾翼、計算の責任者で、主翼は富田章吉と図工三名、尾翼は原田金次と図工二名、胴体は楢原敏彦と図工三名、艤装は蝦名勇と図工二名、兵装は土井定雄と図工二名、脚は今井功と図工二名、橈は中村武と図工二名、動力は豊岡隆憲と図工二名、操縦装置は磯部保文と図工一名、電装は小佐弘と図工一名、計算は定森俊一、以上二十五名ぐらいだった。

八月二十八日、高橋課長と名発へむかい、名発（名古屋発動機）の持田氏に面会し、ロケットエンジンと燃料の説明を求めにうかがった。燃料はつぎの二種類で、T液は八〇パーセント過酸化水素水溶液、C液はヒドラジンメタノールと水の混合液である。

ロケットエンジンの原理は、蒸気発生器に触媒を入れT液を圧入すると、水蒸気が発生し、その蒸気をタービンに送り、回転すると両側の下、Cポンプが連動して、それぞれがそれぞれの燃料を吸入、分配弁に圧送されて十二本の噴出口に送られ、これを三段階にわけて燃料室に噴出すると、爆発を起こして推進力がえられる。

コントロールは手前から停止、起動、一、二、三段階である。燃料消費は三段階でT液六キログラム毎秒、C液二キログラム毎秒である。図面は部品のメドがつきしだい送るとのことであった。

九月一日、新設計室に移転した。今夜から缶詰作業かと緊張していたが、おたがいまだ若いから頑張ろうとはげましあった。泊まり込み作業で、まず食事では、朝食は一般食と同じだが夕食のみ一品多かった。なお徹夜の場合は申し込んでおくと、味つきパン二個買える券をくれ、夕食時に求めて夜中にバターが支給されるので、パンとバターの夜食である。

九月といえどもまだ暑く、上は下着だけでよいとの許可をえたが、夜あらわれる蚊にはまいった。蚊帳（かや）の中に図板を入れてみたが、図面が見えず、図面屋には紙が飛ぶので扇風機は使えず、もっぱら団扇（うちわ）である。風呂は、現場作業者の風呂があるが遠くて人が多いので、シャワーでがまんした。問題は洗濯である。私は軍隊の経験があるのでなんとかやれたが、他の者は毎日こぼしていた。

昭和20年7月7日、初飛行の局地戦闘機「秋水」に搭乗し発進準備する犬塚豊彦大尉

九月八日、仕様の説明と製作日程の打合せ会議がおこなわれた。陸海軍あわせて三十三名ぐらい。仕様の第一番に防弾鋼鈑不要、燃料タンク座席横のT液タンク不要、その分だけC液減量と海軍が発表した。

この件について陸軍は大反対でだいぶモメたが、海軍側はあくまで、一万メートルまで三分の上昇可能ならこの重量軽減が必要であるし、滞空時間もまもれると頑張って、最後に「機体は海軍にまかせてほしい」と発言してその場はなんとかおさまった。

つぎに機関銃はMe163には二〇ミリ二梃、弾薬一二〇発だが、B29対策のため三〇ミリ二梃、弾薬一〇〇発とし、銃は陸海軍それぞれ開発中のものを使用する。

その他陸軍は、暖房とか機密室の件を持ち出したが、とりあえずそれはなしで一応了承した。製作日程は木型が九月二十日まで、供試体は十一月末までに一機、重滑空機は十一月までに二機、試作機は十二月末までに一ないし二機ということであった。

## 東海地方を襲った地震の後遺症

九月二十六日、一般計画審査と計画図面審査があった。そこで問題とされたのが、エンジンレバーである。前に押すと海軍は強、陸軍は弱であるが、話し合いの結果、海軍式に統一された。二十七日は木型審査がいろいろとあったが、無線電話を胴体前部に装備するため胴体前部を少しのばすことになった。

製作日程は重滑空機二機を十月中に、供試体一機を十月に、そして実機二機を十一月中に完成させることになった。とはいっても資料であるドイツ語の翻訳に苦労し、機体の構造のあり方、急上昇がおよぼす機能とか、はじめて経験することばかりである。とりあえず資料の図面をのばした図面から、それぞれ持ち分の図面を引き出して、計画図の作製にかかり構造図面にとりかかった。

十月も半ばすぎるとシャワーでは寒く、町の銭湯を見つけて、四日、五日ぐらいに一回いった。

十一月七日、中間審査である。特に海軍側からエンジンのメドはついたから、一日も早く図面を完成させよ、と督促された。なお滑空機の一号機は十二月十五日、二号機は十二月二十日、供試体は十二月二十五日、実機一号機は十二月三十一日、二号機は一月五日を厳守せよ、とのお達しがあった。

十一月三十日、なんとか図面は完了した。しかし、みなの疲労は相当なもので、病人が出なかったことが不思議というほかなかった。

そこで高橋課長からすこし休暇をとってよろしいと、ねぎらいの言葉をいただき、私はその年の三月に生まれたばかりの長男をつれて十日間の九州旅行にいくことにした。温泉につかってリフレッシュすることと、食料事情が悪かったため九州で体力回復につとめた。

十二月七日、東海地震があったと、九州での新聞の社会面の一番下段にその記事が小さくのっていたが、くわしくは書かれていなかった。十八日、九州旅行を終えて帰る途中、四日市で空襲警報が発令され、しばらくしたら空襲がはじまった。三菱航空機が空襲されだして三時間ぐらいつづいた。工場もわが家も心配だった。夜わが家に戻ってみたら、壁が落ちた程度で家屋はぶじだったが、翌日工場にいくと、設計室は天井が落ち、壁がはがれていたものの、設計課の人たちは全員ぶじでよかった。

さっそく試作工場にいくと、一番新しい工場でガラスが落ちた程度で、秋水に被害はなかった。また生産工場のほうは、ドロがあらゆるところに吹き上げ、あちこちに爆弾の穴があり、工場内は機体が乗ったまま治具は傾いていた。これでは作業ができないので、神奈川の追浜飛行場へ引っ越すことになった。

秋水の重滑空機一機一号機は、十二月十八日に完成審査の予定であったが、午前中で終わり、そのまま解体して、海軍の追浜の航空隊の防空壕内で最終作業をすることになった。

十二月二十六日、百里原基地で軽滑空機の初飛行がおこなわれる、との知らせがあった。パイロットは犬塚豊彦大尉だそうだ。

昭和二十年一月八日、百里原基地で重滑空機一号機を犬塚大尉が初飛行することになった。

いっぽう陸軍は、一月十日、千葉県柏基地で軽滑空機の初飛行をおこなうことが決まった。

三月十二日に秋水一号機を追浜防空壕へ持ち込み、そこで工事をすることになった。そしてその四日後、陸海軍の中間審査があり、エンジンがないためダミーを積んで実施した。

四月に入ると十一日に秋水一号機の完成審査と試飛行のための打合会議がおこなわれた。そこで機体の完成は陸海軍とも認めたが、エンジンの完成はまだであった。

会議の席上、司令の柴田武雄大佐が突然、

「全力運転二分間でよい。その分だけ燃料を少なくして飛行すればよい」

といい出した。柴田司令は完成の日時が遅れているので、少々あせっておられる様子であった。こんなことで試作機の初飛行をしてもよいのだろうか。われわれ一同はみなびっくりした。

そこで陸軍も名発もエンジンの完成のメドがつかず、

「七分間連続運転が成功するまで待ってほしい」

と申し入れたが、司令は返事をしなかった。翌十二日、二号機を柏基地へ転送していたが、エンジンはもちろんなしである。

## 初飛行の失敗と〝テスパイ〟の死

四月二十一日、海軍側は四月十一日の条件で初飛行をやりたいということになり、準備にかかったが、エンジン爆発がつづいたのでそれも中止となった。

五月に入ると十四日、第六設計課は長野県松本へ疎開した。空襲で名古屋城が焼けるのを見ながらである。設計室は松本高校。宿舎は浅間の松の湯だった。

六月十二日、一号機用のエンジンが神奈川県山北町で三分間の全力運転に成功した。つづく十三日には二号機用エンジンが松本で二分間の全力運転に成功した。そして三十日には一号機用エンジンを追浜へ持ち込み、台上運転で三分間を確認して領収した。

七月に入ると三日、柏基地で二号機にいよいよエンジンが積み込まれた。さらに翌日には一号機にもエンジンが積み込まれた。秋水の初飛行は厚木基地や木更津基地を予定していたが、万一エンジン故障が発生しても安全な海のある追浜飛行場に決まった。そして五日には、一号機は追浜の夏島岸壁でテストがおこなわれた。つづく翌日、一号機を飛行場に引き出して、試運転してみると非常に順調なので「初飛行をあす七日の十四時にする」と発表された。

いっぽう七日、柏基地にあった陸軍の技術陣と名古屋発動機の一行が追浜へ到着した。

この日は運よく空襲もなく、朝から晴れわたっていた。十三時前、一号機を飛行場へ引っぱり出してテストをはじめた。セルモーターのスイッチを入れると、起動はかかるが、一段に入れると停止するといった状態を何回かくり返したが、おさまらず、十六時になって整備長の隈元少佐が、「本日は打ち切りにし明日にしたい」といいかけたとき、飛行服を着た犬塚大尉が隈元少佐になにやら話をして、急に操縦室に乗り込んで、セルモーターを入れて起動した。

二回目ぐらいだった。起動ＯＫから一気に一段から二段にまで押したら、エンジンがかかった。そのまんま手を振って風防を閉じて、「車輪止め外せ」の合図で車輪止めがはずされて、ちょっと間をおいて、三段に入れて発進したのが十六時五十五分であった。

秋水は二メートルの炎を噴出し離陸した。何秒かの後、機首をあげ車輪が落下した。さらに角度をあげて上昇しはじめたが、そのときパンパンと音がして、エンジン音が消え炎が止まると同時に、白い煙がボーンという音と同時に噴き出した。

その後、右に旋回してから二度白い煙を尾部から噴出した後、胴体下部から白い煙が流れ出した。放出弁を開いたらしい。その後もう一度右旋回し、飛行場に進入姿勢をとったが、高度が下がりすぎたため、進行方向にあった物置小屋を避けきれず、屋根に右翼をひっかけ、横滑りしながら胴体から落ちた。

さっそく消防ポンプ車が駆けつけ、放水しながら、兵隊三人が操縦席から犬塚大尉をかかえ出し、救急車で病院へ運んだが、意識不明のまま明くる八日午前二時に亡くなった。

その夜、宿舎で高橋課長と「何が原因だろう」と話していたら、課長が、

「昨日の打合会議で燃料を三分の一積んで初飛行すると決めた」

といった。それを聞いた私は、

「そんなバカなことをどうして」

と問いつめた。そして、

「試作機初飛行は燃料半分で、最初は地上滑走、つぎにランニングで、つぎに満載で初飛行じゃないのか」

と、課長と私は夜半までいい争った。

最後に「明日は事故調査委員会があるが、その席で一切釈明しない」との約束で、会議に出席することにした。

明けて八日、空技廠で査問委員会が開かれた。いろいろ意見が出て、誰か（いま思えば西村氏）がTタンクの取出口が前方下部にあり、急発進と上昇角で燃料が後ろに移動して空気をすったらしい、と発言した。すると一部の人から「三菱の技術はこんなものか」と怒鳴られた。

そこで高橋課長が立ち上がり、「私どもの責任です」と謝って、ようやく静まったその時、柴田大佐が、

「この責任は我にあり、狭い追浜を使用したこと、燃料を少量にしたことである。早急に対策するように」

といわれた。

燃料のことは後で判明したが、T液三六〇リットル、C液一六〇リットルであった。

その後、陸海軍の三人か四人と高橋課長とをまじえ、対策案を練った。タンク後方最下部

に一室を設け、燃料が寸時固定するようにし、フレキシパイプで上下左右に口が移動するよう設計変更することに決まった。この設計は空技廠の地下室を利用し、泊まり込み作業をおこなってよいとのことである。

## いまだに残るいくつかの疑問

七月十日に長野県松本から吉田君を呼んで、地下室で設計をはじめたが、電灯はつけても外に漏れないが、蚊にはまいった。さっそく蚊帳を借りて図板と電灯を中に入れて泊まり込み作業にかかった。

十一日夜、柴田大佐ほか二名が来られ、

「今度のことは豊岡技師のミスということになったが、薬液を満載して空戦をやってみないと結論は出ない。犬塚大尉は俺の指示に従わなかった。万一の場合は海に着水せよ、と打ち合わせしてあった」

とのことだった。

「今回のことは偶然の出来事と思って許してくれ」と慰みの言葉をいただき「これはきのう南方から兵士が持ち帰ったバナナだ、これでも食って頑張ってくれ」とタバコやパイナップル缶まで頂戴して、申し訳なさでいっぱいだった。

十二日に図面が完了した。空技廠の承認をえて松本へむかった。河野、高橋の承認をえて配布手続きが完了した。十五日に山北試験場で、二号機用エンジンC液ポンプのトラブルで爆発事故が起きた。正田大尉が亡くなった。

二十五日には改修タンクが完成して、これを海軍二号機と陸軍一号機にも装着したが、海軍二号機用のエンジンはなかった。陸軍一号機はこれで完成したが、なぜ試飛行しなかったのか。

八月に入って二日に第二回目の飛行が予定されたが、松本で製作しているエンジンが不調とのことで延期された。

十日、柏基地で重滑空機の飛行で車輪が落下せず墜落、伊藤大尉は死亡した。原因は車輪落下装置の整備不良だった。十二日に再度飛行すると決めたが、松本で製作しているエンジンが不調とのことでまたも延期された。

十五日ついに終戦。これで秋水は一巻の終わりである。〃幻の戦闘機〃となった。戦争に間に合わずで、よかったのかどうか、私にはくやしさと缶詰作業のつらかったことが、頭の中をかけめぐった。

なお、Me163と秋水の違いは、以下の通りであった。

| | Me163 | 秋水 |
|---|---|---|
| 全幅 | 九・三二m | 九・五〇m |
| 全長 | 五・八三m | 六・〇五m |
| 自重 | 一九〇五kg | 一四四五kg |
| 全備 | 四三〇〇kg | 三八七〇kg |

| | | |
|---|---|---|
| 翼面積 | 一七・二五㎡ | 一七・七三平方㎡ |
| 上昇力 | 一万mまで三分 | 一万mまで三分半 |
| T液 | 一三九五ℓ | 一一五九ℓ |
| C液 | 六四〇ℓ | 五三六ℓ |
| 機銃 | 二〇㎜二梃 | 三〇㎜二梃 |
| 弾 | 一二〇発 | 一〇〇発 |
| 防弾 | 機首・背・頭 | 風防ガラスのみ |

以上の秋水の数字は戦後、高橋課長が占領軍に渡した資料にあるもので、その中で秋水の上昇力三分半が私には納得できない。重量軽減が性能アップにならなかったのか、これも計算上の数字であるから不明でも止むをえないかと思う。

秋水は設計開始から、図面は三ヵ月、初飛行は十一ヵ月目だったが、結果は前記のとおりで開発時間の足りなさというほかなかった。技術屋としてまことに残念でしかたがない。

私には初飛行について、いまだ不明な点がある。

未完成で終戦を迎えたロケット戦闘機「秋水」。キャノピーが外され内部が見える

六日に初飛行の打ち合わせがあったが、私は参加しなかった。燃料三分の一で試験をやったことは七日の夜、高橋課長から聞いて知った。

初飛行で、エンジンが起動から一段にレバーを押してもかからなかった。これは燃料三分の一ならTタンクの液面とTポンプの落差が四十センチあり、八十ミリパイプの空気を吸ってかからぬのは当然であったと思う。犬塚豊彦大尉が搭乗して、起動から一気に一段二段と押して一段に入ったと思う。これは吸込圧力を増加したためで、犬塚大尉は意識してやったと私は思っている。

つぎに、試験飛行はふつう機体製作側がおこなうのであるが、今回は特殊エンジンであり、燃料であったから、海軍が実施したのもやむをえないことであった。

最後にこんな記事を見つけた。

「中口博技術大尉（空技廠）打合会議で『秋水の初飛行は神の御告げにより某月某日横空で行なう』と発言あって唖然とした」とある。

もう一つは三菱重工の社史に、岡野保治郎さん（当時名航所長）に犬塚大尉が「振動のない操縦性のよい飛行機だ、どうか使えるものにしてほしい」と一言残したとある。

この二つの件について私は詮索はしたくない。柴田司令も犬塚大尉も光教信者と聞いていたから、秋水のこぼれ話として私の心に秘めたいと思う。

# 秘蔵の夜間戦闘機「電光」始末記

## B29撃墜の悲願をこめた複座の夜間双発重戦闘機

当時 愛知航空機技師・試作設計課長 尾崎紀男

昭和十六年十二月八日、ハワイ奇襲にはじまった太平洋戦争は、南方要域のわが陸海軍部隊の奮闘によって、日本本土は敵の空襲圏外におかれていた。もちろん昭和十七年四月に、ドーリットル飛行隊が東京を空襲したことはあったが、問題でなく、国民は本土が敵機に襲われるとは、だれ一人として考えていなかった。

しかし防空当局では、アメリカのB29高高度長距離爆撃機成功の報をひそかに入手、もしこれが本格的に製作されれば、中国大陸を基地として本土に対する空襲を開始することは、必須であろうとみていた。ところが、当時のわが航空界にはこれを撃退する高高度戦闘機、とくに夜間戦闘機は、残念ながら皆無の状態であったのである。そこで海軍は昭和十八年は

尾崎紀男技師

じめ、つぎのような要求性能の夜間重戦闘機の試作を、愛知航空機に命じてきた。

最大速度は高度九千メートルで三七〇ノット（六八五キロ／時）、航続力は巡航過荷で五時間、上昇力は高度六千メートルまで八分、離陸滑走距離は四百メートル以内、兵装は電探装備のうえ三〇ミリ機関砲二門等々であった。

高高度を飛行するジェット機にしたしみ、また、あらゆる電子工学の発達した時代に成長された読者にとっては、前記の要求はなんでもないように思われるかもしれないが、当時のわれわれとしては、どれ一つとってみても、その時代の科学技術の先端をとり入れなければ、とても実現できない要求だったのである。事実、当時の戦闘機ですら六千メートルでの最高速度をほこっていたありさまであり、したがって当時の飛行機は、いずれも一万メートルの高度では姿勢を保つのがせい一杯で、機体を傾けるとたちまち辷（すべ）って高度が低下し、十分なる戦闘動作はおこなえないありさまだったのである。

## その名も夜空をいろどる電光

そこで本機の計画要求値の決定にあたっても、最高速度の高度をどのくらいにすべきかが大問題となり、敵機が本土を空襲するとすれば夜間であり、そのために敵機の高度も六千メートルぐらいであろう。したがって要求高度も無理して九千メートルにする必要はない、との強い意見も出たほどである。

当時の本土防空戦闘機は、高高度戦闘機の不足にくわえて夜間戦闘機は皆無であり、また

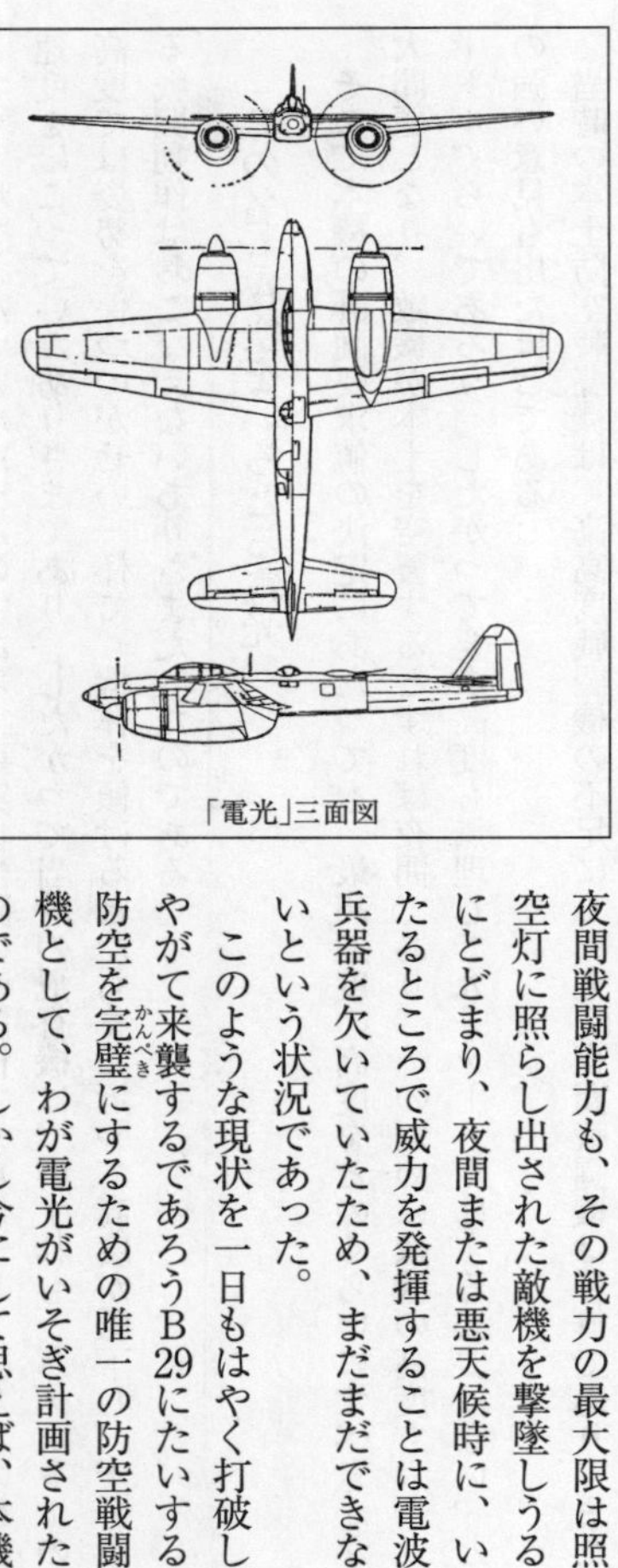

「電光」三面図

夜間戦闘能力も、その戦力の最大限は照空灯に照らし出された敵機を撃墜しうるにとどまり、夜間または悪天候時に、いたるところで威力を発揮することは電波兵器を欠いていたため、まだまだできないという状況であった。

このような現状を一日もはやく打破し、やがて来襲するであろうB29にたいする防空を完璧にするための唯一の防空戦闘機として、わが電光がいそぎ計画されたのである。しかし今にして思えば、本機の計画が時期的にすでに遅く、われわれは敵B29との決戦にさいし、その立ち上がりにおいて一歩どころか、何十歩も遅れていったのであった。

## たび重なる皮肉な結末

こうした重大使命をおびた機種の試作命令をうけた愛知航空機では、社長以下三万の従業員は身にあまる光栄と、その責任の重大なことに感激し、全社をあげてこの新鋭機種の成功を心から誓ったのである。まず五明技術部長（戦後愛知機械工業社長）のもとに、設計陣とし

電光のモックアップ。４翅ペラ左発動機の奥に機首部、奥下に右発動機が見える

ては私（試作設計課長）に北畠、西田、高橋、椎名、佐久間、小林技師、研究陣としては小沢、二見、杉本、古賀技師、それに現場は野口、新見技師といったぐあいに一流のメンバーをそろえ、会社の総力をあげて、この画期的な重夜間戦闘機の完成に、ひたすら取り組んだ。

しかし、ついに昭和十九年六月十五日夜、中国の成都基地から予想どおり敵機Ｂ29約二十機が北九州にはじめて巨体を現わし、その偉大な性能を誇示した。そして、つぎつぎと本土空襲をはじめたのである。

われわれはめざす獲物を頭上にあおぎ、今にみろと一同、夜を日についで待望の新機種の完成に努力をつづけた。そして昭和十九年八月にはモックアップを完成、つづいて二十年三月末には試作一号機が、いま一息で完成というところまでこぎつけ、愛機のはばたきを今日か明日かと待ちかまえていた。

ところが、なんたる皮肉であろう。三月十二日の名古屋空襲で二ヵ年の努力の結果たる愛機が、その組立工場もろとも、無残にも消え去ったのである。しかしわれわれは、一号機の消失を悲しんでいることをゆるされない。ただちに工場疎開を開始、岐阜県垂井地区の松林にかこまれた仮工場で、二号機の完成へと突進した。

だが、電光は最後まで、神に見放された児であった。二号機も九〇パーセントちかく完成したところで、またもや岐阜市の空襲で被爆破損し、ついに空へは飛べず終戦となったのである。

B29を撃墜するはずの本機が、その試作の二機とも、B29の餌食となって空へ舞い上がれなかったのは、まことに運命のいたずらとはいえ、当事者にとってはかえすがえすも残念であった。

## 比類のない射撃戦法

つぎに、本機の特徴について述べてみたい。はじめに述べたように、本機は本格的な夜間双発重戦闘機であり、その重量が全備で十トンをこすことからみても、その性能、武装のほどがうかがいうる。しかし、その主兵装である電波探知機、三〇ミリ機関砲はもちろん、その他多くのものが試作の段階にあったので、これをまとめる側にとっては、ひとかたならぬ苦労をしたものである。

発動機はNK9K「誉」を装備し、高度九千メートルの要求性能を出すため、排気ガスタービン過給器をもちいる予定であったが、その完成があやぶまれたので、性能はいくぶん低下するものの酸素噴射を採用することにした。

機体は双発単葉機であるが、とくに変わっていたのは、胴体断面が四角形（352ページ図参照）であることである。ふつうは円または楕円であるが、偵察席の上下装置、後方砲塔、その他兵装、諸艤装の装備がきわめて有利であることが研究の結果はっきりしたので、思いきって採用した。

もちろん胴体の強度剛性、空気抵抗なども十分に予備テストをして、不利でないことを確かめたうえでのことである。こうした胴体先端に電波探知機「玉三」を装備し、さらに三〇ミリ機関砲二門を斜め上方三十度に装備した。このため、電探装備ふきんに金属材料が使用不可となり、機首の構成材料には大へん苦しんだ。今日のように強力な合成樹脂、プラスチック材料があれば、もちろん問題でなかったのである。

さらに前方三十度の上向につけられた機関砲は、本機がB29の胴体下面に肉迫し、平行飛行をつづけ、巨体にちかづいて射つのであるから、的中は確実である。

このアイデアは、ラバウルの夜戦で奏功し、その後B29の撃墜の有力手段として、終戦までつづけられた方法である。これがために本機では主翼、胴体下面に抗力板と称する、フラップ兼用の一種の空気ブレーキ板を装備した。これは、本機が敵機に追いついたのち、その敵機の速度にあわせて平行飛行し、巨体の下方より攻撃するための速度調整の役目をするものである。

胴体中央後方に二〇ミリ二門装備の遠隔管制砲塔を装備した。ふつうではこうした銃は、後方、左右、上方を射界としたものであるが、本機では前方射撃がつよくのぞまれ、いいかえれば操縦者、偵察者の頭上をかすめて、前方の敵を攻撃することになるので、操縦席、偵察席を分離し、しかも偵察席風防は、必要に応じて上下しうるようにして、射撃手の視界を広くするとともに、後方銃の前方射角を十分にするよう努力した。

最後に、夜間戦闘機でもっとも大切なことは、離着陸操作が容易なことである。いかに高速、高性能であっても、離着陸操作のむずかしいものは使いものにならないのである。当時としては驚異的な翼面荷重（二〇〇kg／㎡）の本機では、この点にもっとも苦心をした。すなわちフラップは、特種な親子式フラップを採用、補助翼も十五度下げてエルロンフラップの操作ができ、前に述べた抗力板にもフラップの役目をさせて着陸速度を下げるとともに、着陸時の操縦性、姿勢、着陸時の諸操作、その他細部にいたるまで、愛知永年の艦上機の経験をいかして、円滑な離着陸ができるように万全を期したのであった。

# 日本海軍戦闘機プロフィール

「丸」編集部

## 九六式艦上戦闘機（A5M1～4）

海軍で初めて制式になった低翼単葉艦上戦闘機で、原型九試単戦は昭和十年二月に初飛行した。脚はまだ固定式であったが、当時、画期的な性能を発揮して、昭和十二年頃から太平洋戦争の初期にいたるまで、陸軍の九七式戦闘機とならび称され、世界第一級の高性能戦闘機として注目された。

とくに近接格闘性は当時の外国のいかなる戦闘機よりもすぐれ、支那事変中、華中、華南の空に、当時の新鋭機カーチスホーク、グラジエーター、イ15、イ16などを相手に縦横の活躍をして、その優秀性がみとめられた。

太平洋戦争の初期にはアリューシャン作戦に参加し、その後は主として内地で戦闘訓練用に使われたが、ほかに複座の二式練習戦闘機（A5M4－K）がある。

日本の戦闘機として世界のレベルをぬいた最初の機体であり、あらゆる意味で注目すべき艦上戦闘機であった。A5M4のデータは乗員一名、発動機「寿（ことぶき）」四一型・空冷式星型九気筒、七一〇～六八〇馬力、全幅一一・〇〇メートル、全長七・五六五メートル、主翼面積一七・八平方メートル、自重一二一六キロ、全備重量一六七一キロ、最大速度四三五キロ／時（高度三千メートルにて）、上昇時間三千メートルまで三分三十五秒、実用上昇限度九八三〇メートル、武装七・七ミリ機関銃×二（機首固定）、爆弾三〇キロ×二。設計製作：三菱、生産機数約一千機。コードネームは「Claude」。

## 零式艦上戦闘機（A6M1～5）

太平洋戦争における日本の代表的戦闘機で、艦上戦闘機としても陸上戦闘機としても抜群の運動性と航続力を発揮し、スピットファイア、ムスタングとともに、世界における三大傑作プロペラ戦闘機といわれる。支那事変末期から終戦まで、もっとも長い間、もっとも広い地域に、もっとも多く使われた戦闘機で、ことに太平洋戦争の中頃まで世界無敵といわれる格闘性能を発揮して、注目のまととなった。

敏速な運動性、長大な航続力、強力な火力が特徴であったが、グラマンF6FヘルキャットやヴォートF4Uコルセアが現われてからは速力の不足、防御力の脆弱さが目立ち、ついに烈風の誕生をうながすことになった。

Ａ６Ｍ１からＭ５まで大別して五種類の生産型があり、ほかに複座の零式練習戦闘機（Ａ６Ｍ２－Ｋ）があった。Ａ６Ｍ５のデータは、乗員一名、発動機「栄（さかえ）」二一型・空冷式星型十四気筒、一一三〇～一一〇〇馬力、全幅一一・〇〇メートル、全長九・二四メートル、主翼面積二一・三平方メートル、自重一八七六キロ、全備重量二七三三キロ、最大速度五六五キロ／時（高度六千メートルにて）、上昇時間六千メートルまで七分〇一秒、実用上昇限度一万一七四〇メートル、航続力一五七〇～一九二〇キロ、武装七・七ミリ機関銃×二（機首固定）、二〇ミリ機関砲×二（主翼固定）、爆弾六〇キロ×二。設計生産：三菱、生産：中島、生産機数一万四九機。コードネームは「Zeke」。

日本の航空史上もっとも多く生産された零戦は、そのことだけでも日本を代表する飛行機といえるが、その特質や活躍のあとをふりかえるならば、第二次世界大戦直前から前半の期間中、世界の代表的な最優秀戦闘機と称しても、あえて過言ではないと思われる。

米軍当局が開戦劈頭（へきとう）、零戦のすばらしい性能を思い知らされたときのショックは、のちの朝鮮戦争でソ連のミグ15に遭遇したときなどとは比べものにならぬほど大きかったのである。自信満々でハリケーンとスピットファイア隊を極東に急派した英国もまた、同じ憂き目を見ねばならなかった。

零戦の特質はその優速、めざましい上昇性能と空戦性能、大口径機銃の重武装、そして戦闘機にあるまじき大航続力、対戦闘機によく対爆撃機によいという、十種競技のチャンピオンさながらのその万能ぶりにあるといわれるが、なかでも特筆すべきはその驚異の長距離進出能力であろう。開戦劈頭の比島空襲のごとき、戦闘機が四〇〇カイリもの距離を飛んで、戦闘して、そして帰ってくるなどというようなことは、それまでなかったのである。

こうしためざましい特質をあたえた秘訣については、いろいろいわれている。バランスのとれた設計、合理的で入念な強度の設定、新材料ESDの採用、斬新な構造方式、操縦系統の剛性を可変にしたこと、信頼性に富むエンジンなどである。ただ疑問に思われるのは、スピットファイアなどは改良をかさねて、大戦全期間を生きぬいたのに、零戦があまりいじりなおされぬままに大戦後半に老いこんでしまったことである。これは技術施策、物と人の動員計画などがあまりにも不手際で、その実施をはばんだとしかいいようがない。

零戦の活躍ぶりは数かぎりないが、しいてハイライトをあげれば、昭和十五年の初陣の重慶における戦果、開戦劈頭の比島空襲、真珠湾、西南太平洋とインド洋、そしてラバウルの激闘、昭和十九年のレイテ沖のいたましい初の特攻攻撃であろうか。

## 二式水上戦闘機（A6M2-N）

零戦一一型に部分的な改造をくわえ、浮舟（フロート）をつけて水上戦闘機としたもので、昭和十六年十二月に初飛行した。本機は、孤島や海岸近くに飛行場を建設する場合に、とりあえずその周辺の海岸を基地とする防空任務のために作られたものであるが、実際にはそれとは関係なく、水上偵察機の基地の護衛役としても、あるいは陸上飛行場のない孤島付近の防空にも活用された。

　水上戦闘機としての性能はきわめてすぐれ、とくに太平洋戦争初期にはアリューシャン群島やソロモン群島方面で、水上偵察機とともに大いに活躍した。しかし実動期間は短かった。

　機体はほとんど零戦一一型と同じであったが、尾翼や胴体の一部は設計変えされ、外形は多少変わっている。主翼も一部が補強された。浮舟は中島独特のものである。

　乗員一名、発動機「栄」一二型・空冷式複列星型十四気筒、九四〇～九五〇馬力、全幅一二・〇〇メートル、全長一〇・二四メートル、主翼面積二二・四四平方メートル、自重一九二二キロ、全備重量二四六〇キロ、最大速度四三五キロ／時（高度五千メートルにて）、上昇時間六千メートルまで六分四十九秒、実用上昇限度一万五〇〇メートル、航続力一一五〇キロ、武装七・七ミリ機関銃×二（機首固定）、二〇ミリ機関砲×二（主翼固定）、爆弾三〇～六〇キロ×二。設計生産：中島、生産機数三二七機。コードネームは「Rufe」。

　戦前にはイタリアでマッキなどの戦闘飛行艇があったが、実用になるほどのものでなく、下駄ばきの水上戦闘機はわが国独特のものである。

　太平洋戦争は文字どおり不沈空母たる島嶼をめぐっての争奪戦であったが、優秀な機械化工法を駆使して短時日に飛行場を作りあげる敵にくらべて、わが方は人力による人海戦術に終始し、多くの日月を要した。このため、せっかく占領して進出しても飛行場設営に長期間かかり、その間なんら敵機の来襲を防ぐすべがない。

ここにおいて飛行場ができあがるまでの期間を、付近の沿岸海面から行動して防空に任ずる局地戦闘機的な水上戦闘機が計画され、初めての水戦「強風」が川西で試作される一方、応急的に零戦の水上機化がはかられ、中島によって完成されたのが二式水上戦闘機（二式水戦）である。

いわば本機は本格派の水上戦闘機たる強風が出現するまでの、つなぎの機種であった。しかし、それにもかかわらず、二式水戦の南方ソロモン海域での活躍にはめざましいものがあった。大きなフロートをつけた下駄ばきというハンディキャップにもかかわらず、本機の空戦性能はすぐれており、二〇ミリ機銃は威力を発揮して、しばしば前進基地の危急を救ったものである。

機体は零戦一一型のものをそのまま用い、フロートもその支柱も抵抗のすくないすぐれた設計で、とくに翼端フロートなどは、一本脚の片持式のみごとなものである。フロート装備による最高速度の低下は、約五十ノットであった。

二式水戦が実戦に参加しはじめたのは昭和十七年後半からであるが、その後の戦局の推移から、肝心の本格派の強風はさしてめざましい活躍ぶりも見せなかったのに対して、本機は水戦としての活躍を一人じめにしてしまった観がある。特にブリザード吹きすさぶ千島海域に、アリューシャンに、黙々として北辺の防備にあたった二式水戦の功は、高く評価されるべきであろう。

## 水上戦闘機「強風」(N1K1)

零戦に浮舟をつけて水上機とした二式水上戦闘機とはちがい、初めから高速水上戦闘機として設計した唯一の機体で、昭和十七年五月に初飛行した。

当時はまだ「誉」発動機が完成していなかったため、強力な馬力を得る手段として爆撃機型の「火星」をとりつけたため、胴体が太く、重量が大きくなって、低速時の安定性と空戦性能はあまりかんばしくなかった。少数の完成機は内地の水上基地に配置され、防空任務にあたったが稼動率は不良で、一般にはあまり知られなかった。

しかし、本機を基礎として陸上戦闘機に改造されたという局地戦闘機の紫電は、「誉」発動機をとりつけてすぐ性能を発揮し、またさらに紫電改に発達して、傑作戦闘機の一つに大成した。

浮舟の配置法は川西独特の設計に成り、世界にも類を見ない新式のものであった。

乗員一名、発動機「火星(かせい)」一三型・空冷式複列星型十四気筒、一四六〇〜一四二〇馬力、全幅一二・〇〇メートル、全長一〇・五八九メートル、主翼面積二三・五平方メートル、自重二七〇〇キロ、全備重量三五〇〇キロ、最大速度四八二キロ/時（高度五七〇〇メートルにて）、上昇時間四千メートルまで四分十一秒、実用上昇限度一万五六〇メートル、航続力一六九〇キロ、武装七・七ミリ機関銃×二（機種固定）、二〇ミリ機関砲×二（主翼固定）、爆弾三〇〜六〇キロ×二。設計生産：川西、生産機数七九機。コードネームは「Rex」。

## 局地戦闘機「紫電」(N1K1-J)

水上戦闘機「強風」を基礎として、陸上戦闘機に設計がえした川西の野心作で、当時、中島が完成した戦闘機用の小型強力発動機「誉」を装備して、面目を一新して現われた。

原型は昭和十七年十二月に初飛行し、画期的な局地戦闘機として期待されたが、強風と同じような中翼式の単葉機であったため、脚を長くしなければならず、結局、二段式引込脚としたが、このため構造が複雑で、しばしば脚の故障を起こして問題になった。

本機は戦争の末期、主としてフィリピンおよび日本本土の防空戦に参加したほか、特攻機として最後をかざったものも多い。すぐれた基礎設計による革新的な戦闘機として注目されたが、「誉」発動機の不調と脚の故障などのため、十分なはたらきを示すことができなかった。のちの紫電改の母体である。主翼は強風のものと同じだった。

乗員一名、発動機「誉(ほまれ)」一一型・空冷式複列星型十八気筒、一八二〇～一六〇〇馬力、全幅一一・九七メートル、全長八・八八五メートル、主翼面積二三・五平方メートル、自重二七〇〇キロ、全備重量三八〇〇キロ、最大速度五八三キロ/時(高度五九〇〇メートルにて)、上昇時間四千メートルまで四分十一秒、実用上昇限度一万二一〇〇メートル、航続力一四三〇キロ、武装二〇ミリ機関砲×四(主翼固定)、爆弾六〇～二五〇キロ×二。設計生産:川西、生産:愛知、三菱、昭和、海軍工廠、生産機数一〇〇九機。コードネームは「George」。

昭和十三年に計画され、十四年に試作に着手しながら、意外に長年月を要してようやく昭和十七年にはいってから試飛行を開始した最初の局戦雷電（らいでん）の成績が思わしくなかった。すでにはじまっていた太平洋戦争で、零戦の敵大型機攻撃能力の不足を痛感していた海軍は、当時完成した世界最初の本格的水上戦闘機「強風」を陸上機化して、強力な局地戦闘機を短時日のうちに作ることを考え、一号局戦計画をたてた。

相談をうけた強風のメーカーである川西は、久しく海軍のために水上機と飛行艇を専門に製造してきて、陸上機製造の経験は長い中断があったにもかかわらず、勇躍試作にとりかかった。機体は強風をそのまま陸上機化し、武装は二〇ミリ機銃を倍増のもとに強化した。これに画期的な小型大馬力の世界無比の誉エンジンを装備しようというのである。

しかし、水上機の強風は水面との間隔を十分とるために中翼である。これを低翼機に改計するには、かなりの日月を要するということで、中翼のまま陸上機化することとなった。

当然のことながら、プロペラの対地間隔を確保するためには脚はおそろしく長いものとなり、内側引き込みとすれば左右車輪の轍間距離は大きくなる。このために、主脚の長さをいったん縮めてから引き込むという複雑な機構を採用したため、故障続出のありさまとなった。

そのうえ広い轍間は地上滑走で激しい回頭癖を呈することになった。加えて量産の誉発動機の不調である。高い脚の前方視界不良もいわれ、飛行試験に難問続出で、量産開始時の混乱は雷電以上のものとなった。

こうした困難を関係者の涙ぐましい努力で一つ一つ克服し、紫電の量産機は昭和十九年に比島に進出して初陣をかざった。紫電はわが国独特の自動空戦フラップをそなえ、操縦系統のレバー比を可変にして、操縦性をよくする機構をもっており、実働率の低さと、すでに技量の低下を示していた搭乗員をもってしても、敵グラマンF6F戦闘機と互角に戦ってひけをとらなかった。

### 局地戦闘機「紫電改」(N1K2-J)

文字どおり紫電を改造した型で、昭和十八年十二月に初飛行した。紫電との大きなちがいは、主翼が中翼式から低翼式になり、脚が短くなり機体がわずか長くなったことなどであるが、このため一般性能はさらに向上して、ことに空戦性能は米軍の新鋭戦闘機にたいしても明らかにまさり、海軍最後の量産戦闘機として特急工事がすすめられた。しかし相つぐ工場の被爆と資材難、さらに熟練工の不足などのため生産はつづかず、陸軍の五式戦闘機と同じように、期待されながら終戦をむかえた。

一時、米軍は日本に恐るべき新型戦闘機現わるとして、とくに本機を注目したことがあり、これで発動機さえ順調であれば、あらゆる点で完璧に近い戦闘機であったということができる。海軍では、零戦にかわる新鋭艦上戦闘機として本機を改造し、採用する計画もあった。

乗員一名、発動機「誉」二一型・空冷式複列星型十八気筒、一九九〇〜一八五〇馬力、全幅一二・〇〇メートル、全長九・三五メートル、主翼面積二三・五平方メートル、自重二六五七キロ、全備重量四千キロ、最大速度五九四キロ/時(高度五六〇〇メートルにて)、上昇時間六千メートルまで七分二十二秒、実用上昇限度一万七六〇メートル、航続力一七二〇キロ、武装二〇ミリ機関砲×四（主翼固定）、爆弾六〇〜二五〇キロ×二。設計生産：川西、生産：愛知、生産機数四一六機、コードネームは「George」。

世界にほとんど例のない本格的な水上戦闘機「強風」を陸上機にし、エンジンをかえ、武装を強化したものが局戦の紫電。その紫電を改良し、さらに量産に適するように改設計したのが紫電改で、海軍の掉尾をかざる優秀機となった。

戦争末期にはもともと局戦の乙戦闘機（対爆撃機用）であった紫電改は、甲戦闘機（対戦闘機用）のカテゴリーにふくめられたほどである。紫電改という名は通称で、正しくは紫電二一型と称された。

中翼の水戦「強風」の火星エンジンを強力な誉にかえて陸上機とした紫電は、必然的に脚の長い、轍間距離の大きな飛行機となった。これでは地上滑走時に回頭癖が強くなるうえに、この長い脚をいったん油圧でちぢめてから引き込む複雑な機構を採用したため、故障の頻発に悩むこととなった。川西社は多年、飛行艇と水上機を専門に手がけてきており、久しぶりの陸上機でしかも引込脚とあっては、技術的に未熟だったのも当然であろう。

それでも約千機の紫電が製造されたが、エンジンと脚まわりの故障から実働率はかんばしくなかった。そこで主翼を低翼型式にして徹底的に改設計し、部品数も七〇パーセント以下に低減して量産性を格段に向上した紫電改が、昭和十八年末にデビューしたのである。

本機の良好な空戦性能の秘密は独特の自動空戦フラップにある。これは速度とG（加速度）の変化に応じ、つねに最良のフラップ角が自動的に得られるようにしたもので、わが国のほこる独創的な装置である。また高速と低速とで同じような舵の効きと手ごたえが得られるよう、昇降舵と補助翼にレバー比の可変切換装置を有していた。

戦争末期という悪いめぐり合わせになったが、紫電改の活躍は、昭和二十年の敵艦載機を迎えうっての三四三空の奮戦が出色である。司令源田実大佐のもと、鴛淵孝、林喜重、菅野直の三隊長に撃墜王杉田庄一上飛曹、武藤金義少尉などがあつまったこの部隊は、敗勢おおいがたい中にあって唯一の見るべき大勝利をおさめたのであった。

## 夜間戦闘機「月光」（J1N1-S）

陸上攻撃機の掩護用長距離戦闘機として、昭和十三年に計画されたが、試作、実験、改造に時間を要して支那事変にはまにあわず、太平洋戦争の初期に陸軍の司令部偵察機に相当する陸上偵察機（J1N1-C）として採用された。

のち、斜銃をつけて敵の大型爆撃機に対する夜間戦闘機となり、南方ではB17、B24などの夜間来襲に対抗し、内地ではB29にたいする夜間の迎撃戦に活躍した。しかし、実戦ではいつも速力、上昇力ともに不足で、徹底的な改造が要求されるにいたり、ついに「天雷」を試作するにおよんだ。

戦争末期には爆弾をつんで、フィリピン、台湾、沖縄などで敵艦隊をもとめて出撃し、最後には特攻機となったものもある。陸軍の「屠龍」に相当する双発複座機である。

乗員二名、発動機「栄」二一型・空冷式複列星型十四気筒、一一三〇～一一〇〇馬力×二、全幅一六・九八メートル、全長一二・一八メートル、主翼面積四〇・〇平方メートル、自重四八五二キロ、全備重量六九〇〇キロ、最大速度五〇七キロ／時（高度五千メートルにて）、上昇時間五千メートルまで九分三十五秒、実用上昇限度九三二〇メートル、航続力二五五〇～三七五〇キロ、武装二〇ミリ機関砲×四（胴上斜固定×二、胴下斜固定×二）、七・七ミリ機関銃×二（機首固定）、七・七ミリ機関銃×一（後席旋回）。設計生産：中島、生産機数四七七機（偵察機を含む）。コードネームは「Irving」。

味方陸攻隊を掩護して遠距離進出できる戦闘機をということで、昭和十三年に計画されたのが月光の前身である。双発三座の大型で航続距離四千キロ以上、しかも単座戦闘機なみの空戦性能を、ということになれば、これはだれが見ても不可能な要求である。

本機もこの時期の各国の同機種と同様に、この用途に関しては失敗作に終わった。その性格が用兵者側でも確然とせず、試作にじつに足かけ四年も費やして、昭和十六年五月にようやく初飛行したものの、重量は七トンにも達し、苦心のスラットや空戦フラップをもってしても、運動性、操縦性は思わしくないうえに、はじめての連装二基の後方動力銃座（遠隔操作式）は大重量で複雑すぎた。

量産は不可能と断定されて、長距離戦の夢はきえ、陸上偵察機として量産されることになった。もっとも空戦性能が悪いといっても、外国機ほどではなく、七トンもの機体をよくもここまで軽快にできたものと設計陣は賞されてよいくらいで、命とりは動力銃座であった。ところが二式陸偵として働きはじめた昭和十八年の春、南方第一線の航空隊司令小園安名中佐の発案で、本機の胴体後部に斜め上方、斜め下方各一門の二〇ミリ斜機銃を装備することになった。用兵者も技術者も冷淡で、興味を示さなかったこの改造機はブーゲンビルに進出し、昭和十八年五月、おりから来襲した敵機B17を二機、月明を利して二機で迎撃、瞬時にして撃墜するという輝かしい戦果をあげた。実にこれはわが国最初の夜間空中戦の戦果となったのである。

がぜん斜銃の威力は認識され、本機は夜間戦闘機月光としてかえり咲くことになった。後にはレーダーも装備して最初の本格的夜戦となった。戦局が悪化してB29がわが本土を襲うようになったとき、月光はこれを迎えうって奮戦した。とくに遠藤幸男大尉のごとく、単機よく敵B29の十数機を撃墜する勇士が出たのも、本機があったればこそである。ただ末期には、高高度性能の不足から、排気タービンつきのB29を逸した。

## 局地戦闘機「雷電」(J2M2~5)

海軍最初の本格的な局地戦闘機で、原型は昭和十七年三月、期待のうちに初飛行した。強力な馬力を得る手段として、爆撃機型の「火星」発動機をとりつけたため、延長軸を用いてもなおかつ胴体はずんぐりと太く、日本機ばなれした外観の戦闘機となった。

高速で上昇力もすぐれ、二〇ミリ機関砲×四という強力な攻撃力をもっていたが、視界がせまいのと発動機の不調などのため、あつかいにくい戦闘機といわれ、稼動率はあまりよくなかった。

戦争末期には主として内地の防空戦で活躍し、B29や敵の艦載機とわたり合ったが、ベテランパイロットたちによる雷電のはたらきはなかなかすばらしく、本機を傑作機であると賞讃する人もすくなくない。なお、胴体が太いため、防空監視哨などで敵機とまちがえることがしばしばあった。

J2M3のデータは乗員一名、発動機「火星」二三型甲・空冷式複列星型十四気筒、一八二〇～一五七五馬力、全幅一〇・八〇メートル、全長九・四一メートル、主翼面積二〇・〇五平方メートル、自重二四九〇キロ、全備重量三四四〇キロ、最大速度六一二キロ／時（高度六千メートルにて）、上昇時間六千メートルまで五分四十秒、実用上昇限度一万一五二〇メートル、航続力一〇五五～二五二〇キロ、武装二〇ミリ砲×四（主翼固定）、爆弾三〇～六〇キロ×二。設計生産：三菱、生産：海軍工廠、生産機数五九四機。コードネームは「Jack」。

雷電は支那事変の戦訓から、わが海軍が計画した最初の迎撃機である。昭和十四年に試作にかかり、局戦すなわち陸上戦闘機ということで、月光についでJ2の呼称があたえられた。迎撃機の特色は高速と大上昇力、そして敵護衛戦闘機にたいする空戦性能である。速度と上昇力を確保するための大出力エンジンで、戦闘機に適する小型のものが当時はまだなかった。そこで爆撃機用の大直径の火星を採用することになり、胴体直径は大きくなるが、延長軸とし、エンジンカウリングを先細にのばして絞り、この間にわが国最初の強制冷却ファンをいれることになって、本機の独特のずんぐりしたシルエットが生まれたのである。

これは、同時に戦闘機としては大きなマイナスになる前下方視界の不良をまねくことにもなった。なにしろ初めての機種のことなので、要求もはっきりせず、木型審査で視界不良を見落としたりして設計もたびたび変更され、ようやく昭和十七年三月になってやっと初飛行にこぎつけた。

しかしエンジンの馬力不足から要求性能が出ず、水メタノール噴射エンジンにかえたところ、故障続出のありさまだった。エンジン不調は最後まで本機につきまとった。さらにプロペラ翼の剛性不足による振動、そして引込脚が操縦系統を圧迫する機構上のミスから、二人の殉職者までだす始末となった。こうしたことから開発に長年月を要し、雷電の量産機が部隊に装備されはじめたのは、昭和十八年も末になってのことだった。この間に用兵思想もとうぜん変わっており、使用者の苦情がたえなかった。

ところが昭和十九年九月のマリアナ沖海戦の初陣のあと、本土にＢ29の来襲を迎えることになってから、本機の大火力と大上昇力はＢ29の迎撃に大きな効果を示した。ここにおいて、すでにうちきられていた雷電量産の再開が計画されたが、ほとんど成果を得ぬままに終戦を迎えた。排気タービン過給機装備機も躍起になって開発されたものの、結局は成果をおさめ得なかった。

## 局地戦闘機「天雷」(J5N1)

性能不足の月光に代わるべき本格的な双発重戦闘機として、天雷は昭和十七年夏に基礎設計に着手し、翌年B29製作中の情報により、強力な武装と昼夜両面作戦に適応する機体として、十八試乙戦の名のもとに設計され、その第一号機は昭和十九年七月に初飛行をした。

本機は中島小泉工場の技術陣の総力を結集して設計、試作されたが、完成した少数機は「誉」発動機の馬力不足のため、予期の性能を発揮することができなかった。しかし、B29に対する攻撃力には多くの希望がもたれ、性能の向上に全力が注入され、また防弾艤装も日本機としては珍らしく完璧を期したものであった。

製作機六機のうち二機は試験飛行中に墜落、一機は不時着大破、二機は被爆焼失という惨状で終戦をむかえ、結局、戦力化されなかった。

完成機には複座型と単座型があった。

乗員一～二名、発動機「誉」二一型・空冷式複列星型十八気筒、一九九〇～一八五〇馬力×二、全幅一四・〇メートル、全長一一・五二メートル、主翼面積三二・〇平方メートル、自重五一九五キロ、全備重量七三五〇キロ、最大速度六一八キロ／時(高度六一〇〇メートルにて)、上昇時間八千メートルまで八分四十五秒、実用上昇限度一万八〇〇〇メートル、航続力一二二五キロ、武装二〇ミリ機関砲×二(機首固定)、三〇ミリ機関砲×一～二(機首固定)、夜戦型は三〇ミリ機関砲×二(胴斜固定)。設計試作:中島、試作機数六機。コードネームなし。

## 艦上戦闘機「烈風」(A7M1~7)

烈風は零戦に代わるべき新鋭艦上戦闘機として、零戦の設計スタッフにより、昭和十七年度の計画で設計に着手、その第一号機は昭和十九年五月に初飛行した。

本機はグラマンF6FヘルキャットやヴォートF4Uコルセアを圧倒するという期待のうちに完成したが、「誉」発動機の不調に端を発する改造、実験に時間をついやし、ようやく八機完成のところで終戦をむかえた。烈風がもう一年早く戦力化されていれば、戦局の挽回も不可能ではなかったといわれるほどの野心的な秀作であったが、発動機の選定不適切と資材難、工場被爆などのため、ついに量産一歩手前で中止状態になってしまった。

機体はヘルキャットやコルセア級に相当する貫録をもち、艦上機としては革新的な大作であったが、その大成を見ずして終戦をむかえたことは惜しまれる。

A7M1のデータは乗員一名、発動機「誉」二二型・空冷式複列星型十八気筒、一九〇〇~一五七〇馬力、全幅一四・〇〇メートル、全長一〇・九九五メートル、主翼面積三〇・八平方メートル、自重三一一〇キロ、全備重量四四一〇キロ、最大速度五七四キロ/時(高度六一九〇メートルにて)、上昇時間六千メートルまで九分五十四秒、実用上昇限度一万九〇〇〇メートル、航続力一二五〇キロ、武装二〇ミリ機関砲×二(主翼固定)、一三ミリ機関銃×

二（機首固定）、爆弾三〇～六〇キロ×二。設計試作：三菱、試作機数八機。コードネームは「Sam」。

## 局地戦闘機「震電」（J7W1）

震電は、ふつうの尾翼に相当する小さな翼（昇降舵がついている）を機体の前方につけ、主翼と発動機とプロペラを後方にとりつけた変わった型の高速戦闘機で、先尾翼型または鴨型（エンテ型）ともいわれる。試験用に二機を製作し、その一機は昭和二十年八月に初飛行し、きわめてすばらしい成績をおさめたが、時すでにおそく終戦をむかえた。

本機については、その実用性についていろいろな議論もあったが、とにかく最大速度七〇〇キロ／時以上という快速は、当時としては抜群の性能で、これが魅力で試作が遂行されたのだ。

震電は戦後アメリカ軍によって持ち去られ、ア

3車輪式引込脚、尾部6翅ペラの震電。後縁部が方向舵の側翼にも車輪がある

メリカで分解検討されたが、その構造は世界でも珍らしいとして、大いに注目された。

第二号機は完成まじかで終戦となり、ついに実戦に参加することはできなかった。

乗員一名、発動機43-42・空冷式複列星型十八気筒、二一三〇~一九〇〇馬力、全幅一一・一一四メートル、全長九・二六メートル、主翼面積二〇・五平方メートル、自重三四六五キロ、全備重量四九二八キロ、最大速度七五〇キロ/時（高度八七〇〇メートル）、上昇時間八千メートルまで十分四十秒、実用上昇限度一万二千メートル、航続力八五〇キロ+全力三十分、武装三〇ミリ機関砲×四（機首固定）、爆弾三〇~六〇キロ×四。設計試作：海軍・九州。コードネームなし。（性能は計画値）

## 局地戦闘機「秋水」（J8M1）

秋水は日本で初めて作られたロケット機で、昭和二十年七月に一回だけ飛んだが不時着大破し、二号機以下を準備中に終戦になった。

ドイツから潜水艦でもちかえったメッサーシュミットMe163ロケット戦闘機の図面を基礎にして、わずかの改良を加えて国産化したもので、機体の製作は三菱で、ロケットエンジンの製作は海軍でおこない、量産を計画したものであった。本機の原型Me163は、当時ドイツで防空戦闘機として少数機が活躍し、戦果をあげていたもので、驚異的な速力と上昇力は当時のいかなるプロペラ式戦闘機も遠くおよばず、その戦力化が強く期待されていた。しかし、滞空時間の短いのが最大の欠点で、ドイツでも航続力の増大をめざして改良中であった。本機には水平尾翼がなく、いわゆる無尾翼機を戦闘機に活用した珍らしい機体であった。

乗員一名、発動機KP10特口、推力一五〇〇キロ、全幅九・五〇メートル、全長六・〇五メートル、主翼面積一七・七三平方メートル、自重一四四五キロ、全備重量三千キロ、最大速度八〇〇キロ／時（高度一万メートルにて）、上昇時間一万メートルまで三分三十秒、実用上昇限度一万三千メートル、航続力一万メートルに上昇後五分三十秒（性能は計画値）、武装三〇ミリ機関砲×二（主翼固定）。設計試作：メッサーシュミット・海軍・三菱。コードネームなし。

### 夜間戦闘機「極光」（P1Y2－S）

B29の夜間来襲にそなえて、月光だけでは戦力の不足を予想した海軍は、昭和十九年に高速陸上爆撃機銀河（ぎんが）の一部を夜間戦闘機に改造し、「極光（きょっこう）」と名づけた。しかし本機も、発動機の不調と速力、上昇力の不足に加えて、生産工場の被爆、資材難のため、戦力化され

「極光」は銀河のエンジンを火星に替え、風防後方に20ミリ斜銃２梃と旋回銃を装備

たものは少数であった。

外形は銀河とほとんど同じであるが、武装が強化され、二〇ミリ機関砲×三（固定×二、旋回×一）が装備され、また夜戦用の電波装置も設けられた。

銀河および極光の基礎設計はきわめてすぐれ、B26、モスキートなどに相当する近代的な外形であったが、多量生産、整備には不便な機体で、整備関係者の間ではきわめて不評であった。最後にはふたたび陸上爆撃機となり、終戦を間近にひかえては特攻機として散華したものもある。

乗員二名、発動機「火星」二五型・空冷式複列星型十四気筒、一八五〇〜一六八〇馬力×二、全幅二〇・〇メートル、全長一五・〇〇メートル、主翼面積五五・〇平方メートル、自重七八〇〇キロ、全備重量一万一三五〇キロ、最大速度五二一キロ/時（高度五四〇〇メートルにて）、上昇時間五千メートルまで九分二十三秒、実用上昇限度九五六〇メートル、武装二〇ミリ機関砲×二（胴斜固定）、二〇ミリ機関砲×一（後席旋回）。設計生産：川西、生産機数九六機。コードネームは「Frances」。

※本書は雑誌「丸」に掲載された記事を再録したものです。執筆者の方で一部ご連絡がとれない方がありますます。お気づきの方は御面倒で恐縮ですが御一報くだされば幸いです。

単行本『海軍戦闘機隊列伝』二〇一二年三月　光人社刊

NF文庫

# 海軍戦闘機列伝

二〇一六年九月　十六日　印刷
二〇一六年九月二十二日　発行
著　者　横山保他
発行者　高城直一
発行所　株式会社潮書房光人社
〒102-0073　東京都千代田区九段北一-九-十一
振替／〇〇一七〇-六-五四六九三
電話／〇三-三二六五-一八六四㈹
印刷所　慶昌堂印刷株式会社
製本所　東京美術紙工
定価はカバーに表示してあります
乱丁・落丁のものはお取りかえ致します。本文は中性紙を使用
ISBN978-4-7698-2968-3　C0195
http://www.kojinsha.co.jp

NF文庫

刊行のことば

第二次世界大戦の戦火が熄んで五〇年――その間、小社は夥しい数の戦争の記録を渉猟し、発掘し、常に公正なる立場を貫いて書誌とし、大方の絶讃を博して今日に及ぶが、その源は、散華された世代への熱き思い入れであり、同時に、その記録を誌して平和の礎とし、後世に伝えんとするにある。

小社の出版物は、戦記、伝記、文学、エッセイ、写真集、その他、すでに一、〇〇〇点を越え、加えて戦後五〇年になんなんとするを契機として、「光人社NF(ノンフィクション)文庫」を創刊して、読者諸賢の熱烈要望におこたえする次第である。人生のバイブルとして、心弱きときの活性の糧として、散華の世代からの感動の肉声に、あなたもぜひ、耳を傾けて下さい。